일반공격이 전체공격에 2회 공격인 엄마는 좋아하세요?

4

STORY INAKA DACHIMA
ILLUST IIDA POCHI. VOLUME 4

“엄마와 같이 마시지 않을래?”

오오스키 마마코
MAMAKO OOSUKI
아들인 마사토를 아끼고 사랑하는 어머니. 마사토와 데이트를 하게 되어 들뜬 듯.

메디
MEDHI
정통파 히로인과는 완전히
동떨어져버린 음흉 바니걸.
"빚을 진 건
자업자득이에요!"
포타
PORTA
바니걸이 되고도 마음의
안식처 역을 맡고 있는 파티
최연소 멤버.
"성심성의를 다해,
손님의 지갑을
탈탈 털어주죠."

"이 엄마도
바니인걸, 토끼."
"전부 칩으로 바꿔서
승부를 한 결과가
바로 이 꼬락서니야."
와이즈
WISE
마법을 봉인당한 게 아니라, 아예
쓰지도 못하게 되어버린 안쓰러운
여고생 바니걸.

"고급스러운 스트레스는 또 뭐야.
그리고 상대방한테
패를 알려주면 안 된다고."
"저기, 마 군.
이거, 로열 스트레스
어쩌고라는 거 맞지?"

"능력도, 운수도
전부 곤두박질 쳤으니까~
마마코 씨라도
절대 못 이겨~!"
소레라
SORERA
적대조직 리벨레 사천왕 중 한 명.
늘어지는 말투와 요사한 미소가
특징인 사령술사.

CONTENTS

일반공격이 전체공격에 2회 공격인 엄마는 좋아하세요?

STORY INAKA DACHIMA
ILLUST IIDA POCHI.

VOLUME 4

프롤로그
어느 소년의 경과보고……?

【질문 : 건강한가요?】

건강해요.

【질문 : 병이나 부상을 당하지는 않았나요?】

위에서 적었다시피 건강해요.

【질문 : 하루하루를 즐겁게 보내고 있나요?】

나름 잘 지내요.

【질문 : 저희도 하루하루를 즐겁게 보내고 있습니다.】

그거 참 잘됐네요.(그런데 이건 질문이 아니잖아요)

【질문 : 최근에 기뻤던 일이 있다면 알려 주세요.】

꾸준한 노력을 통한 레벨업이라는 수수한 기쁨을 느꼈어요.

【질문 : 역시 부모자식이 함께 모험을 한다는 건 참 기쁜 일이군요.】

아, 그런가요.(이것도 질문이 아니잖아)

【질문 : 어머니가 좀 해줬으면 하는 게 있나요?】

과도한 활약…… 아, 금방 따라잡을 테니까 괜찮아요.

【질문 : 어머니가 귀청소를 해줬으면 하는 건가요?】

피치 못할 상황이 발생하면 부탁할지도 모르겠는데…… 그것보다 말이야.

【질문 : 어머니가 이발을 해줬으면 하는 건가요?】

그런 게 아니라…….

【질문 : 어머니와 함께 가보고 싶은 곳이 있나요?】

이 질의응답 말인데!

【질문 : 오늘 저녁 식사로는 뭐가 먹고 싶나요?】

고기가 먹고 싶…… 아니, 그게 아니라! 아무리 생각해봐도 말이야!

마사토가 풀다이브 참가중인 게임, 『MMMMMORPG(가칭)』은 일본 정부가 릴리스를 예정하고 있는 온라인 게임의 β(베타)판이다.

국가가 관리하고 있기 때문에 제도적인 면에서 충실하며, 게임에 참가 중인 테스트 플레이어는 정기적으로 받는 앙케트를 작성하기만 해도 학업 등이 면제된다. 그러니 귀찮아도 앙케트를 작성하는 편이 낫지만…….

그러나 이번은 명백하게 달랐다. 마사토는 눈치챘다. 눈치채는 게 당연했다.

"이상하잖아! 이건…… 헉, 혹시…… 그렇게 된 거냐!"

앙케트 폼이 눈앞에 계속 표시되어 있으면 시야가 가리기에 어쩔 수 없이 송신 버튼을 손가락으로 터치한 후…….

마사토는 자신이 묵고 있는 여관의 방 밖으로 뛰쳐나갔다. 그리고 수사를 시작했다. 방금 작성한 앙케트는 일본 정부가 아니라 자신의 주변인물에게 전송됐을 가능성을 염두에 두면서…….

그리고 복도로 나간 순간, 용의선상에 올라있는 인물과 마주쳤다.

"마 군. 답장을 해줘서 고마워. 정말 기뻐. 우후후."

마마코다. 입체 표시된 메일 화면을 보고 감격한 듯한 그 인물은 바로 마사토의 친어머니다.

고등학생인 아들이 있다는 게 믿기지 않을 만큼 동안인 그녀의 얼굴에는 미소가 어려 있지만…….

"내가 물어보기도 전에 실토를 했네! 방금 그 앙케트를 보낸 사람은 역시 엄마였던 거지?!"

"응, 맞아. 마 군은 앙케트는 꼭 작성을 하잖니? 그러니까 엄마도 앙케트 형식으로 마 군에게 메일을 보내자고 생각한 거야."

"형식 같은 건 중요하지 않거든?! 그저 의무라서 작성하는 것뿐이라고……!"

"아, 맞아. 잠시만 기다리겠니?"

마사토가 불평불만을 쏟아내는 가운데, 마마코는 자신의 앞에 표시된 메일 화면에 손가락으로 터치하더니 「자, 송신」 하고 말하면서 송신 버튼을 눌렀다.

그 직후, 띠리링~! 하는 소리가 나더니 마사토는 메일을 수신했다. 그가 「응? 뭐야?」 하고 말하면서 새로 온 메일을 열어 보니…….

【질문 : 어떤 고기 요리가 먹고 싶나요?】

추가 앙케트였다. 자, 어떤 고기 요리가 좋을까~. 스테이크, 햄버그, 구이도 좋지만 찜이나 조림도 먹고 싶…….

이딴 생각이나 할 때가 아니잖아!

"엄마! 왜 눈앞에 있는 나한테 일부러 메일을 보내는 건데?!"

"그게 말이지. 모처럼 마 군에게 메일을 보내는 법을 배웠으니까, 써먹어보고 싶어졌어. 모자지간이 메시지를 주고받는 건 멋진 일이잖니?"

"메일 기능을 이용하는 것 자체에 뭐라고 할 생각은 없어! 내 말은 그런 게 아니라……!"

"아, 맞다. 잠시만 기다려주겠니?"

마마코는 또 메일을 보냈다. 마사토는 추가 앙케트를 수신했다.

【질문 : 잠시 후에 저녁 장을 보러 갔다 올게.】

자, 이 질문에는…….

"대체 뭐라고 대답하면 되는데?! 이건 질문이 아니거든~? 그것보다 왜 모든 메일을 이런 형식으로 보내는 거냐고! 앙케트 양식이라도 이용하고 있는 거야?! 아니면 문자를 입력할 때 나오는 자동 변환 후보를 그대로 사용하는 거야?! 아, 아무튼……!"

"아, 맞다. 엄마와 메일을 잔뜩 주고받자, 하고 메일로 보낼까……. 마 군이 뭐라고 대답할지 고대되네. 우후후."

"그냥 말로 해! 그리고 이미 전해졌거든?! 내가 제대로 대답하면 될 거 아냐!"

마사토가 이제 그만 외친 순간, 【질문 : 고마워.】「그러니까아아아앗!」 마마코의 진심어린 메시지가 그에게 전해졌다. 아무튼, 오늘도 이 모자지간은 평소와 마찬가지로 시끌벅적했다.

어머니는 새롭게 사용법을 익힌 커뮤니케이션 툴을 이용해, 사랑하는 아들과 가까워지고 있다.

그런 어머니와 함께하는 모험이, 오늘도 시작됐다.

제1장
우리 엄마는 모르는 게 없다.
(아들의 마음 빼고)

첫날밤이다.

여관의 어느 방. 그곳에서는 조용한 목소리로 대화가 오가고 있었다.

"오늘은 우리 둘뿐이네."

"으, 응. 그래……."

마사토는 꼭 감고 있던 눈을 떴다.

불이 꺼진 방 안은 어두웠다. 하지만 커튼 너머에 존재하는 달빛 덕분에 주위가 어렴풋이 보였다.

하지만 마사토는 옆에 있는 침대 쪽으로는 눈길조차 주지 않았다.

"……저, 저기 말이야."

"왜 그래?"

"그게…… 아, 아무것도 아냐."

눈길을 주는 것은 고사하고, 대화조차 제대로 나누지 못할 지경이었다.

졸음 탓? 아니다. 솔직하게 말해 잠기운은 전혀 느껴지지 않았다. 머릿속은 극도로 맑았다.

한밤중에, 한방에, 단둘이 있는 것이다.

보디샴푸의 냄새인지, 샴푸의 냄새인지는 모르겠지만, 남자를 자극하는 매혹적인 향기가 감도는 실내에, 단둘이 있는 것이다.

"……흐응……."

"으……!"

옆에서 들려오는 희미한 숨소리가 괜히 신경 쓰였다. 옆에 있는 이가 몸을 뒤척인 것인지 침대가 희미하게 삐걱거리자, 몸이 부르르 떨렸다. 마사토는 정신을 차릴 수가 없었다…….

"그쪽으로 가도 될까?"

"……뭐?"

무심결에 대답한 마사토는 반사적으로 고개를 돌려서 쳐다보았다. 그리고 상대는 어느새 코앞까지 와있었다.

어둠속에서도 알 수 있는— 아니. 어둠속에서 섹시함이 더욱 돋보이는 네글리제에 감싸인 훌륭한 가슴이 마사토의 눈앞에 있을 뿐만 아니라, 점점 다가오고 있었다.

상대방은 이대로 마사토가 잠자고 있는 침대에 들어올 생각인 것 같았다.

이런 섹시 미녀와 한 침대에서 잤다간…… 갈 때까지 가는 수밖에 없다.

'아버지, 어머니……. 아들은 이대로 첫 체험을 하고, 어엿한 사나이가 되겠습니다!'

진짜로 그렇게 되는 건가?!

"잠이 안 오나 본데, 엄마가 같이 자줄게. 자, 마 군. 엄마와 같이 자자."

"됐어, 이 아줌마야아아아아아아아아아아아앗!!"

사나이가 되니 마니 같은 농담이나 할 때가 아니었다.

마사토는 몸을 벌떡 일으키더니, 자신의 침대 안에 들어오려고 하는 사람을 전력으로, 그러면서도 상대방이 다치지 않도록 극도로 주의하면서 밀어냈다.

안이 비치는 네글리제 차림으로 마사토가 누워있는 침대 안으로 들어오려 한 이는 바로 마마코였다.

그리고 다들 알고 있다시피 마마코는 마사토의 친어머니다.

"저기, 엄마! 아들 침대에 숨어드는 것 같은 무시무시한 짓은 자제해주십시오! 진심으로 부탁드립니다!"

"어, 어머나. 화내는 것치고는 말투가 엄청 정중하네……."

"진심에서 우러난 호소니까요! 말투가 정중해지는 게 당연하지 않겠습니까! 제 진심을 알아주셨으면 합니다!"

"하지만 마 군이 잠들지 못하는 것 같아서…… 엄마에게 얼마든지 어리광을 부려도 돼."

마마코는 그렇게 말하면서 마사토의 옆에 앉더니, 그의 팔을 꼭 끌어안았다.

극한까지 얇은 네글리제 너머로 글래머러스한 가슴의 부드러운 감촉과 푸근한 온기가 느껴지자…… 기쁜, 게 아니라…….

적당히 좀 하라고 목청껏 외치며 불같이 화를 내고 싶지만…….

"……슬슬 올 때가 됐는데……."

갑자기 냉정해진 마사토는 이 방의 문을 지그시 쳐다보았다.

슬슬 올 때가 됐지만…… 아무리 기다려도 아무 일도 일어나지 않았다.

"……역시 무리려나."

마사토는 기대하고 있었다. 『클리셰』라는 것을 말이다.

네글리제 차림의 마마코와 팔짱을 낀 채 침대에 걸터앉아서 이렇게 시끄럽게 떠들다 보면…….

느닷없이 이 방에 쳐들어온 와이즈가 오해를 하면서「너 지금 뭐하고 있는 거야!」하고 고함을 지르는 것이다.

그리고 뒤이어 나타난 메디가 미소녀 같은 외모에 어울리지 않는 음흉한 발언을 한다.

그리고 이 방으로 뛰어온 포타가 상황을 파악하지 못한 채 고개를 귀엽게 갸웃거린다.

그런 것을 기대했지만…….

"……안 오네."

왜 아무도 오지 않는 건가…….

그 이유를 설명하려면 오늘 아침에 있었던 일을 이야기해야만 한다.

평범한 용사 일행의 모험은 순풍에 돛단 듯 순조로웠다.

왜냐하면, 이 일행에게는 방심이나 틈이 존재하지 않는다. 완벽한 승리만이 약속되어 있는 집단인 것이다.

초원 필드를 나아가자…….

"……아, 몬스터예요! 조심하세요!"

귀엽기 그지없는 아이템 담당, 열두 살 여자 여행상인 포타가 재빨리 적을 발견했다.

몬스터는 아직 일행을 발견하지 못했다. 선제공격을 할 기회다.

그 상황에서 가장 먼저 돌격한 이는 용사인 마사토……였으면 좋겠다고 본인은 생각했지만, 어디까지나 그렇게 생각하기만 할 뿐이었다.

바람처럼 몸을 날린 이는 바로 이 분, 평범한 용사의 어머니인 마마코다.

"나한테 맡겨줘! 금방 해치울게! ……에잇!"

원피스 자락을 휘날리며 내달린 마마코는 대지의 힘이 깃든 붉은색 성검 테라디마도레, 그리고 바다의 힘이 깃든 푸른색 성검 알투라, 이 두 검을 단숨에 휘둘렀다.

그러자 어떤 일이 벌어졌을까?

그야 물론 적들이 괴멸됐다.

지면에서 바위로 된 칼날이 솟아나고 대량의 물방울 탄환이 일제히 쏟아지자, 몬스터는 비명조차 지르지 못하며 분쇄됐다. 전투가 시작되고 약 5초 만에 벌어진 일이다.

"우후후! 해냈어……. 그럼 포타 양, 잘 부탁해!"
"예! 젬을 모으는 건 제 임무니까요! 맡겨만 주세요!"
포타가 방금 마마코가 퇴치한 몬스터가 떨어뜨린 환금 소재를 열심히 회수했다. 산더미처럼 쌓인 그것들은 재빨리 숄더백에 집어넣은 것이다.
전투가 시작되고 약 10초 만에 전투와 관련된 모든 활동이 종료됐다.
이것이 용사 일행의 실력이다!
마마코는 전혀 방심을 하지 않았으며, 다른 전투 멤버가 나설 틈도 없다.
그야말로 완벽!
그런고로…….
""""……하아……. 오늘도 날씨가 좋네…….""""
용사 일행 중 자신들의 존재가치를 숙지하고 있는 세 사람은 전투가 시작되자 나무 그늘에 앉더니, 무릎을 꼭 끌어안은 채 공허한 눈길로 허공을 쳐다보고 있었다.
그 중 한 명인 마사토의 직업은 평범한 용사다.
"오오…… 나, 지금 새로운 스킬을 터득한 것 같은 느낌이 들어……. 그냥 단순히 견학하고 있는 게 아니라 스킬 발동중이라고 주장할 용기가 샘솟는 특수 스킬 『브레이브 견학』을 마스터한 듯한 기분이야."
지금은 정신이 좀 나간 상태지만, 상태 이상 방어와 자동 회복 기능을 갖춘 뛰어난 재킷을 장비했고, 천공의 힘이 깃든 투명한 성검 필마멘트를 지닌, 겉모습만 보면 틀림없는 용사다.

그런 마사토의 오른편에는 여고생 현자인 와이즈가 앉아 있었다.

“마사토는 물러 터졌네. 초절정 현자인 내가 습득한 『매직 견학』이 더 엄청나거든?”

“호오? 어떤 효과를 지녔는데?”

“아무런 속임수도 없는 100퍼센트 견학을 해서, 보는 이들이 간 떨어지게 만드는 거야.”

“그런 쪽 매직인 거냐. 그것보다 견학이나 하고 있는 너를 누가 쳐다보겠냐고~.”

현자인 와이즈는 마법의 달인이다. 진홍색 소서러 재킷을 걸쳤고, 마법서를 방석 대용으로 쓰고 있는, 마법을 쓸 생각이 눈곱만큼도 없어 보이는 엘리트 마법사다.

그리고 마사토의 왼편에 있는 치유술사 메디가 아름다운 미소를 머금었다.

“두 사람 다 멋진 스킬을 습득하셨군요. 참고로 저는 『홀리 견학』이라는 걸 습득해서 발동 중이에요.”

“오~. 메디도 우리한테 완전히 물들었구나.”

“그건 어떤 효과를 지닌 거야?”

“엄청 신성한 견학을 해서, 주위에 있는 사물을 정화시켜요. 근성이 삐뚤어진 와이즈 양은 홀리 견학의 효과로 정신적인 면이 교정되겠죠. 참 잘됐네요.”

“저기, 교정되어야 하는 건 너의 그 삐뚤어진 심성이거든?”

치유술사는 회복(쿠라)과 보조 마법에 정통한 힐러 직업의 일종이다. 치유를 담당하는 직업에 걸맞게, 얼룩 하나 없는 순백의 힐러 튜닉 코트를 걸치고 있었다.

옷이 더러워질까봐 와이즈의 캐미솔을 엉덩이 밑에 깔고 앉기는 했지만, 겉모습만 보면 메디는 순수하기 그지없어 보였다.

바로 그때였다.

"아, 마마 씨! 또 몬스터가 나타났어요!"

"알았어! 맡겨줘! ……에잇!"

저쪽에서는 또 전투가 시작된 것 같았다. 포타가 적을 발견하자, 마마코가 어마어마한 화력으로 적을 쓰러뜨렸고, 포타가 젬을 회수했다. 「저쪽에도 있어요!」, 「그래!」, 「이쪽에도 있네요!」, 「맡겨줘!」 정말 즐거운 듯이 열심히 싸우고 있었다.

그리고 다른 세 사람은 견학을 했다. 쭈우우욱 견학만 했다.

마사토는 자신의 솔직한 생각을 말했다.

"……우리는 이런 바보 같은 소리나 할 때가 아니라, 빨리 수단을 강구해야 해."

"응."

"맞아요."

와이즈와 메디는 마사토의 말에 동의한다는 듯이 고개를 끄덕였다. 마사토는 물론이고, 이 두 사람도 그 점을 알고 있는 것이다. 그렇기에…….

"그러니까, 이번에는 이거야."

마사토는 전단지 한 장을 꺼내서 두 사람에게 보여줬다.

【카지노 신장개업!】

화려한 글씨체로 적힌 문장, 슬롯머신과 포커 테이블이 잔뜩 있는 가게 안의 전경과 어마어마한 양의 칩을 딴 듯한 일러스트, 그리고 지도가 그 전단지에 실려 있었다.

【축하해~! 리벨레 사천왕 중 한 명인 아만테를 쓰러뜨린 용사들에게는 10,000,000맘을 선물할게~!】

그 전단지에는 느릿느릿한 말투를 연상케 하는 문장이 손글씨로 적혀 있었다. 느닷없는 축하의 말과 거금을 선물한다는 부분이 스팸 메일을 연상케 했다.

마사토가 전단지를 보여주자, 와이즈와 메디는 「우와아아……」, 「또 이런 건가요……」 하고 말하는 것처럼 어이없음과 연민으로 가득 찬 시선을 그에게 보냈다.

"일단 내 설명을 들어봐. ……이 전단지는 또 내가 묵은 방에만 놓여 있었어."

"그렇다면 시라아세 씨의 낚시, 아니, 소집 영장이네. 사천왕 중 한 명을 쓰러뜨린 우리에게 고액의 보수를 주는 것과 동시에, 겸사겸사 또 다른 일을 시키는 게 목적일 거야……."

"마마코 씨의 대활약으로 사태가 종결되고, 마사토 군과 저희는 아무런 득도 못 본 채 끝난다, 까지 한 세트로 발생하겠죠."

"솔직히 말해 나도 그런 예감이 들어. 일이라는 건 되풀이되기 마련이라는 생각이 마구 들거든. ……하지만, 이번에는 우리에게 기회가 있을지도 몰라."

마사토는 전단지를 뚫어져라 쳐다보았다.

"실은 말이야. 아직 엄마한테 이 전단지에 대해 이야기하지 않았어."

"마마코 씨에게 이야기를 안했다…… 그럼 우리끼리 몰래 보수를 손에 넣을 기회가 있다는 거야?"

"바로 그거야."

"파티의 돈은 마마코 씨가 일괄적으로 관리하고 있는데다…… 금액이 어마어마한 만큼 부담을 느껴서 사양할 가능성도 있으니까요……. 그러니 마마코 씨 몰래 입수한다면, 그대로 저희가 꿀꺽할 수도……."

"맞아. 우리끼리 나눠가지는 거야. ……나는 그 돈으로 장비품이나 아이템을 사서, 나 자신을 강화할 거야. 금전을 통해 강해지는 것도 얼마든지 가능하잖아."

"아……. 꿈과 희망 같은 건 눈곱만큼도 없는 이야기지만……."

"과금 무쌍은 게임의 기본이니까요……."

"그래. 나는 게임의 상식에 따라 강해지려는 것뿐이야. 양심의 가책 같은 건 전혀 느끼지 않는다고!"

세상이라는 건 원래 그런 식으로 굴러가고 있으니까, 하고 힘찬 목소리로 주장한 후…….

마사토는 진심을 담아 부탁했다.

"한 번만 더 믿어보자. 이번이 마지막이야. 이번 기회에 모든 걸 걸겠어. 이번에도 허탕을 친다면, 나는 이제 이런 전단지를 절대 믿지 않겠다고 맹세할게. 그러니까…….”

마사토가 「제발 부탁드립니다」 하고 말하면서 좌우에 있는 두 사람에게 연거푸 고개를 숙이자…….

와이즈와 메디는 작게 탄식을 터뜨리며 고개를 끄덕였다.

“어쩔 수 없네. 네가 이렇게까지 말한 이상, 나도 함께해줄게. ……그리고 일이 잘 풀리면, 나도 거금을 손에 넣을 수 있잖아.”

“마마코 씨한테서 받는 용돈의 액수에 불만이 있는 건 아니지만, 돈이라는 건 많으면 많을수록 좋으니까요.”

“맞아. 나~ 실은 전부터 탐이 나던 화장품이 있거든~.”

“저도 사고 싶은 옷이 있으니까, 마침 잘 됐어요.”

두 사람은 약간 어이없어 하면서 납득했지만, 곧 표정에 흥분이 어렸다.

아니, 묘한 아우라가 느껴졌다.

“돈…… 크크큭…….”

“돈…… 후후훗…….”

“아니, 저기, 게임 속의 자기 자신을 강화하는데 돈을 쓸 생각은…… 뭐, 됐어. 마음대로 해.”

꿈, 아니, 욕망에 사로잡힌 여자애들한테는 무슨 말을 해도 의미가 없다. 돈을 싫어하는 여자애는 존재하지 않으니, 어쩔 수 없을지도 모른다.

“아, 맞아요. 기왕이면 카지노에서 돈을 불리는 편이 좋을지도 몰라요.”

“그거 좋은 생각이네. 마사토, 카지노에서 돈을 넘겨받기로 되어 있지?"

"그, 그래. 마치 짜기라도 한 것처럼 말이야. 어쩌면 보수를 카지노에서 늘리는 걸 권하는 걸지도 몰라. 자, 봐."

마사토가 다시 전단지를 보여주자, 「어? ……마사토, 잠깐만 줘봐」 와이즈가 마사토한테서 전단지를 빼앗더니, 그것을 뚫어져라 쳐다보았다.

"으음~ ……음? ……으음~."

"와이즈, 왜 그래? 혹시 신경 쓰이는 점이라도 있어?"

"이 전단지에 적힌 문장 말인데…… 이거, 역시 시라아세 씨가 쓴 거겠지……?"

"아마 그럴 거야. 학교의 학생을 모집할 때도 이런 수법을 썼잖아. 우리를 낚을 목적으로 말이야."

"맞아……. 그런데, 이 전단지에 적힌 손글씨의 필적이…… 시라아세 씨와 완전히 다른 것 같은데…… 으음~. 뭐, 됐어. 일부러 필적을 다르게 한 걸지도 모르잖아. 신경 쓰지 않아도 될 거야."

"그래."

와이즈는 신경 쓰지 않아도 된다고 말하면서도 그 전단지에서 눈을 떼지 못했지만, 일단 그냥 넘어가기로 했다. 아무튼, 두 사람에게 동의를 얻은 후…….

"그럼, 보수 수령 및 액수 불리기를 위해, 카지노에 가자!"

그들은 작전을 실행에 옮겼다.

심심풀이 레벨업의 거점으로 삼고 있던 마을에서 마차를 탄 일행은 목적지로 향했다.

일행이 향한 곳은 상업도시 오칸야데다.

그 도시는 탁 트인 황야에 있었다. 바닷가 마을과 내륙의 마을로 이어지는 도로의 중간지점에 위치한 이곳은 유통의 거점으로 번성했으며, 왕도에 필적할 정도로 많은 사람과 물자가 오가고 있었다. 카산 왕국 안에서도 손꼽히는 대도시다.

하지만, 오칸야데에 대해 이야기할 때 꼭 빠지지 않는 것이 바로 카지노지만…….

메디는 그 점을 언급하지 않았다.

"오, 오칸야데에 제가 아는 건 이걸로 전부예요. 상업 쪽으로 꽤 번성한 곳이라는 점만 이해해두면 딱히 문제는 없을 거예요……."

"그렇구나……. 그럼 특이한 식재료나 옷 같은 것도 잔뜩 있겠네. 쇼핑하는 재미가 있을 것 같아."

"그, 그래요. 어디까지나 메인은 쇼핑으로……."

"우후후. 왠지 가슴이 뛰는걸. ……그건 그렇고 메디 양은 정말 박식하네."

"아, 예. 일전에 어머님과 함께 이곳에 들른 적이 있어요. 그래서……."

마마코는 설명을 들으면서 연이어 탄성을 터뜨렸다. 한편 메디는 약간 수상쩍은 반응을 보이고 있었다.

마마코는 즐거운 쇼핑을 상상하며, 가슴이 출렁거릴 정도로 격렬하게 움직이려다 「흠냐……」, 「어머나, 너무 움직이면 안 되겠네」 포타가 마마코의 무릎을 베고 있기 때문에 가능한 한 움직이지 않으려 하면서, 메디와 즐겁게 이야기를 나누고 있었다.

맞은편 좌석에 앉은 마사토와 와이즈는 그 모습을 조용히 지켜보고 있었다.

"……우선 출발은 순조롭네."

"그래. 아직까지는 문제없어."

현재, 마사토와 와이즈와 메디는 비밀 작전을 진행 중이다.

우선 메디가 마마코를 전담 마크하고 있으며, 마사토와 와이즈는 낮은 목소리로 이야기를 나눴다.

"제1단계…… 엄마에게 자세한 설명을 하지 않고 목적지로 향한다, 라고 하는 미션은 거의 클리어 했다고 봐도 될 거야."

"하지만 방심하면 안 돼. 상대는 다름 아닌 마마코 씨잖아."

"맞아……. 아들로서의 견해를 밝히자면, 엄마는 거액의 보수를 받는 것뿐만 아니라 카지노에 가는 것 자체도 반대할 것 같은 느낌이 들거든……. 솔직히 말해 이대로 오칸야데에 도착하더라도, 엄마 몰래 카지노에 가는 건 어려울 거야……."

"그건 걱정하지 마. 나한테 좋은 생각이 있거든."

와이즈는 있지도 않은 가슴을 펴면서 자신만만한 어조로 그렇게 말했다. 「잠깐만, 어디를 쳐다보는 거야?」, 「있지도 않은 걸 어떻게 쳐다보냐고」, 「좋아. 알았어. 죽어버려」 와이즈가 마사토의 발을 자근자근 밟아대자, 그의 HP가 점점 줄어 갔다…….

"와이즈 씨, 와이즈 씨, 잘못했어요, 사과할 테니까 이제 그만두세요, 당신의 고견을 들려주세요, 아파요, 진짜로 잘못했어요."

"좋아. ……그러니까~. 마마코 씨 공략의 열쇠는…… 마사토, 바로 너야."

"나?"

"그렇잖아? 이번에도 마사토가 아무런 설명도 하지 않고 「다 같이 오칸야데에 가자」 하고 말했더니, 마마코 씨는 바로 오케이했어. 마마코 씨한테는 역시 마사토가 가장 효과적이야. 마마코 씨는 마사토를 사랑하잖아."

"아, 뭐…… 개인적으로는 뭐라고 대꾸하면 좋을지 모르겠는데……."

"어라? 너, 「그럴 리가 없다고~!」 하고 외치지 않는 거야? 흐음…… 혹시 마사토, 너, 성장한 거야? 부모자식 레벨이 업된 거야?"

"그, 글쎄. 잘 모르겠는걸~. 그것보다 부모자식 레벨은 또 뭐야?"

스테이터스에는 그런 표기가 없지만, 혹시 시크릿 요소로 존재하는 걸까?

아무튼…….

"그러니까, 마사토. 우리 작전의 성공여부는 네 활약에 달려있거든? 마음 단단히 먹어."

"그, 그래. 내가 엄마를 어떻게든 하는 사이에, 우리의 카지노 퀘스트를 달성하는 거구나……. 왠지 모험을 하는 느낌이 나는걸."

"그래. 엄마 몰래 슬금슬금 뭔가를 하는 모험이야."

"그 말 들으니 느낌이 확 죽어버리네." ……추욱…….

아무튼 간에, 이것은 모험이다.

그것도, 마사토가 가장 중요한 역할을 맡고 있으며, 그의 활약 여하에 따라 성공여부가 결정되는 모험인 것이다.

마사토는 의욕이 끓어오르는 듯한 느낌을 받았다.

"알았어. 오늘은 용사가 아니라, 아들로서 전심전력을 다하겠어."

"너만 믿을게. 그럼…… 작전의 제2단계로 넘어가자."

창문 너머에서 흘러가고 있던 황야의 경치가 멎더니, 남자 마부가 목적지에 도착했다는 것을 알려줬다.

마사토의 진정한 승부는 이제부터 시작되는 것이다.

상업도시라 불리는 이 곳은 상업, 즉 상품을 팔아서 이익을 얻는 일자리가 주류를 이루고 있으며, 오락산업은 덤 같은 거예요, 같은 풍경을 상상했지만…….

예상은 완전히 빗나갔다.

""""……어……?!""""

마차에서 내린 순간, 마사토와 와이즈와 메디는 한꺼번에 아연실색했다.

카지노가 그들의 시야를 가득 채우고 있었다.

도시 이름이 아니라 【CASINO】라고 당당히 적힌 간판이 사방에 존재했으며, 대로변에 존재하는 점포는 전부 카지노였다. 바닥에 깔린 블록 하나하나에도 【CASINO】라는 글자가 새겨져 있었다.

어떻게 할까. 『이곳을 방문한 사람들은 하나같이 카지노를 하러 온 거예요~』 하고 도시 자체가 폭로하고 있었다.

마사토 일행은 긴급 사태에 직면했다!

"자, 잠깐만! 이거 다 틀린 거 아냐?! 완전 망한 거 아니냐고!"

"우리의 모험은 시작하기도 전에 끝나고 만 거군요……. 덧없는 모험이었어요……."

"아, 아직 멀었어! 아직 세이프거든?! 마마코 씨는 아직 마차 안에 있으니까……!"

"어머? 아직 마차에서 내리면 안 되는 거니?"

마사토 일행이 절박한 표정으로 상의를 하고 있을 때 마마코가 마차 밖으로 나왔다. 그리고 방긋 미소 지었다.

큰일 났다. 사방에 카지노뿐인 이 광경을 본다면 마마코가 치명적인 질문을 던질 것이 틀림없다.

"마마마, 마사토! 지금이야말로 네가 마마코 씨의 아들로 살아오며 갈고닦은 실력을 선보일 때야! 서둘러!"

"아, 알았어! ……어, 어떻게든…… 하면 될 거 아냐아아아아아앗!"

와이즈가 재촉을 하자 마사토는 아직 좋은 생각이 나지 않았지만, 반사적으로……!

마마코의 얼굴을 손으로 잡더니, 그대로 끌어안았다. 상냥하게 말이다.

마마코는 마사토의 가슴에 얼굴이 파묻힌 탓에 아무것도 보이지 않았다. 좋았어. 일단 안심해도 되겠지…….

"어머나, 정말. 마 군도 참. ……우후후. 엄마는 부끄러워."

발그레.

"어? ……뭐어어어어엇?! 나 지금 무슨 짓을 한 거야아아아앗?! 어어어어엇?! 엄마의 새빨개진 얼굴이 내 품속에에에에에엣?! 으갸아아아아아앗?!"

"앗, 마사토! 떨어지면 안 돼! 그대로 안고 있어! 안고 있으란 말이야……!"

"오칸야데에 도착했어요! 와앗! 사방에 있는 가게가 전부 카지느읍?"

"포타, 나 좀 봐~. 실은 중요한 이야기가 있어~."

와이즈가 재빨리 포타의 말을 막았다. 마차에서 내린 포타가 괜한 소리를 하려던 순간, 그녀의 두 볼을 꾹 눌러서 말을 막아버린 것이다.

마마코의 시야는 가려졌다. 포타에게도 현재 자초지종을 설명하고 있다. 일단은 이걸로…….

바로 그때였다.

"오칸야데에 어서 오십시오! 이곳에 오신 걸 보면, 여러분의 목적은 카지……."

"입구에서 뭔가를 설명해주시는 친절한 NPC씨? 잠시 저 좀 봐요. 자, 이쪽으로 오세요." 빙긋.

느닷없이 나타나 이상한 소리를 늘어놓으려 하던 그 남성은 메디와 함께 건물 뒤편으로 이동했다. 메디는 미소녀니까, 그 남성은 두근대는 가슴을 기대감으로 가득 채우고 있겠지만…….

1분 후…….

미소녀 스마일을 짓고 있는 메디, 그리고 무시무시한 무언가를 본 것처럼 공포에 완전히 질려버린 남성이 돌아왔다.

"친절한 입구 NPC 분, 오칸야데에 대해 다시 설명해주시겠어요?"

"예, 옙! 이이이이, 이 근처에 있는 가게는 전부 카지노 홀딩스라는 회사에 속한 가게입니다! 그래서 가게 명칭에도 카지노라는 말을 쓰는 거죠! 카지노라는 명칭을 쓰지만 카지노는 아닙니다!"

그 남성은 이빨이 맞부딪칠 정도로 덜덜 떨면서 설명을 했다. 그리고 입구에 있던 남성은 비틀거리며 다른 곳으로 향했다. ……아마 마음을 치유해주는 카운슬링 룸 같은 게 인근에 있을 거라고 생각한다. 그러니 괜찮을 것이다…….

아무튼…….

"저, 저기 엄마! 방금 이야기를 들었어?! 이 근처에 있는 가게는 전부 카지노라는 이름이지만 실은 카지노가 아닌 것 같아! 알았지?! 카지노가 아니라고!”

“응. 들었단다. 그리고 마 군의 심장이 두근거리는 소리도 들리네.”

“그건 안 들어도 돼!”

마마코는 마사토의 품에 안긴 채 반쯤 꿈나라에 가버린 것 같았다. 거의 최면에 걸린 듯한 상태이며, 세뇌에도 성공한 것 같았다. 마사토는 다른 두 사람에게 물었다.

내면의 다크 파워로 아까 그 남성을 협박한 듯한 메디는 고개를 가볍게 끄덕였다.

와이즈 쪽을 쳐다보니…… 포타가 약간 애매한 미소를 지은 채 우물쭈물하고 있었는데, 그 어떤 모습일 때도 포타는 귀여우니 그냥 오케이인 걸로 여기며 넘어가고 싶다. 참고로 와이즈 또한 오케이 사인을 마사토에게 보내고 있었다.

‘휴우…… 위기는 넘긴 것 같네.’

일단은 안심을 해도 될 것 같았다. 마사토는 마마코를 풀어준 후, 「우후후. 마 군」, 「서비스 타임이 종료됐습니다」 풀어줬는데도 계속 안겨드는 마마코를 살며시 밀어냈다.

그럼, 이제부터…….

“좋아. 그럼…….”

“사이좋은 모자지간의 오칸야데 관광 투어를 시작하는 거구나!” 반짝—!

아무리 밀어내도 기어코 다가와서 마사토의 팔을 꼭 끌어안은 마마코가 【어머니의 빛】 스킬을 통해 맹렬한 빛을 뿜으며 걸음을 옮겼다. 「잠깐만, 너무 눈부시잖아!」, 「출발~! 우후후!」 사랑하는 아들 성분을 과다 섭취한 어머니의 기세는 그야말로 어마어마했다.

찬란히 빛나고 있는 모자지간이 앞장서며 나아가고 있는 가운데…….

그들의 뒤편에 있는 와이즈와 메디가 낮은 목소리로 이야기를 나눴다.

"마마코 씨는 이미 마사토에게 푹 빠진 것 같네. 잘 됐어."

"주위의 광경이 눈에 들어오지 않나 봐요. 아까까지만 해도 다 틀렸다고 생각했지만, 아무래도 작전을 문제없이 수행할 수 있을 것 같군요."

"그럼 다음 페이즈로 이행하자. 이제부터 어떻게 할 건지……."

"걱정하지 마세요. 입구에 있던 아까 그 분한테서 유익한 정보를 입수했어요."

"오~. 메디는 꽤 하네. 그럼 마마코 씨와 따로 행동을……."

"저, 저기! 물어볼 게 있어요! 와이즈 씨가 아까 알려준 작전 말인데요!"

와이즈와 메디가 밀담을 나누고 있을 때, 마음을 굳게 먹은 듯한 포타가 손을 들며 대화에 끼어들었다. 아무래도 꼭 해야 할 말이 있는 것 같은데…….

와이즈와 메디는 양쪽에서 포타의 어깨를 안아주더니 조곤

조곤한 목소리로 설득했다.

"알아. 마마코 씨 몰래 받은 보수로 카지노에서 도박을 하는 게 마음에 걸리는 거지?"

"아, 예! 제 생각에는 그냥 솔직하게 말하는 편이……!"

"그럴 수는 없어요. 왜냐하면 이건 마마코 씨를 위한 깜짝 이벤트니까요."

"깜짝 이벤트, 라고요?"

"그래. 보수를 받아서 도박으로 늘린 다음, 그 돈으로 우리가 몰래 강해져서 마마코 씨를 놀래주자는 거야."

"평소 전투에서는 마마코 씨에게 의지하기만 하잖아요. 그러니 마마코 씨의 부담을 줄여주고 싶다…… 그런 상냥한 마음에서 비롯된 작전이랍니다."

"그, 그랬군요! 실은 마마 씨를 위한 거였네요!"

"그래. 마사토가 그렇게 말했어."

"예. 마사토 군이 그렇게 말했어요."

"마사토 씨가 이 작전을 제안한 거군요! 와아! 역시 마사토 씨는 상냥해요!"

확실히 가장 먼저 말을 꺼낸 사람은 마사토지만, 마마코의 부담을 줄여주자는 소리는 한 적 없다. 「모든 책임은 자기가 지겠다고도 말했지」, 「예, 그렇게 말했어요」, 「그랬군요!」 그런 말도 한 적이 없는데…….

"그렇게 된 거야. 포타, 알았지?"

"예! 그렇다면 저도 협력할게요! 제가 도울 일이 있다면, 뭐든 말해주세요!"

"정말 고마워요. ……포타 양의 감정 스킬을 이용하면, 돈을 펑펑 딸 수 있는 슬롯머신이나 카드 정보 같은 걸 판별할 수 있을지도 모르니까요……."

"맞아. 포타가 있으면 이미 대박을 터뜨린 거나 다름없어. 크크큭." 씨익.

"저희의 승리는 지금 이 자리에서 약속되었군요. 후후후." 씨익.

순진무구한 여자애를 나쁜 길로 꼬드긴 두 여자애는 악당 같은 표정을 지으며 웃음을 흘렸다. 표정을 이유삼아 체포당해도 할 말이 없을 수준이었다.

뭐, 뒤편에서는 이런 상황이 벌어지고 있지만…….

앞장을 서느라 자신이 모든 책임을 지게 됐다는 사실을 알 리가 없는 마사토는 마마코에게 팔을 꼭 잡힌 채 길을 나아가다 불쑥 멈춰 섰다.

"……우와, 장관이네."

이 길의 끝에는 다른 가게보다 훨씬 크고 화려한 카지노가 있었다.

그야말로 찬란히 빛나고 있었다. 간판도, 건물 자체도, 가게 안으로 이어지는 통로까지, 찬란한 빛을 뿜는 마법석으로 꾸며져 있었다. 게다가 하늘에서 대량의 금화가 비처럼 쏟아지고 있는 영상도 나오고 있어서, 정말 눈부셨다. 어마어마하게 휘황찬란했다.

"인근의 다른 카지노보다 훨씬 호화롭네……. 으음…… 이 전단지에 적힌 가게가 여기인 것 같은데…… 어라?"

마사토는 호주머니를 뒤져봤지만, 전단지가 없었다. 와이즈에게서 돌려받지 않았던 것이다.

마사토가 뒤편을 쳐다보니 와이즈와 메디가 전단지를 확인하며 고개를 끄덕이고 있었다. 예상대로 와이즈가 전단지를 가지고 있었다.

"……드디어 때가 됐네."

"그래. 작전도 최종국면에 접어들었어."

"실패는 용납되지 않아요. 반드시 성공시키죠."

마사토와 메디와 와이즈는 낮은 목소리로 대화를 나누며 고개를 끄덕였다.

그리고 각오를 다진 와이즈가 입을 열었다.

"자, 그럼 이제 슬슬 자유행동을 하는 건 어떨까요~?"

"이 길을 따라 서쪽으로 가면 스리 세븐이라고 적힌 간판이 걸려 있는 여관이 보일 거예요. 거기를 집합장소로 삼기로 하고, 저녁때까지는 자유 시간을 가지는 거죠. 어떤가요?"

"좋아요! 저는 찬성이에요! 저도 협력할게요!"

"오오! 포타까지…… 설득에 성공했구나……. 좋아, 그렇게 하자!"

지금이 바로 승부처다. 어떻게든 마마코에게 허락을 받아내고, 그녀가 다른 곳에 간 틈에 카지노에 뛰어드는 것이다.

마마코가 자유행동을 오케이한다면, 지금 바로 카지노 데뷔도 가능하다!

"저기, 엄마! 이렇게 됐으니까, 화끈하게 오케이를……!"

"자유행동도 좋지만, 우선 다 같이 산책을 하는 편이 좋지 않을까? 처음 와본 장소니까, 그러는 편이 안심이 될 것 같아." 빙긋.

"어……."

마마코는 지당하기 그지없는 이유로 자유행동에 반대했다. 작전은 실패로…….

아니, 아직 멀었다. 마사토는 포기하지 않았다. 거액의 보수를 손에 넣고, 그걸로 카지노에서 갬블을 하고 싶은 소년은 불굴의 투지를 불태웠다!

"내, 내 말 좀 들어봐, 엄마! 우리가 이곳에 처음 와본 건 맞지만! 그래도 우린 이제 어린애도 아니니까, 좀 자유롭게 행동해도……!"

마사토가 필사적으로 저항하려고 한 바로 그때였다.

와이즈와 메디가 재빨리 눈빛을 교환하더니 입을 열었다.

"저기, 마마코 씨. 솔직하게 털어놓자면 말이야. 사실 자유행동을 하자는 건 마사토가 마마코와 단둘이 있기 위한 구실이야."

"단도직입적으로 말하자면, 마사토 군은 마마코 씨에게 어리광을 부리고 싶나 봐요. 부모자식간의 깊은 유대를 쌓아서,

더욱 강력한 힘을 얻으려는 거죠."

"뭐?"

"마사토 씨는 마마 씨에게 어리광을 부리면 부릴수록 강해지는 거군요! 대단해요! 엄청나요! 실컷 어리광을 부렸으면 좋겠어요!"

"어?"

"어머나! 그랬구나! 마 군이 엄마한테 어리광을 부리고 싶어 하다니…… 정말 꿈만 같아. ……좋아! 그럼 지금 바로 자유행동을 하자!"

"훗, 엄마의 동의를 얻었구나. 다행……이 아니잖아아아아앗?!"

와이즈와 메디와 포타는 자유행동을 하게 되었고, 마사토는 마마코에게 어리광행동을 하게 됐다.

완전 사형선고잖아.

"잠깐만 있어봐! 있어보라고! 다들 왜 갑자기 그런 소리를 하는 건데?! 나는 그런 소리 한 적 없다고!"

"마사토 씨! 마마 씨에게 실컷 어리광을 부려주세요! 그러면 마마 씨가 정말 기뻐할 거예요!"

"그, 그래. 포타는 순수하게 우리 엄마를 생각해서 이러는 것 같은데……."

"그럼 잘 다녀와, 마사토~. 마마코 씨에게 실컷 어리광을 부려~."

"저녁때에 스리 세븐이라 적힌 간판이 달려 있는 여관에서 다시 모이도록 해요. 잊지 마세요.”

“와이즈! 메디! 무슨 소리를 하는 거야?! 우리 계획은 원래 이런 게 아니었잖아! 내가 엄마에게 어리광을 부려?! 그런 말도 안 되는……!”

마사토는 필사적인 표정으로 항의를 하려고 했지만…….

마마코가 마사토의 팔을 꼭 끌어안았다.

“우후후. 그럼 마 군, 가자. 엄마에게 실컷 어리광을 부려.”

“정신건강을 위해서라도 어리광은 적당히만 부릴래애애애애애애애애애애애애애애애애앳?!”

마마코는 너무 감격한 나머지 가슴이 두근거렸고, 마사토는 얼굴이 창백해졌다.

온도 차는 극심하지만, 아무튼 모자지간의 어리광행동이 시작됐다.

포타는 빛을 뿜으며 멀어져가고 있는 마마코를 향해 힘차게 손을 흔들었고, 와이즈와 메디는 몰래 묵념을 올렸다.

“마사토……. 너의 숭고한 희생을 헛되이 하지 않을게.”

“저희가 일방적으로 마사토를 희생시킨 거지만, 그래도 잘 되었다고 생각해요.”

“예! 마마 씨가 진심으로 기뻐했어요! 정말 잘 됐어요!”

“그리고 우리는 카지노에 갈 수 있게 됐으니까, win-win이라고 할 수 있겠네. 그럼 지금 바로…… 아, 맞다. 그 전에 할게 있지."

카지노로 향하기 직전, 와이즈는 근처 건물의 뒤편에 숨어서 주문을 외웠다.

"……스파라 라 마지아 펠 미라레…… 변장(트라스포르마레)!"

와이즈는 자신의 모습을 바꾸는 변화마법을 사용했다. 진홍색 소서러 재킷을 걸치고 있던 그녀의 모습이 흐릿해지더니, 다른 모습이 형성되었다.

절벽 같던 가슴이 풍만하다는 표현이 어울릴 정도로 부풀었다. 허리는 잘록했으며, 엉덩이 또한 매력적인 곡선을 그리고 있었다. 피부 또한 갈색으로 변화했다. 옷 또한 호화로운 이브닝드레스로 변했다.

어덜트한 모습으로 변한 와이즈는 메디와 포타의 곁으로 돌아와서 자신의 모습을 보여주며 말했다.

"짜잔~. 어때? 어른스러워 보이지?"

"와아! 와이즈 씨, 마치 밤의 여제 같아요!"

"뭐? ……따, 딱히 의식한 건 아냐……. 단순히 어른을 이미지했더니, 이런 모습이 됐을 뿐인데……. 나와 가까운 어른이 꼭 이런 느낌이었거든……."

"그러고 보니 와이즈 양의 어머님이 밤의 여제라는 호칭이 어울리는 분이었다죠? 이야기는 들었지만…… 정말 장난 아니군요." 단언.

"자, 장난 아니라니…… 아, 아무튼! 내 모습이 우리 엄마를 좀 닮았을지도 모르지만, 아무튼 중요한 건 그게 아냐! 이걸

로 우리는 보호자 동반이라도 우길 수 있게 됐어!"

"이 세계는 어디까지나 게임이니까, 그런 제한은 없을 것 같은데요……."

"만일의 경우라는 게 있을 수도 있잖아! 게다가 애들끼리 카지노에 들어갔다 괜히 주목을 받기라도 했다간, 포타 대작전을 실행에 옮기기 어려워질지도 모른단 말이야!"

"하긴, 그렇게 될 가능성은 존재하죠."

"예? 저의 대작전이라고요?"

포타는 영문을 모르겠다는 표정을 지었지만, 「별것 아니니까 개의치 마」, 「포타 양이 신경 쓸 필요 없어요」, 「아, 예……?」 나쁜 언니들이 이야기를 돌렸다.

"좋아! 그럼 가자~!"

어른 와이즈가 앞장을 서면서 세 사람은 카지노를 향해 당당히 나아갔다.

마법석의 휘황찬란한 빛을 따라 나아가보니, 입구에 떡하니 서있는 듬직한 체격의 경비원이 눈에 들어왔다.

"어서 오십시오. 저희 카지노를 찾아주셔서 감사합니다."

"아, 그래. 우리 일행은 총 세 명이야. 이 둘은 미성년자지만, 보호자인 내가 있으니까 안에 들어가도 되지?"

"아, 예. 문제없습니다. 애초에 저희 카지노는 미성년자의 이용 금지 및 보호자의 동반 하에서만 미성년자의 입장 가능 같은 규칙이 없습니다."

"큭……. 역시 그랬구나……."

와이즈는 괜히 변신을 한 것이었다. 펑 하면서 연기가 피어오르더니, 그녀는 바로 변신을 풀었다.

"역시 와이즈 양. 안쓰럽군요."

"시끄러워! 아무튼 가자! 돈을 따고 따고 또 따주겠어!"

"와이즈 양이 지더라도 저희가 돈을 딸 테니, 걱정하지 마세요."

"저도 도울게요! 마마 씨를 위해서라도, 돈을 왕창 딸래요!"

와이즈 일행은 누구 한 명 자신들의 승리를 의심하지 않으며 카지노 안으로 들어섰다. 이곳은 그야말로 카지노였다.

오락의 전당인 실내는 바닥에 깔린 붉은색 카펫, 검은색 벽, 그리고 무지갯빛을 뿜고 있는 샹들리에로 꾸며져 있었다. 사치스러우면서 또한 우아했다.

즐길 수 있는 도박의 종류 또한 풍부했다. 카드와 룰렛 테이블이 줄지어 설치되어 있고, 가게 중앙에는 빙고와 비슷한 추첨 게임인 『키노』를 위한 거대 프라스코형 추첨기가 놓여 있었다. 내부에서는 번호가 적힌 공이 뒤섞이고 있었다.

슬롯머신 또한 줄지어 있었다. 머신 안에서 실제로 릴이 회전하는 아날로그 타입, 화면에 디지털 표시되는 비디오 슬롯, 릴이 세 개인 것과 다섯 개인 것도 있었다. 그야말로 다양한 갬블을 즐길 수 있는 것 같았다.

그리고 어린아이는 보이지 않지만, 남녀를 불문하고 다양한 연령의 손님들로 붐비고 있었다.

메디도, 포타도, 와이즈도, 입을 쩍 벌린 채 얼이 나간 듯한 표정을 지었다.

"이게 뭐야……. 어마어마하게 고저스하네……."

"저, 정말이네요……. 그야말로 휘황찬란이라는 표현이 어울릴 듯한 곳이군요……."

"사방팔방이 반짝반짝거려요……."

완전히 압도당한 세 사람은 꼼짝도 못하며 멍하니 서있었다…….

바로 그때, 이 카지노의 직원으로 보이는 노인이 차분한 발걸음으로 다가왔다. 노인답게 온화한 미소를 짓고 있었다.

"저희 카지노에 잘 오셨습니다. 저희 카지노를 처음 찾으셨습니까?"

"어? 아, 응! 처음 왔어! 이걸 보고 온 거야!"

와이즈는 예의 전단지를 보여줬다.

노인은 그 전단지를 보고 한순간 표정을 굳혔지만, 금세 다시 미소를 지었다.

"오호라. 여러분이 바로 지배인께서 초대하신 분들이군요."

"뭐? 이곳의 지배인이 우리를 부른 거야?"

"저희는 뭐가 어떻게 된 건지 모르겠는데 말이죠……. 아, 혹시……."

"그 지배인이 바로 시라아세 씨인 걸까요?!"

"글쎄요. 저희 카지노의 지배인은 그런 이름을 지닌 분이 아닙니다만……."

"""어?"""

노인은 고개를 갸웃거렸다.

와이즈 일행 또한 무심코 고개를 갸웃거렸지만…….

“아~ 혹시 다른 이름을 쓰는 걸까?”

“그러고 보니 시라아세 씨는 자기 역할에 맞춰 이름을 바꾸기도 했죠.”

“맞아요! 이번에는 다른 이름을 쓰는 게 틀림없어요!”

몇 번이나 그런 성가신 짓을 벌인 적이 있는 사람이니 아마 틀림없을 것이다.

세 사람이 나름대로 납득을 했을 즈음, 노인이 다시 입을 열었다.

“제 소개가 늦었습니다. 저는 이 카지노의 부지배인입니다. 여러분을 안내하라는 지시를 받았죠. 잘 부탁드립니다.”

“우리야말로 잘 부탁해~.”

“와이즈 양. 연장자에게 반말을 쓰면 어떻게 해요. 존댓말을 쓰세요.”

“죄송해요~. 그리고 잘 부탁드려요~.”

“부지배인 씨! 저는 카지노에 대해 잘 모르니, 안내를 부탁드려요!”

“알았습니다. 그럼 우선…… 전단지에 적혀 있었다시피, 여러분에게 전해드릴 보수는 이미 준비되어 있습니다. 그것을 넘겨받을 것인지, 아니면 보수를 칩으로 바꿔 카지노를 이용할 것인지, 여러분의 희망을 말씀해 주십시오.”

“보수는 받을 수 있구나! 좋아! 그럼 전부 칩으로 바꾼 다음, 그걸로 이 카지노에서 도박을 하자! 다들 이의 없지?!"
"예. 좋아요."
"저희는 도박을 할 거예요!"
"알았습니다. 그럼 보수 전액을 칩으로 교환해드리겠습니다. 그럼 이 카지노를 즐겨주시길. 설명이 필요할 경우에는 따로 말씀을 드리겠습니다."
부지배인은 칩이 들어있는 케이스를 불쑥 꺼냈다. 총액 1천만이나 되는 칩을 원금 삼아 도박을 시작하는 것이다.
그럼 무엇부터 할까. 세 사람은 가게 안을 둘러보았다.
"으음…… 역시 슬롯머신부터 해보자!"
"호오, 멋진 판단이군요. 우선 슬롯머신으로 원금을 늘리는 게 카지노의 정석이죠. 잘 알고 계시는 군요."
"어? ……아, 으음, 그냥 입에서 나오는 대로 말했을 뿐인데……."
"와이즈 씨는 벌써 비기너즈 럭을 다 쓴 것 같군요."
"뭐?! 말도 안 돼!" 두둥!
"잡담은 그만하기로 하고, 우선 슬롯머신을 해볼까요."
"예! 저도 해볼래요!"
슬롯머신을 하기로 한 그녀들은 기계가 줄지어 설치되어 있는 코너 쪽으로 뛰어갔다.
참고로…….
슬롯머신은 크게 두 종류로 나뉜다. 배당금은 적지만 돈을 쉽게 딸 수 있는 『플랫탑 형』과 일확천금을 노릴 수 있지만 돈을 딸 확률이 낮은『프로그레시브 형』이다.

우선 플랫탑 형을 하면서 수중의 칩을 조금씩 늘려나가는 것이 슬롯머신을 즐길 때의 기본이다. 상식인 것이다.

하지만 그런 것을 알 리 없는 이 세 사람은 고액 배당에 이끌려 프로그레시브 형의 아날로그 3연 릴 슬롯머신을 선택했다.

“이참에 우리 끼리 승부를 해볼래? 가장 먼저 잭팟을 터뜨리는 사람이 승리, 같은 건 어때? 뭐, 어차피 내가 이기겠지만 말이야.”

“무모한 승부라는 생각이 들지만…… 말은 이러면서도 잭팟을 터뜨리는 게 바로 저란 애죠. 후후후.”

“저도 최선을 다할게요! 대박을 터뜨리고 싶어요!”

“잭팟을 노리기 위해서는 모든 라인에 최대 매수를 걸어야 합니다. 칩을 투입하면, 그 금액에 따라 매수가 충전되니, 그 다음에는【MAXBET】버튼을 누르기만 하면 되죠. 자, 해보십시오.”

세 사람의 슬롯머신에 무지갯빛 칩이 하나씩 투입됐다. 「어?! 한 개만 넣었는데 100만 매가 되었네?!」, 「칩 하나가 100만인가요……」, 「부자가 된 것만 같아요!」 그러나 배당 라인은 3열이며, 각각 최대 1천 매씩 걸 수 있지만…… 이미 들뜬 소녀들이 그런 것을 신경 쓸 리가 없었다.

와이즈와 메디와 포타는 동시에 레버를 당기며 도박을 시작했다! 경쾌한 리듬의 음악이 흘러나오면서 릴이 회전하기 시작하더니, 곧 정지됐다! 결과는……!

세 사람 다 꽝이다. 유감이다.

"뭐, 처음부터 돈을 따는 걸 바라는 게 염치없잖아."

"그래요. 다음 기회를 노리죠."

"계속 해봐요!"

그렇게, 두 번, 세 번…… 열 번…… 스무 번…… 슬롯머신을 계속 했지만…….

한 번도 돈을 따지 못했다.

"조, 좀처럼 돈을 따지 못하네……. 이렇게 되면……."

"그래요. 슬슬 적당한 때가 된 것 같군요."

와이즈와 메디는 악당 같은 표정을 지으며 날카로운 눈빛을 교환한 후, 부지배인을 몰래 살펴봤다. 부지배인은…… 조금 떨어진 곳에서 다른 손님들을 살펴보고 있었다.

기회다. 세 사람은 목소리를 낮추더니 비밀 작전을 실행에 옮겼다.

"자, 포타. 네가 나설 차례야."

"경품 획득을 위해, 그리고 나아가선 마마코 씨를 위해, 포타 양이 할 수 있는 일이 있죠? 그렇죠?"

"예! 저의 감정 스킬로 잭팟이 터질 것 같은 슬롯머신을 찾을 수 있을지도 몰라요! 해볼게요!"

두 사람에게 유도를 당한 포타가 의욕을 불태우면서 감정 스킬을 발동시켰다……!

바로 그때였다.

"손님, 잠깐 기다려 주십시오."

느닷없이 대량의 경비원들이 그녀들을 향해 몰려왔다. 「어라?!」, 「어머?!」, 「우왓?!」 세 사람은 순식간에 경비원들에게 포위당하고 말았다.

경비원들의 완전 포위망의 일부가 갈라지더니, 부지배인이 천천히 걸어왔다. 그는 여전히 미소를 머금고 있지만…….

"여러분, 저희 카지노는 감정 스킬을 통해 칩을 딸 확률이 높은 머신을 찾는 행위를 금지하고 있습니다. 그런 부당행위를 저지른 분은 설령 초대를 받으신 손님일지라도 응분의 대가를 치르도록 되어 있죠……. 포타 양, 사무소로 같이 가주시겠습니까?"

"예! 저는 감정 스킬을 사용했으니까, 사무소에 갔다 올게요!"

자신이 한 짓을 솔직하게 인정한 포타는 경례를 하며 그렇게 말했다. 정말 솔직한 애다.

그런 포타의 뒤편에서는…….

"저, 저기…… 메디, 이건……."

"으, 으음…… 최악의 사태, 군요……."

얼굴이 창백하게 질려버린 와이즈와 메디가 망연자실한 표정을 지은 채 서있었다.

카지노에서 벌어진 사태를 당연히 알 리가 없는 마사토와 마마코는…….

와이즈 일행과 헤어진 후, 약간 세련된 느낌의 카페에 있었다.

"마 군과 함께 외출에서 같이 차를 마시는 건, 게임 세계에 오기 전에는 상상도 못한 일이잖아. 왠지 꿈만 같아."

"나한테 있어서는 거의 악몽이야……. 하아……."

두 사람은 일단 적당한 가게에 들어간 다음, 이제부터 뭘 할지 생각해보기로 했지만…….

대로변에 있는 테라스 좌석으로 안내되고 얼마 후의 일이다.

"손님, 축하드립니다! 두 분은 이 가게가 오픈하고 딱 777번째 커플입니다! 기념으로 두 분의 마음을 달콤하게 녹여줄 특별 메뉴, 러브러브 쪽쪽 드링크를 선물로 제공하겠습니다!"

웨이트리스가 테이블에 내려놓은 커다란 유리잔에는 입을 대는 부분이 두 개 달린 하트 모양 빨대가 꽂혀 있었다. 마주 앉은 두 사람이 같이 마시라는 의미 같았다.

그럼, 지금 바로…….

"우후, 참 운이 좋네. 자, 마 군. 엄마와 같이 마시지 않을래?"

"무리한 요구 좀 하지 말라고오오오오오오!"

엄마와 2인용 하트 모양 빨대로 음료를 쪽~ 같은 걸 했다간 그대로 죽어나자빠질지도 모른다.

마사토는 반사적으로 항의를 하려고 했지만…….

'크…… 우리가 커플이 아니라 모자지간이라는 걸…… 밝힐 수가 없어…….'

주위를 둘러보니 다른 자리에는 하나같이 커플이 앉아 있었다. 아무래도 이 카페는 커플들이 주 고객층인 가게 같았다.

그런 곳에 어머니와 함께 왔다는 사실을 밝혔다간 대참사가 벌어질 것이다……. 아니, 마마코의 방금 발언 탓에 이미 들통이 났겠지만 말이다. 피해망상이 아니라, 진짜로 낮은 웃음소리가 들려오고 있었다.

이렇게 되면 가능한 한 빨리 이 가게를 나서는 수밖에 없다. 마사토는 물로 목을 축인 후, 바로 이야기를 시작했다.

"아~ 그럼 엄마. 이제부터 뭘 할 건지……."

"저기, 점원 분. 여기 적혀 있는 러브러브 아~ 팬케이크 세트가 뭐죠?"

"달콤한 허니 소스가 같이 나오는 팬케이크입니다. 두 분이 번갈아 서로에게 먹여주는 모습을 촬영한 후, 그 사진을 가게 안에 전시해두는 서비스가 세트죠."

"어머, 괜찮네. 그럼 이것도 하나 부탁해요."

"더 가혹한 메뉴를 추가하지 좀 말라고!"

웨이트리스가 정중하게 인사를 하고 돌아간 후…….

"저기, 엄마! 내 말 좀 들어! 앞으로 뭘 할지나 빨리 정하자!"

"어머나. 마 군은 참 조바심이 많네. 아, 그래. 마 군은 한시라도 빨리 엄마에게 어리광을 부리고 싶은 거구나?"

"그런 게 아냐! 아니라고!"

"어머, 그러니? ……엄마의 착각이었구나……. 그럼 역시 다 같이 관광을 하러 돌아가는 편이……."

"자, 잠깐만 있어봐! 좀 있어보라고!"

솔직히 말해, 그러는 편이 마사토로서는 좋겠지만…….

마사토는 와이즈가 했던 말을 문득 떠올렸다.

『마사토. 우리 작전의 성공여부는 네 활약에 달려있거든?』
그리고 마사토는 이렇게 대답했다.
『내가 엄마를 어떻게든 하는 사이에, 우리의 카지노 퀘스트를 달성하는 거구나……. 왠지 모험을 하는 느낌이 나는걸.』
그렇다. 이것은 어엿한 모험의 일부다.
마사토는 자처해서 마마코를 막는 역할을 맡은 것이다.
마마코를 막을 방법이 타의에 의해 정해진 것은 불합리하다고 생각하지만, 모험에는 그런 불합리함이 항상 뒤따르기 마련이다.
'자기 자신을 희생해서, 동료들을 위한 활로를 연다……. 엄청 용사다운 행동이네.'
사명감이 마사토에게 도망치지 말라고 외치고 있었다.
이것이야말로, 다른 누구도 아닌, 마사토만이 할 수 있는 모험인 것이다.
'동료를 위해…… 그래! 동료를 위한 일이야!'
어디까지나 동료를 위한 헌신에 기반을 둔 행동이며, 오오스키 마사토의 진심에서 우러난 게 아닙니다, 하고 마음속으로 몇 번이나 외친 후…….
마사토는 각오를 다지며 선언했다.
"어, 엄마! 나, 오늘은 진심으로 엄마한테 어리광을 부릴 거야! 그러니까 각오하라고!"
그렇게 외친 마사토가 자신이 한 말을 귀로 듣고 스스로에게 절망한 한편…….

"그래……. 우후후."

진심으로 기뻐하며 미소 짓고 있는 마마코의 눈가에서 눈물이 방울져 흘러내렸다.

"어어?! 왜 우는 거야?! 딱히 울 일이 아니잖아?!"

"어머나. 미안해. 엄마, 감동해버렸거든. 마 군의 마음이 너무 기뻐서…… 훌쩍……."

"아, 알았어! 기뻐해주셔서 감사합니다! 그러니까! 으음, 으음…… 일단, 마시자!"

"응, 그래. 울 때가 아니지. 그럼 같이 마실까?"

"……아…… 무덤 팠네……."

러브러브 쪽쪽 드링크의 하트 모양 빨대가 마사토를 향했다.

눈물에 젖은 눈길로 자신을 쳐다보고 있는 어머니의 말을 차마 거절하지 못한 마사토는 마마코와 함께 쪽쪽~했다. 그 감상을 말로 표현하자면…….

"……달아아아아……."

무지막지하게 달았다. 너무 달아서 속이 뒤집힐 것만 같았다.

문뜩 주위를 돌아보니, 가게 안에 있는 커플들의 시선이 마사토에게 집중되어 있었다. 진심으로 어머니에게 어리광을 부리겠다고 선언한 아들을 어떤 식으로 받아들이면 좋을지 모르겠다는 듯이, 눈과 입을 쩍 벌린 채 마사토를 응시하고 있었다.

그들의 시선이 너무 따가웠다. 이곳에 계속 있는 건 무리였다.

"아, 아무튼 말이야! 이제부터 뭘 할지는 걸으면서 생각하자! 빨리 가게를 나서……!”

“앗! 마 군, 위험해! 뒤편!”

허둥지둥 몸을 일으킨 마사토의 뒤편에는 러브러브 아~ 팬케이크를 가져온 웨이트리스가 있었으며, 「꺄앗?!」 느닷없이 움직인 마사토 때문에 놀랐는지 「어?」 쟁반을 던지고 말았다.

그리고, 허공을 가르던 허니 소스 팬케이크가 마사토의 안면에 그대로 착륙했다.

다행히, 이 카페에는 종업원용 샤워 룸이 있었다.

“죄송합니다! 정말 죄송합니다!”

“아, 아뇨. 잘못한 사람은 저예요. 이렇게 샤워를 하게 해주셔서 고마워요.”

몇 번이나 사과하는 웨이트리스를 달래서 돌려보낸 후, 마사토는 옷을 벗고 샤워 룸에 들어갔다.

안에는 웨이트리스들의 개인용품으로 보이는 여성용 보디클렌저와 샴푸 같은 게 놓여 있지만, 그런 것들보다 마사토 자신의 머리에서 나는 달콤한 향기가 더 강렬했다.

“여기 있는 것들로 대충 씻고 빨리 나가야지.”

우선 샤워기의 온수로 머리에 묻은 소스를 씻어내…….

바로 그때였다.

“마 군. 엄마가 씻겨줄게.”

“……어?”

등 뒤에서 샤워 룸의 문이 열리는 소리가 들렸다. 아무래도 마마코가 멋대로 들어온 것 같았다. 마사토는 샤워 중이라 눈을 뜨지 못했지만, 분명 마마코가 이곳에 있었다. 목소리와 기척을 통해 알 수 있었다.

"어, 엄마?! 왜 들어온 거야?!"

"그야 물론 마 군의 머리를 감겨주기 위해서지."

"나, 그런 부탁 한 적 없거든?!"

"하지만 오늘은 엄마에게 어리광을 부리기로 했잖니? 안 그래?"

"그, 그건 그렇지만……."

"그러니까 사양할 필요 없어. 어릴 적처럼 「엄마, 머리 감겨줘~!」 하고 말해도 돼. ……마 군은 직접 머리를 감는 게 싫어서, 항상 엄마한테 감겨달라고 했잖아……. 정말 그립네. 우후후."

"큭…… 나 대체 어릴 적에 무슨 짓을 했던 거야……. 머리 같은 건 직접 감으라고……!"

이제 와서 어릴 적을 가지고 왈가왈부해봤자 의미가 없다.

오늘은 결사의 각오로 마마코에게 어리광을 부리기로 이미 결심했으니까 말이다.

"어, 엄마! 머리 감겨줘!"

"응. 알았어. 엄마만 믿어."

마사토는 수치심이나 자존심 같은 것은 그냥 내팽개치고, 어머니가 하자는 대로 하기로 했다.

눈을 꼭 감았다. 물이나 샴푸가 눈에 들어오기 때문이 아니라, 자신이 처한 현실을 보고 싶지 않기 때문이다.

“그럼 마 군, 등을 꼿꼿이 세워볼래? 그편이 씻겨주기 편해.”

“알았…… 어…… 으윽?!”

몸을 일으키자, 등을 통해 말캉~ 하는 효과음이 어울릴 듯한 어마어마하게 부드러운 감촉이 느껴졌다.

그것은 바로, 어머니의…….

“저, 저기, 엄마……. 옷은 입고 있…….”

“물론 벗었지. 물에 젖으면 큰일이잖니.”

“그러십니까…….”

실오라기 하나 걸치지 않은 어머니의, 가슴이다.

마사토가 몸을 살며시 앞으로 숙이면서 대피하려 하자, 「움직이지 말아」 어머니는 그의 어깨를 잡고 자신 쪽으로 당겼고, 그러자 말캉~한 감촉이 또 느껴졌다. 움직일 때마다 어머니의 가슴이 출렁거릴 것만 같았기에 마사토는 꼼짝도 할 수가 없었다. 그저 이 감촉을 느끼며 가만히 있을 수밖에 없었다.

곧 샤워기가 꺼지더니, 마마코의 손가락이 마사토의 머리에 닿았다. 그리고 그의 머리를 주무르며 샴푸 질을 해줬다.

“크…… 기분 좋아……. 등이 아니라 두피가 말이야……. 기분이 좋으니, 짜증이 더욱 샘솟네…….”

“기분이 좋은데 짜증이 나는 건 좀 이상하지 않니?”

“그렇기는 한데…… 그렇기는 한데…… 크윽…….”

“어머나. 마 군, 왜 그래? 혹시 샴푸가 눈에 들어간 거야?”

"아, 아냐. 그런 게 아니라…… 으윽, 눈물이 날 것 같아……. 나, 진짜로 뭐하고 있는 거냐고오오오……."

이미 눈물이 폭포수처럼 흘러내리고 있었지만…….

괴롭고 힘든 어리광의 여정은 이제 막 시작되었다.

마사토의 머리카락이 산뜻해진 후…….

"셔츠에도 소스가 묻었네. 그래, 이참에 마 군의 셔츠를 사러 가자."

"쇼핑을 하자는 거구나. 뭐, 무난할 것 같네. 그럼 가자."

두 사람은 장비품 가게로 향했다.

가게 안에는 갑옷과 투구 같은 것이 줄지어 놓여 있었다. 전투에 대비한 방어구 외에도 평상복과 속옷 같은 것도 취급하는 것 같았다.

마사토와 마마코가 가게 안으로 들어가자, 여성 점원이 두 사람에게 다가갔다.

"어서 오세요~! 두 분은…… 커플이신가요?"

"확 죽여 버린다?" 희번득.

"히익?! 눈에 진심이 어려 있어?!"

"마 군! 점원 분에게 그런 소리를 하면 어떻게 하니!"

"아, 알았어! ……아, 저희는 모자지간이에요. 그리고 평범하게 옷을 사러 왔을 뿐이고요. 당신이 요상한 소리를 늘어놓는다면 저는 용사라는 직함을 내팽개칠 각오로 보복을 할 생각이니, 정보의 취급에는 주의를 기울여주면 고맙겠네요."

"아, 예! 알았어요! 모자지간의 쇼핑을 방해하지는 않을게요! 바지 밑단을 줄이거나 혹 다른 볼일이 있다면 부담 가지지 말고 불러 주세요! 그럼 이만 실례하겠습니다!"

점원은 바람처럼 도망쳤다. ……이것저것 귀찮게 권유하는 사태에서 해방되었으니, 잘된 걸지도 모른다. 아무튼…….

"그럼 마 군의 셔츠를 골라보자! 오~!"

"목소리 한 번 되게 크네. 부탁이니까 좀 작게 말해. 남들 눈에 띄고 싶지 않단 말이야."

다른 손님들은 전부 젊은 모험가들이었다. 마사토는 남들 눈에 띄지 않도록 마마코의 등을 밀면서 평상복 코너로 이동했다. 그럼…….

"저기, 마 군. 사이즈가 맞는지 확인해보고 싶으니까, 좀 돌아서볼래?"

"알았어. 자~."

마마코는 진열된 셔츠 중 몇 개를 들더니, 마사토의 등에 댔다. 어깨 넓이가 맞는지, 차례차례 확인했다.

마사토는 차렷 자세로 선 채, 사이즈 확인이 끝날 때까지 기다렸다…….

"이게 딱 좋겠네. 항균 제취 가공도 되어 있는 것 같고……아, 맞아. 엄마가 꼭 안아줘서 애정 가공도 해둘까? 우후후."

"저기, 내 뒤편에서 뭘 하고 있는 거야……. 응?"

마사토는 등 뒤에서 무슨 일이 벌어지고 있는지도 신경 쓰였지만, 그것보다…….

아까 두 사람에게 맞이했던 점원이 계산 코너 쪽에서 다른 점원과 이야기를 나누는 모습이 눈에 들어왔다. 마사토 쪽을 힐끔거리면서 이야기를 나누고 있는데…… 설마…….

『저기 좀 봐. 저 손님, 엄마와 함께 옷을 사러 왔대.』

『그러니까 「엄마~ 옷 사줘~」 같은 상황인 거지? 완전 어리광쟁이네. 우스워, 정말.』

……같은 이야기를 나누고 있는 거다. 틀림없다.

이대로는 안 된다. 계산을 하면서 엄청난 수치심을 맛보게 될 것이 틀림없다. 반드시 회피해야 한다.

마사토는 마마코에게 슬며시 말을 걸었다.

"저, 저기, 엄마. 셔츠는 내 돈으로 살게. 그러니까 엄마가 돈 안 내도 돼."

"걱정하지 마. 엄마가 사줄게. 오늘은 마 군이 엄마에게 어리광을 부리기로 한 날이잖니? 혹시 더 필요한 게 있다면, 얼마든지 말해."

"그런 게 아냐! 그런 게 아니라고!"

"어머, 그러니? ……혹시 엄마에게 어리광을 부린다는 건 혹시 일종의 핑계……."

"아, 아니거든?! 그런 게 아냐! 그런 게 아니라…… 아, 맞다! 엄마가 나한테 사주기만 하는 것도 좀 그러니까, 나도 엄마한테 선물을 할래! 그러자!"

"어머나, 그럴 필요 없단다. 마음은 고맙지만, 돈도……."

"엄마가 준 용돈이 있으니까 괜찮아! 그러니까……!"

말다툼이나 하는 것도 시간 낭비다. 마사토는 마마코를 오른편으로 돌아서게 한 후, 등을 밀면서 나아갔다.

두 사람이 향한 곳은 바로 여성복 코너다.

"으음, 적당한 게 있으면 좋겠는데……."

마마코에게 어울리는 디자인이나 색상 같은 건 모르겠지만, 마사토는 일단 근처에 있던 옷을 손에 쥐고 살펴보았다. 「……으윽…… 9,700맘……」 상당한 금액이었다. 마사토의 지갑에 상당한 대미지를 가할 수 있는 금액이다.

"저기, 마 군. 너무 비싼 옷은 돈 낭비를 하는 것 같아서 싫거든? 엄마는…… 저 쪽에 있는 게 딱 좋을 것 같아."

마마코가 그렇게 말하면서 손가락으로 가리킨 것은 떨이 세일 중인 옷이 들어있는 왜건이었다.

777맘 균일이라고 적힌 종이가 붙어 있는 그 왜건 안에는 솜이나 레이스 천 등, 각종 컬러풀한 천이 동그랗게 뭉쳐진 채 산처럼 쌓여 있었다.

"러키한 가격이지 않니? 저걸로 할래."

"확실히 가격은 러키한데…… 그래도 이건 너무 싸잖아……."

"중요한 건 가격이 아니라 마음이란다. 엄마에게 어울릴 만한 걸 골라주면 돼. 응?"

"아, 알았어……. 엄마가 그러고 싶다면…… 그런데, 이 천은 대체 뭐야? 손수건이야?"

마사토가 동그랗게 뭉쳐져 있던 천 하나를 들어보니…….

펼쳐진 그것은 바로 여성용 팬티였다.

"이봐아아아앗?!"

"그럼 골라볼게. 엄마에게는 어느 게 어울릴 것 같니? 참, 마 군의 취향에 맞는 걸 골라도 돼. 마 군은 엄마가 어떤 팬티를 입기를 원하는지 궁금하네~."

"죄송한데, 제발 봐주세요! 전 재산을 탈탈 털어서라도 딴 걸 사줄 테니까, 진짜로 봐달라고요!"

마사토는 그 자리에서 무릎을 꿇으며 애걸복걸했다.

결국 마마코는 마사토가 입을 셔츠를 사줬고, 마사토 또한 마마코에게 선물을 했다. 마마코가 평소에 애용하는 것과 비슷한 디자인의 녀석을 말이다.

"우후후. 마 군이 선물해준 거니까, 소중히 여겨야겠네."

"……아, 예……. 소중히 여겨주세요……." 추욱.

계산을 할 때, 점원이 지었던『어? 엄마한테 팬티를 사준 거야? 제정신 맞아?』라고 말하는 듯한 표정을 마사토는 한시라도 빨리 잊고 싶었다. 장비품 가게를 나선 두 사람은 적당히 돌아다니며 산책을 했다.

"저기, 마 군. 이 근처에 있는 가게는 아까 봤던 가게들과 이름이 다르네."

"아~ 카지노 홀딩스의 산하가 아닌가 보네."

이 도시에는 카지노밖에 없나 했더니, 상업도시라 불리는 곳답게 이쪽 상업구에는 다양한 가게가 있었다. 장비품과 아이템을 파는 가게 이외에도 일용품 및 잡화나 식재료를 취급하는 가게, 미용실이나 병원 같은 곳도 있었다. 처음부터 이곳에 왔으면 좋았을 거라는 생각이 드는 에어리어였다.

별생각 없이 하늘을 올려다보니 해가 꽤 기울어 있었다. 얼추 오후 세 시 정도는 되었을 것 같았다.

"집합장소에 가기에는 아직 이르네……. 다른 곳에 들렀다 갈까?"

"그래. 시간이 허락하는 동안, 모자지간 데이트를 마음껏 즐기고 싶어."

"그런 식으로 말하지 좀 마……."

마사토가 몇 번째인지 모를 항의를 또 하려고 한 바로 그때였다.

"어? 저기, 마 군. 저건 뭘까?"

마마코는 길 한편에 있는 가게를 손가락으로 가리켰다. 그 가게에는 간판이 걸려 있었다.

【부모자식…… ㅋ……ㅔ………… 교실】

가로수의 나뭇가지와 잎 때문에 간판에 적힌 글자 중 일부가 보이지 않았다.

"으음, 『퀘』라고 적혀 있는 걸까? 마 군은 퀘스트를 그런 식으로 줄여서 부르지?"

"아~. 뭐, 그러기도 하는데……."

"그럼 저 가게는 부모자식 퀘스트를 하고 있나 보네……. 마 군, 가보자! 마 군과 엄마가 나설 때야!"

"잠깐만 기다려봐. 절대 그런 게 아니거든? 나뭇잎 때문에 글자가 보이지 않는데…… 어, 우와아아앗?!"

오늘 들어 평소보다 한층 더 파워풀한 마마코는 마사토를 잡아끌며 가게 안으로 들어갔다.

그곳은 보육시설 같은 장소였다. 쿠션이 깔려 있는 실내에는 미끄럼틀과 정글짐처럼 어린이용 실내 놀이기구가 설치되어 있었으며, 벽에는 귀여운 동물 그림이 장식되어 있었다.

이 방의 구석에는 직원으로 보이는 젊은 여성이 무릎을 꼭 끌어안은 채 앉아 있었다.

그리고 안으로 들어온 마사토와 마마코를 발견하고 입을 열었다.

"어, 어머? 으음…… 데이트 중인 커플이신가요?"

"확 죽여 버린다?"

"히익?! 강도 살인범?!"

"마 군! 그런 소리를 하면 어떻게 하니! ……저기, 느닷없이 찾아와서 죄송해요. 여기는 부모자식 퀘스트 교실이죠? 저희 모자도 퀘스트에 도전하고 싶은데, 가능할까요?"

"예? 부모자식? 그리고 퀘스트라고요? ……아~ 으음…… 저희는 그런 곳이 아니라, 부모자식을 대상으로 한 레크리에이션을 하는 교실…… 앗!"

말을 잇던 여성이 갑자기 입을 꼭 다물더니, 마사토와 마마코를 지그시 쳐다보았다.

그리고 갑자기 접객용 미소를 지으며 힘차게 입을 열었다.

"예! 맞아요! 저희 가게는 부모자식 퀘스트 교실이에요!"

"이봐, 잠깐만 있어봐. 방금, 레크리에이션이라고 말하지 않았어?"

"아뇨! 아드님이 잘못 들은 거겠죠! 저희 가게는 지금 이 순간, 나이를 꽤 먹은 자식을 둔 가족 분들을 위한 퀘스트 교실로 다시 태어났답니다!"

"어머나, 운이 좋았네."

"뭐가 운이 좋았다는 거야. ……그것보다……."

마사토가 가게 안을 둘러보니…….

【어리광은 유대! 레크리에이션을 통해 아이가 어리광을 부리게 해서, 부모자식의 관계를 돈독히!】

그런 문장이 큼지막하게 적혀 있었다.

"어어어어어엄청 바보 짓 같지만…… 간단하게 말해 이곳은 어린아이와 부모를 대상으로 한 레크리에이션 교실 같은 거네. 우리가 올 장소가 아냐. ……엄마, 빨리 나가자……."

마사토가 나가자고 말하자…….

이 가게 직원으로 보이는 여성이 엄청난 기세로 달려오더니 그의 팔을 꼭 움켜잡았다. 엄청 필사적이었다.

"자, 잠깐만요! 제발 부탁이에요! 참가해주세요! 실은 얼마 전부터 손님들 발길이 뚝 끊겨서 고생하고 있어요! 이 마을에서 자식을 둔 가족이 전부 종적을 감춰버린 것만 같은 상황이라고요!"

"이 가게의 영업 상황 같은 건 제가 알 바 아니에요."

"제발 선처 좀 해주세요! ……나이를 아무리 많이 먹어도, 어리광은 중요하죠! 무조건적으로 어리광을 받아주는 사람이 있으면, 마음에 여유가 생기면서 인생도 풍족해져요! 그리고 어리광을 받아준 어머니 또한 행복한 기분을 맛볼 수 있죠! 부모와 자식, 전부 만족을 느끼며 해피해지는 거예요! ……어머님, 제 말 맞죠?!"

"그래. 자식이 부모에게 어리광을 부린다는 건 신뢰의 증거잖니. 엄마는 항상 마 군이 어리광을 부리기를 바라고 있어."

"어때요?! 들었죠?! 어머님도 저렇게 말씀하시잖아요!"

"게다가 오늘은 마 군이 엄마에게 어리광을 부리기로 한 날이잖니. 여기서 어리광을 부리는 법을 공부하는 것도 좋을 것 같아."

"어, 정말인가요? 두 분은 독자적으로 그런 날을 정하는 건가요? ……우와……."

그 여성은 미소를 머금은 채 뒷걸음질 쳤다.

"잠깐만요! 오해하지 말아요! 오늘은 피치 못한 이유가 있어서……!"

"이유? 저기, 마 군. 그 이유가 뭐니? ……혹시 다른 목적이……."

"그, 그런 게 아냐! 좋아! 완전 구미가 당기네! 자, 어리광부리는 법을 공부해보자고! 끼얏호~!"

마마코가 의심을 품게 둘 수는 없다. 결국 마사토는 될 대로 되라는 심정으로 눈물을 닦으며 작전을 개시했다.

"그럼 아드님. 어리광 지도의 프로인 제가 교육을 시켜드리겠어요. 지금 바로 시작하죠."

"시작하는 건 좋은데…… 뭘 어쩌면 좋을지 모르겠거든요……."

"어렵게 생각할 필요는 없답니다. 어리광을 부리고 싶어 했던 어린 시절을 떠올려 보세요. 그냥 확 안기고 싶어서, 어머니의 품에 안기던…… 그런 심정에 따라 행동하면 된답니다. 어리광 지도원인 제 말이니 믿어보세요."

"그냥 안기면 되는 거야? ……그, 그럼……."

"우후후. 자, 마 군. 사양하지 말고 엄마에게 마음껏 어리광을 부려."

두 팔을 벌린 채 기다리고 있는 마마코에게 정면에서 안기는 건 도저히 무리이기에…….

마마코의 등 뒤로 이동한 마사토는 「하, 할게!」 하고 외치더니, 근성을 쥐어짜내며 그대로 어머니를 끌어안았다. 꼭 끌어안는 건 무리였기에 아주 살짝 말이다.

"어머. 엄마에게 매달리는 거니? 마 군은 참 어리광쟁이네. 우후후."

"큭……. 견뎌. 견뎌야 해, 나……. 이것도 일종의 공부야……."

"또한 아드님이 어떤 행동을 하는 게 아니라, 어떤 행동을 해달라고 부모님에게 요구하는 것도 어엿한 어리광이죠. 어디

한 번 시험해볼까요."

"그, 그럼…… 으음…… 으음…… 으음!"

머릿속에서 갈등의 폭풍이 휘몰아칠 뿐만 아니라, 너무 부끄러운 나머지 얼굴의 모든 혈관에서 피가 뿜어져 나올 것 같지만…….

이렇게 되면 할 수밖에 없다.

"어, 엄마. 무릎베개 해줘."

"알았어. 자, 누워."

마마코는 바닥에 무릎을 모으고 앉더니, 자신의 허벅지를 손바닥으로 두드리며 그렇게 말했다.

마사토는 옷소매로 자신의 뒤통수를 슬며시 닦은 후, 마마코의 무릎에 자신의 머리를 얹었다. 너무 부끄러워서 미칠 것만 같지만…….

솔직히 말해, 뒤통수에서 엄청 기분 좋은 감촉이 느껴졌다. 부드럽다. 따뜻하다. 마음이 진정된다.

"마 군. 엄마의 무릎베개는 어떤 느낌이니?"

"아, 그게, 뭐…… 그러니까…… 엄마의 무릎베개 같은 느낌이야."

어머니가 순수한 기쁨으로 가득 한 미소를 머금으며 아들을 내려다봤다. 그런 표정을 보니 기분이 썩 나쁘지는 않았지만…….

마마코의 뒤편에서 이쪽을 뚫어져라 쳐다보고 있는 여성 지도원 때문에 짜증이 치솟았다.

"아드님. 나이를 먹을 만큼 먹었으면서, 엄마의 무릎을 베고 누워 어리광을 부리는 지금 심정이 어떤가요?"

"이 자리에서 확 혀 깨물고 싶어~!"

"발언에 문제가 있군요……. 진심으로 어리광을 부리려는 의도가 없는 것 같은데……."

"저기, 마 군. 그런 거야?"

"아니에요! 엄~청~ 기뻐요! 어리광 최고~!"

자포자기한 마사토는 환한 미소를 지은 채 엉엉 울면서 죽을힘을 다했다.

"큭! 지도원 씨! 또 뭘 하면 되죠?!"

"글쎄요……. 아, 지금 상태에서 그림책 읽어주기를 추가하는 건 어떨까요? 꽤 고 레벨의 어리광이에요."

"좋아! 어디 한 번 해보자고!"

일단 몸을 일으킨 마사토는 실내에 있는 책장에 가더니 「으음…… 이걸로 할래!」 하고 말하며 한 권의 그림책을 뽑아들고 돌아왔다. 그리고 다시 마마코의 무릎을 베고 눕더니…….

그림책 【모모엄마타로】를 내밀며 부탁했다.

"엄마! 책 읽어줘!"

"어머나. 마 군은 어리광쟁이네. 우후후. 좋아."

엄마가 자기 무릎을 벤 자식에게 그림책 읽어주기. 스타트~.

"옛날옛날, 둥실둥실~ 둥실둥실~ 강을 따라 떠내려온 복숭아를 먹은 엄마한테서 태어난, 모모엄마타로가 있었어요."

"자, 아드님. 이 타이밍에 어머니에게 질문을 하세요. 어리광 섞인 목소리로 말이에요."

"저, 저기~ 엄~마~. 모모엄마타로는~ 복숭아에서 태어난 게 아니라~ 평범하게 엄마한테서 태어난 거야~?"

"그래. 엄마나 마 군과 마찬가지로, 평범한 부모자식 사이야."

"흐음~ 그렇구나~. 평범한 부모자식 사이구나~. 아무튼~ 그런 이름을 가지게 된 아이의 장래가 걱정되네~."

"자, 아드님. 이 타이밍에 아무 이유 없이 몸을 뒤척이면서 어머니의 무릎에 볼을 비비세요. 엄청 어리광을 부리는 거예요."

"와, 와아~! 엄마의 무릎을 베니까, 엄청 기분 좋아~!" 부비부비.

"어머나, 마 군도 참. 간지러워. 우후후."

마마코는 기쁜지 환한 미소를 지었다. 진심으로 기뻐하고 있는 것 같았다. 여성 지도원도 만족한 것처럼 고개를 끄덕이며 어리광의 효과를 재확인하고 있는 것 같았다.

하지만 마사토만은 자기 자신의 어리광 때문에 절망에 빠져들고 있었다.

'……아냐, 착각하지 마. 나는 연기를 하고 있는 거야. 이건 내 본심이 아니라고…….'

마사토는 썩은 생선 같은 눈빛을 머금은 채 마마코의 무릎에 볼을 비비면서, 머릿속으로 그렇게 호소했다. 그 누구에게도 전해지지 않을 외침을 하염없이 토했다.

진짜로 괴로웠다.

"왜 나만 이런 일을……. 다른 애들은 카지노에서 즐겁게 놀고 있을 텐데…… 왜 나만…… 훌쩍훌쩍…….” 부비부비.

마사토는 자신의 부당한 처지를 한탄하며, 어머니의 무릎을 눈물로 적시고 있었지만…….

한편, 와이즈와 메디는…….

“큰일 났어, 큰일 났어, 큰일 났어! 진짜로 큰일 났단 말이야! 칩이 바닥났잖아! 잠깐만, 잠깐만, 잠깐만!”

“와이즈 양, 좀 진정하세요! 제 쪽은 리치…… 아아, 정말! 와이즈 양이 난리를 피우는 바람에 또 돈을 잃고 말았잖아요!”

진짜로 절벽 끝에 몰렸다. 필사적으로 발악할 수밖에 없는 상황인 것이다.

아날로그 슬롯머신에 매달린 채, 핏발 선 눈으로 릴을 응시하며, 필사적으로 기원했지만, 「으아아아앗?! 또 꽝이야?!」, 「아앗! 저도 마찬가지예요!」 꽝, 꽝, 또 꽝이었다. 돈을 따지 못했다.

돈을 계속 잃기만 하니, 관둘 수가 없었다.

“푼돈이나 모을 때가 아냐! 무슨 수를 써서라도 잭팟을 터트려야 해! 그 방법 밖에 없어! 그걸 노릴 수밖에 없단 말이야!”

“알아요! 포타 양을 되찾기 위해서는 그 방법밖에 없죠! 그러니까…… 부지배인 씨!”

“처음에 교환하신 칩은 이제 얼마 남지 않았으니 추가분을 구입하셔야 합니다만, 괜찮겠습니까? 그리고 저희 카지노는 후불제이니……."

"후불제라면, 돈을 따기만 하면 만사 오케이라는 거네!"

"그래요! 구입 금액보다 많은 돈을 따기만 하면 되죠!"

"그렇기는 합니다만, 일단 진정하시죠. 차분히 생각해보시는 편이……."

바로 그때, 두 사람을 말리려 하던 부지배인을 밀쳐내면서 한 여성이 메디 옆에 앉았다.

"사소한 건 개의치 마~. 저 두 사람이 말했다시피~ 마지막에 가서 이기기만 하면 되잖아~."

나이는 와이즈와 메디보다 약간 많이 보았다. 평균 이상 수준의 괜찮은 몸매 위에 검은색 롱코트를 걸쳤고, 수상한 느낌이 감도는 보라색 장발을 손가락으로 만지작거리고 있었다.

그 여성은 졸린 듯한 눈길로 와이즈와 메디를 느긋하게 쳐다보았다.

"으음…… 이 분은…… 누구시죠?"

"소개하겠습니다. 이 분은……."

"자, 스톱~. 자기소개 같은 건 나중에 해도 되잖아~. ……그것보다~. 두 사람 다 심각해 보이네~. 큰일이라도 났어~?"

"장난이 아니라 진짜로 큰일이 났거든?! 일행이 엄청난 금액의 벌금을 물게 되어서, 우리가 그 돈을 벌어야만 한단 말이야! ……그러니까, 혹시 돈 따기 쉬운 슬롯머신을 알면 가르쳐주지 않을래?! 우리, 진짜로 발등에 불이 떨어졌어!"

와이즈가 지푸라기라도 잡는 심정으로 그렇게 외치자…….

그 여성은 즐거워 보이는 표정을 지으면서 빙긋 미소 지었다.

"그렇구나~. 그거 참 큰일이겠네~. ……그럼~ 나와 승부하자~."

"뭐?! 무슨 소리를 하는 거야?! 우리는 너와 승부나 할 상황이……!"

"룰은 간단해~. 우선 이 승부에 돈을 건 다음, 나와 같이 슬롯 게임을 하는 거야~. 그리고 얼마든 좋으니까~ 나보다 먼저 슬롯으로 칩을 따면~ 너희가 이 승부에 건 금액의 열 배를 내가 줄게~. 어때~?"

"예?! 건 금액의 열 배를, 준다고요?! ……그, 그건 저희로선 매우 감사한 제안이지만…… 그런 걸 해봤자, 당신에게는 득이 될 게……."

"이해득실 같은 건 상관없어~. 나는 순수하게~ 너희 둘과 갬블이 하고 싶을 뿐이야~. ……자, 어떻게 할 거야? 할래~? 말래~?"

그 여성이 약간 늘어지는 듯한 어조로 그런 제안을 하자…….

"열 배……. 포타가 물어야 할 벌금의 10분의 1만 빌려가지고, 저 여자와의 승부에서 이긴다면……."

"그러면 바로 포타 양을 되찾을 수 있을 거예요! 저는 하겠어요!"

"그, 그래! 할 수밖에 없겠네! 나도 할래!"

반쯤 패닉 상태에 빠진 와이즈와 메디는 될 대로 되라는 심정으로 그 제안을 받아들였다.

"좋아~. 두 사람 다 한 번씩 나와 승부를 하는 거야~. ……으흐흐……."

그 순간, 스킬 발동시의 이펙트와 비슷한 옅은 빛이 몰래 몸에서 뿜어져 나온 그 여성은 히죽 웃었다…….

"……하아…… 어리광을 부리는 것도, 참 어렵네……."

"우후! 마 군이 실컷 어리광을 부려준 덕분에 엄마는 몸도 마음도 상쾌해졌어! 왠지 새로운 스킬에 눈뜰 것만 같은 느낌이 들어!" 반짝~!

"자식의 어리광을 받아준 덕분에 스킬에 각성한다, 같은 바보 같은 일이 벌어질 리가 없거든? 말도 안 되는 소리 좀 하지 마. 그리고 눈부시니까, 빛 좀 그만 뿜어."

아들에게 있어 혹독한 시련을 마친 마사토 일행은 부모자식 레크리에이션 교실을 나섰다.

밖으로 나와 보니 주위는 저녁노을에 물들어 있었다. 아무래도 적당한 시간이 된 것 같았다.

"그럼 이제 집합장소로 가볼까?"

"응. 그러자."

마마코가 또 허락도 안 받고 마사토의 팔을 끌어안았지만, 그는 이제 뿌리칠 기력도 없었기에 그냥 체념하면서 걸음을 옮겼다. 어머니의 가슴 감촉이 신경 쓰이지 않을 만큼, 적당히 될 대로 되라는 기분이었다. 될 대로 되어라 최고. 자포자기 만세.

"저기, 마 군."

"응? 왜 그러십니까~?"

"오늘은 고마웠어. 엄마는 말이지? 가슴이 벅차. 마 군의 마음이 너무 기뻐서, 정말 행복해. 정말 고마워."

어머니는 진심에서 우러난 감사의 인사를 아들에게 건넸다. 그것도 기습적으로 말이다.

"으, 응……. 저기…… 그러니까, 내가 어리광을 부렸을 뿐인데 이렇게 기뻐해줘서 고마워요."

방심한 상태에서 감사의 말을 들은 마사토는 얼굴이 달아오르는 것을 느꼈다.

기분이 나쁘지는 않다고나 할까…….

'하아. 엄마가 기뻐하면 됐지, 나까지 기뻐할 건 없다고. 하아.'

마사토는 마음속으로 불평을 늘어놓으면서, 어찌어찌 평소의 자기 자신을 유지하려 했다. ……부모의 감사 인사를 솔직하게 받아들이려면, 좀 더 수행을 할 필요가 있을 것이다.

그렇게, 모자지간은 별것 아닌 대화를 나누면서 걸음을 옮겼다.

그리고 잠시 후, 두 사람은 【777】이라 적힌 간판이 달린 여관을 발견했다. 메디가 말했던 집합장소가 바로 이곳이다.

"세 사람 다 아직 안 온 것 같네……. 어떻게 할까?"

"일단 빈 방이 있는지 확인해보자. 엄마가 물어보고 올게."

"오케이~. 잘 부탁해~."

가벼운 발걸음으로 여관 안에 들어가는 마마코를 쳐다본 후…….

마사토는 여관의 벽에 등을 맡기면서 길 쪽을 쳐다보았다.

"……그 녀석들, 돈을 따기는 했을까?"

마사토가 어마어마한 희생을 치른 끝에 와이즈 일행은 카지노에 갈 수 있었다. 그런데 『보수를 탈탈 털어서 도박을 했는데, 다 날려버렸어요~. 아하하~』 같은 건 말도 안 된다. 절대 용납할 수 없다.

세 사람은 수단과 방법을 가리지 않고 대승리를 거둔 후, 만면에 미소를 지으며 돌아올 것이다.

그 순간은 머지않아 찾아오리라.

"……언제 올려나."

세 사람이 돌아오면, 우선 무슨 말을 해줄까. 일단 불평부터 해줘야겠다.

마사토는 그런 생각을 하면서 그녀들을 계속 기다렸고…….

어느새 해가 지고 말았다. 해질녘이라는 시간대는 한참 전에 지나갔고, 어느새 밤이 되었다.

마사토는 길 쪽을 계속 쳐다보고 있었지만, 와이즈도 메디도 포타도 아직 모습을 보이지 않았다.

"……너무 늦는 것 같지 않니?"

마사토와 나란히 서서 주위를 둘러보고 있던 마마코가 걱정스러운 어조로 아들에게 그렇게 물었다. 「곧 올 거야」 같은 발언은 이미 써먹었다.

마사토가 뭐라고 말하면 좋을지 생각하고 있을 때였다.

"저기, 마 군. 카지노에 가서 데려오는 편이 좋지 않을까?"

"뭐? 아, 응. 그래. 그 편이……."

마사토는 대답을 한 직후에 화들짝 놀랐다.

"엄마?! 그걸 어떻게……?!"

"마 군. 솔직하게 가르쳐줄래? 다른 아이들은 카지노에 갔지?"

"으, 응……. 맞아……."

"역시 그랬구나. ……자유행동을 하자는 말이 나왔을 때, 와이즈 양도, 메디 양도, 포타 양도 카지노 쪽을 계속 힐끔거리면서 안절부절 못하기에 그럴 것 같은 느낌이 들었어."

"눈치챘구나……. 혹시 우리 작전을 처음부터 알고 있었던 거야?"

"물론이야. 엄마잖니. 자식이 뭔가를 숨기려고 한다면 바로 눈치채니까. 우후후."

마마코는 마사토를 꾸짖지 않았다. 마치 흐뭇하다는 듯한 어조로 그렇게 말하더니…….

곧 마마코는 표정을 굳혔다.

"그때 한 소리 하는 편이 좋았을지도 모르겠네……. 때로는 보호자 없이 즐거운 시간을 보내게 해주고 싶어서 눈치채지 못한 척 한 건데……."

"왜 아들에게는 그런 배려를 해주지 않는 건지 물어보고 싶네."

"이렇게 늦은 시간까지 돌아오지 않는 걸 보면 심상치 않은 일이 일어난 게 틀림없어……. 마 군, 빨리 그 아이들을 데리러 가자!"

"으, 응! 그래! 아무튼 가보자고!"

마사토와 마마코는 휘황찬란하게 빛나고 있는 카지노 구역을 쳐다보며 내달리기 시작했다.

한낮에도 눈부시게 빛나던 그곳은, 밤이 되자 그림자 한 점 보이지 않을 만큼 압도적인 빛으로 가득 차 있었다.

길을 따라 줄지어 존재하는 카지노는 하나같이 장사가 잘되는 것 같았다. 활짝 열린 문을 통해 손님들을 쉴 새 없이 안으로 들어가고 있었다. 희희낙락하며 안으로 뛰어 들어가는 사람, 중대한 결의를 하며 안으로 들어서는 사람, 의욕 없는 표정으로 가게에 들어가는 사람 등, 다양한 손님들이 있었다.

그런 카지노 구역을…….

밤하늘의 별빛조차 가려버릴 만큼 밝고 시끌벅적한 이곳을, 마사토와 마마코는 내달렸다.

"참고삼아 묻는 건데 말이야. 엄마는 카지노나 도박 같은 걸 어떻게 생각해?"

"글쎄……. 절대 하면 안 된다고 생각하지는 않지만, 긍정적으로 여기지는 않아. 왜냐하면 도박 때문에 빚을 지거나 생활

고에 빠졌다는 이야기를 많이 들었거든."

"아~ 역시 그렇구나……. 만약 내가 가고 싶어 한다면 어쩔 건데?"

"반대는 안 할 거란다. 부모의 생각을 자식에게 강요하는 건 좋지 않다고 생각해. ……하지만 엄마는 마 군을 꼭 끌어안은 채 꼼짝도 하지 않을지도 모르겠네."

"실력행사로 저지하는 거구나……. 그야말로 무자비한 애정이네……."

자신을 소중하게 여겨주고 있으니 기뻐해야겠지만, 마사토는 마음 한편으로 실망했다. 그러는 게 당연할지도 모른다.

"그런데 마 군. 그 아이들이 어느 카지노에 갔을지 짐작이 되니?"

"아, 응. 아마…… 저기에 갔을 거야."

마사토의 시선은 화려하면서도 고급스러워 보이는 카지노를 향했다. 자유행동을 하기로 했을 때, 와이즈 일행의 시선이 계속 향했던 장소다. 세 사람은 분명 저곳에 있으리라.

마사토와 마마코가 서둘러 그곳으로 향하자, 입구에서 대기하고 있던 거구의 경비원이 두 사람을 내려다보며 입을 열었다.

"어서 오십시오. 저희 카지노를 찾아주셔서 감사합니다."

"아, 안녕하세요……. 저기……."

"저는 여기 있는 마 군의 어머니예요. 마 군은 아직 미성년자이지만, 이곳은 게임 세계의 카지노니까, 들어가도 괜찮죠?"

"오오! 엄마, 대단하네! 게임에 대해서 공부하고 있구나!"

"우후후. 물론이지. 공략 가이드북을 보며 공부하고 있거든. 현실세계에서는 안 되겠지만, 게임 안에서는 괜찮은 거잖아?"

"그렇습니다. 오오스키 마마코 님, 오오스키 마사토 님, 저희 카지노의 지배인께서 두 분을 기다리고 계시니, 안으로 들어가시죠."

"어……?"

느닷없이 이름까지 지명되며 초대를 받았다. 경비원은 그 후로 아무 말도 안 하면서 공손히 손으로 가게 안을 가리켰다. 안으로 들어가라는 뜻 같았다.

"지배인이 기다리고 있다는 게 무슨 소리지? ……엄마, 일단 신중하게……."

"다른 아이들이 걱정돼! 서두르자!" 대시!

"내 말 좀 들어줄래?!"

마마코가 부리나케 안으로 뛰어 들어가자 마사토도 허둥지둥 그 뒤를 좇았다.

빛을 난반사하고 있는 황금색 문이 열리자, 그 너머에 존재하는 카지노가 눈에 들어왔다.

슬롯머신, 포커, 룰렛. 호화롭게 꾸며진 가게 안에 각종 게임이 갖춰져 있는 모습은 보는 이들을 매료시켰다.

또한, 카지노에서 일하는 종업원들 또한 멋진 볼거리였다.

쿨&스타일리시하게 카드를 다루고 있는 딜러는 물론이고, 자연스레 눈길이 계속 가는 이들이 있었다. 바로 바니걸이다.

토끼 귀를 착용하고, 가슴이 금방이라도 드러날 것만 같은 하이레그 슈트를 입었으며, 가느다란 다리는 망사 타이츠에 감싸여 있었다.

너무 완벽해서 보는 이들이 다 괴로울 지경이다.

마른 침을 꿀꺽 삼키게 되는 바니걸이 바로 저기에……!

"저기 말이야! 초절정 현자인 내가 바니걸 차림으로 일부러 음료를 가져다줬잖아?! 그런데 팁이랍시고 100맘밖에 안 주는 거야?! 좀 더 내놓으란 말이야!"

"아, 아니, 초절정 현자 같은 건 여기선 아무 의미 없는데…… 그리고 도박으로 돈을 너무 날려서, 돈이 한 푼도……."

"자, 점프해봐. 빨리 제자리 점프를 해보란 말이야. 짤랑짤랑~ 소리가 나면 즉사마법을 연속마법으로 날려줄 거야."

"자, 잘못했습니다! 실은 돈 있어요! 자, 팁이에요! 받아 주세요!"

남성 손님은 엉엉 울면서 가슴이 납작한 바니걸에게 거액의 팁을 건네주고 있었는데…….

잘못 본 게 틀림없다. 분명하다. 미소와 손 키스가 전매특허인 사랑스러운 바니걸이 저런 공갈협박을 할 리가 없다.

바로 그때, 저쪽에 있는 슬롯머신의 뒤편에서 진정한 바니걸이 모습을 드러냈다!

"손님? 손님께서는 아까부터 슬롯머신을 계속 두들기셨죠?"

"으, 으음…… 너무 돈을 못 따서, 홧김에……."

"목격한 사람이 저 한 사람뿐이라 그나마 다행이지만…… 만약 제가 이 일을 상부에 보고한다면, 손님께서는 거액의 배상 청구를……."

"비, 비밀로 해주면 안 될까?! 응?! 부탁이야!"

여성 손님이 상당한 양의 칩을 내놓자, 바니걸은 미소녀 스마일을 지으면서 상당한 볼륨을 자랑하는 가슴 계곡에 그 칩을 집어넣었는데…….

못 본 걸로 하기로 마음먹었다.

이번에야말로! 저쪽에 있는 포커 테이블 쪽에 진정한 바니걸이……!

"이봐~ 숄더백 든 귀여운 토끼 아가씨. 주문을 외어주지 않겠니?"

"예! 저한테 맡겨주세요! ……좋은 카드가 올까? 좋은 카드가 올 거야! 좋은 카드가…… 왔어~!"

"자, 주문의 효과는…… 오오, 괜찮은 패인걸. 고마워, 귀여운 토끼 아가씨. 이건 답례니까 받아둬."

"아, 예! 감사합니다!"

대부호 같아 보이는 초로의 남성 손님이 조그마한 바니걸에게 지폐 다발이 가득 들어있는 가방 하나를 통째로 건네줬다. 보는 이들도 기분이 흐뭇해질 광경이었다.

그것보다…….

"어머나. 왠지 낯이 익은 바니걸들이 있네."

"그래. 바로 헌팅을 해야겠어."

마사토는 일단 근처에 있던 자칭 현자 바니걸을 향해 걸어간 후, 그녀의 토끼 귀를 움켜쥐었다. 원래 바니걸한테 이런 짓을 하는 건 매너 위반이겠지만…….

"어이, 와이즈. 뭐하고 있는 거야?"

"뭐? 보고도 모르겠어? 서빙 일을…… 어…… 마사토~?! 그리고 마마코 씨까지……?!"

"어? 마사토 군과 마마코 씨? ……앗!"

"아! 마사토 씨와 마마 씨! 와주셨군요!"

바니 와이즈가 경악에 찬 목소리로 그렇게 외치자, 바니 메디와 바니 포타도 두 사람이 있는 곳을 향해 뛰어왔다. 만나고 싶었어~! 와락! 패턴이리라. 「하아, 어쩔 수 없지」 마사토는 퉁명한 어조로 그렇게 말하면서도, 동료들과 포옹을 할 준비를…….

"마마코 씨~!", "마마코 씨!", "마마 씨!" 와락!

"어머, 정말 다행이야! 다들 무사했구나!" 와락!

마사토는 펼쳐들고 있던 팔을 슬며시 내렸다. 뭐, 이럴 줄 알았어.

"그것보다 대체 뭐가 어떻게 된 거야? 왜 셋 다 바니걸이……."

"아, 맞다! 우리 말 좀 들어봐! 그게 말이지……!"

"자~ 스톱~. 종업원은 농땡이치지 말고 일해~."

바로 그때, 약간 늘어지는 듯한 목소리가 들려왔다.

그 목소리의 주인은 검은색 롱코트를 걸친 여성이었다. 나이는 마사토보다 약간 많아 보였으며, 경비원 몇 명을 보디가드처럼 대동하고 있었다.

그 여성은 보라색 장발을 손가락으로 만지작거리면서, 마치 꽃밭 안을 걷는 것처럼 느긋한 발걸음으로 천천히~ 다가왔다.

아름다운 얼굴에 존재하는 졸린 듯한 눈은 의욕이 없어 보였지만…… 마사토와 마마코를 지그시 관찰하고 있는 것처럼 보였다.

마사토는 막연한 불안감을 느끼며 경계심을 품었다. 그리고 솔선해서 앞으로 나섰다.

"……저기~ 누구시죠?"

"나는 말이지~. 이 카지노의 지배인이야~. 이름은 소레라야~. 잘 부탁해~."

"아, 예. 저희도 잘 부탁해요~. ……그런데, 그 지배인이 대체 우리에게 무슨 볼일이야? 나와 엄마를 기다리고 있었던 거지?"

"그래~. 동료들이 왜 바니걸이 되었는지~ 내가 직접 가르쳐줄까 해서 말이지~. 저기, 알고 싶어~?"

"그래. 꼭 알고 싶은걸."

"좋아~. 그럼 설명을…… 하기 전에…… 바니들은 빨리 일이나 해~. 그래야 빚을 갚을 거 아냐~."

소레라가 그렇게 말하자, 와이즈는 발끈하면서 대꾸를 하려는 듯한 반응을 보였다. 하지만 분해 죽겠다는 듯한 표정을 지으며 입을 다물더니, 메디와 포타를 데리고 다시 일을 하러

갔다.

두 사람을 잡고 싶지만, 우선은 상황 파악부터 해야 한다. 그렇게 생각한 마사토와 마마코는 소레라와 마주섰다.

"……그럼 설명을 해주겠어? 가능한 한 스피디한 어조로 말이지."

"부~ 부~. 내 말투 가지고 트집 잡지 말아주면 좋겠네~."

"부탁할게, 소레라 양. 설명해주지 않겠어? 저 아이들이 왜 바니걸을 하고 있는 건데? 그리고 빚은 또 뭐니?"

마마코가 불안한 표정을 지으며 그렇게 묻자…….

소레라는 눈을 가늘게 뜨며 마마코를 주시하더니, 다시 여유 넘치는 미소를 머금으며 이야기를 시작했다.

"간략하게 설명하자면~ ……우선 포타 양이~ 감정 스킬로 돈을 쉽게 딸 수 있는 슬롯머신을 찾으려고 했어~. 하지만 그건 반칙이거든~. 그래서 벌금 10억 맘을 빚졌어~."

"10억 맘……!"

"젠장! 와이즈와 메디가 시킨 것이 분명해! 그래도 10억이라니……!"

"그래서~ 포타 양을 되찾기 위해~ 와이즈 양과 메디 양이 나와 승부를 했는데~ 져버려서~ 둘 다 1억 맘씩 빚졌어~."

"와이즈 양과 메디 양도……?!"

"아~ 맞다~. 메디 양이 홧김에~ 슬롯머신을 걷어차서 고장을 냈거든~. 그 손해배상도 포함해 1억 5천만 맘을 빚졌어~."

"아까 그거 가지고 돈 뜯어냈던 녀석이, 실은 그걸로 배상 청구를 당한 거냐…….”

“그래서~. 저렇게 된 거야~.”

소레라가 가게 한편을 손가락으로 가리켰다. 그곳에는 경품 교환소가 있었다.

준비된 경품은 【포션 : 10】, 【MP회복 포션 : 50】, 【싸우고 싶지 않소이다의 물 : 70】 같은 기본적인 아이템들이었다.

그 외에도 【고무장갑(프리 사이즈) : 100】, 【의류용 세제(리필용) : 300】, 【식재료 택배 서비스 1회분 : 1,000】 등, 입수할 수 있는 경품과 교환에 필요한 칩의 숫자가 대대적으로 표시되어 있었으며…….

【바니 와이즈 : 100,000,000】

【바니 메디 : 150,000,000】

【바니 포타 : 1,000,000,000】

세 사람의 이름과 빚도 적혀 있었다.

“이, 이봐…… 설마……!”

“설마 저 아이들도 경품…….”

“딩동댕~. 빚을 갚아주는 사람한테, 줘버릴 거예요~. 그때까지는 종업원으로 이곳에서 일하는 거죠~. ……이런 상황인데~ 어떻게 할래~? 응~? 마사토 군~ 마마코 씨~?”

소레라는 야비하기 그지없는 표정을 지으며, 즐거워 죽겠다는 듯이 두 사람의 얼굴을 들여다보았다.

어떻게 할 거냐고? 그런 건 이미 정해져 있다.

마사토와 마마코는 서로를 쳐다보며 힘차게 고개를 끄덕였다.

“나와 엄마가 저 세 사람을 되찾을 거야.”

“그래. 꼭 되찾자.”

“예~ 알았습니다~. 그럼 열심히 돈 벌어봐~. ……뭐, 이 가게는 곧 폐점할 거니까~ 내일부터 열심히 하도록 해~.”

“잠깐만 있어봐! 뭐가 폐점이야! 시간적으로 아직 이르잖아!”

“그렇지만~ 특별한 손님을 접대하기 위해~ 여러모로 준비를 하고 싶거든~? 그러니까 오늘 영업은 끝~. 자, 돌아가 주세요~.”

“접대…….”

“잠깐. 저 아이들을 이곳에 두고 갈 수는 없어. 빚은 꼭 갚을 테니까, 아이들을 데려가는 걸 허락해주겠니…….”

“저 세 사람의 안전은 보장할게~. 소중한 경품이거든~. ……그리고 포타 양도 있으니까~. 융숭하게 대접할 수밖에 없어~. ……그러니까, 내일 봐~.”

소레라는 늘어지는 말투로 일방적으로 말을 쏟아내더니 경비원들을 데리고 돌아갔다.

가게 안에서는 곧 영업 종료를 알리는 안내방송이 울려 퍼졌다. 아직 이른 시간이라 손님들은 당혹스러워했지만, 그래도 순순히 가게 밖으로 나갔다.

종업원도 서서히 자리를 비웠다. 가게 안쪽으로 향하는 바니걸들 중에는 와이즈 일행도 있었다. 세 사람 다 송구하다는 듯한 표정을 지으며 두 손을 싹싹 빌며 사과했지만…… 지금은 이대로 보낼 수밖에 없다.

승부는 내일부터다.

"……일단 물러나는 수밖에 없겠는걸. 우리도 돌아가자."

"유감이지만 어쩔 수 없네……. 여관으로 돌아가서 2인실을 하나 빌린 후, 내일에 대비해 일찍 잠을 청하자."

"윽…… 엄마와 한방에 묵는, 거야……?"

"그래. 게임 세계에 와서 처음으로, 모자지간이 같은 방에서 자는 거네."

방금 한 말은 취소해야겠다.

어찌 보면, 마사토에게 있어, 가장 가혹하다 할 수 있는 싸움이, 이제부터 시작되는 것이다.

"흥흐흥~ 흥흥~ 흣흐흐흥~ ……어라라~?"

소레라가 즐거운지 느긋하게 콧노래를 부르면서 지배인실로 돌아가 보니…….

어둑어둑한 실내에 사람이 있었다. 소레라와 같은 디자인의 코트를 걸쳤고, 머리카락을 포니테일 모양으로 대충 묶은 소녀였다. 소레라가 마음에 들어 하는 중역의자에 멋대로 앉아서 집무용 책상에 발을 얹더니, 언짢은 표정으로 카지노 전단지를 쳐다보고 있었다.

소레라는 약~간 열 받았지만 화내지 않았다. 화내지 않으며…….

"우와~ 꺄아~ 이상한 게 있어~. 대체 어디로 들어온 거야

~. 살충제를 어디 뒀더라~?"

"사람을 벌레 취급하지 마! ……이런 걸 일일이 설명할 필요는 없겠지만, 나는 사전에 연락을 했고, 시간에 맞춰 도착한 다음, 네 부하에게 안내를 받아서……!"

"하지만~ 오오스키 마마코의 손가락에 맞고 나가떨어졌다며~? 벌레 맞네~."

"그, 그때는 방심을 했을 뿐이야! 내가 반사할 수 없는 공격이 있을 줄은…… 그리고 나는 손가락에 맞고 나가떨어진 게 아니거든?! 그건 완벽한 빔포였어!"

"어머나~ 꼴사납게 변명이나 늘어놓네~. 같은 사천왕 중 한 명으로서 부끄러워 죽겠어~."

"큭……. 거 참 미안하게 됐네!"

벌레라도 씹은 듯한 표정을 지으며 집무용 책상을 걷어찬 후…….

호랑이처럼 사납게 날뛰고 있는 소녀— 아만테가 또 소레라를 향해 고함을 질렀다.

"아무튼! 오오스키 마마코 일행을 이곳으로 유인하는 데 성공했지? 그럼 지금 바로 전투를 시작하자! 나와 네가 협력해서……!"

"뭐~? 이 바보가 무슨 소리를 하는 걸까~? 아만테와 협력~? 웃겨~. 영문을 모르겠네~. 나 혼자서도 충분하거든~?"

"얕보지 마! 오오스키 마마코가 지닌 힘은 상상을 초월해!"

"그딴 건 나도 알아~. 하지만~ 힘에 힘으로 맞서는 건~ 바보나 하는 짓이거든~."

소레라는 발끈한 아만테를 비웃더니 느긋한 어조로 선언했다.

"오오스키 마마코 일행은~ 바로 나, 어머니를 깔보고 업신여기는 자 『모멸(侮蔑)의 소레라』가 간단히~ 해치워버리겠어~. 내 특별한 스킬이면 식은 죽 먹기거든~. 와이즈 양과 메디 양한테도 이겼으니까~ 오오스키 마마코한테도~ 손가락 하나 까딱 안 하고 이길 수 있어~."

느릿느릿하고 늘어지지만, 흔들림 없는 확신이 담긴 어조로 소레라는 단언했다.

아만테는 할 말이 있는 것 같지만 분노가 대량으로 어린 한숨만 토했다.

"……흐음, 그래? 그럼 멋대로 해. 나도 멋대로 하겠어. …… 솔로 킬링의 탑에서 부하들을 먹여 살리느라 재산을 탕진했으니까, 카지노에서 자금을 모을까……. 뭐, 이런 걸 일일이 말해줄 필요는 없겠지만 말이야."

"그 괜한 소리까지 주절대는 버릇 말이야~. 고치는 편이 좋을걸~? 하지만 카지노를 즐기는 건 환영해~. 돈 팍팍 잃어줘~."

"돈 팍팍 딸 생각이거든? 그럼 안녕."

방을 나서는 아만테를 배웅한 후…….

소레라는 필사적으로 참고 있던 웃음을 결국 터뜨렸다.

"아~아. 아만테는 역시 바보네~. 내 스킬 때문에, 이 카지노에서 돈을 따는 건 절대 무리인데 말이야~. 손님들도, 아만테도, 오오스키 마마코도, 절대로~ 못 이겨~. 흥흐흥~.

……아, 효과를 중첩시켜놔야지~."

반항조직 리벨레 사천왕 중 한 명인 모멸의 소레라가 지닌 특수 스킬은 이미 효과를 발휘하고 있다. 게다가 소레라는 그 효과를 2중, 3중으로 중첩시켰다.

내일 자기 발로 지러 올 마마코를 상상한 소레라는 콧노래를 흥얼거리면서 내일이 오길 기다렸다.

엄마 주사위놀이

1

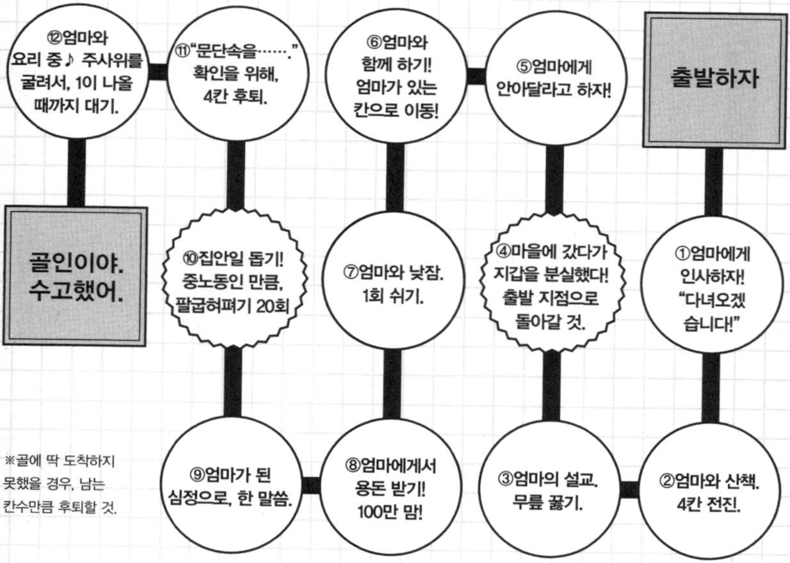

※골에 딱 도착하지 못했을 경우, 남는 칸수만큼 후퇴할 것.

"다같이 「엄마 주사위놀이」를 하자!"

"저는 1이에요! 마마 씨에게 인사할게요! 다녀오겠습니다!"

각 칸의 내용이 참……
나는 사양하고 싶은데……."

"재미있어 보이네. 그럼 나부터 할게.
주사위를 던져보니……
앗, 4가 나왔어!"

"와이즈 양은 출발지점으로
되돌아갔고, 저는…… 윽……
저도 4군요……."

"어쩔 수 없지. 나도 할까…….
5는 피하고 싶은데…… 오오,
6이네……. 어, 엄마는 출발지점이잖아!"

제2장
이 세상에는 당분보다 더 위험한 달콤함이 있다.
……그걸 과다 섭취하면……

아침이다.

잠에서 깨어난 마사토는 눈을 뜨기 전에 자신의 손바닥으로 얼굴을 가렸다.

'코앞에 엄마의 얼굴이 있을 게 틀림없으니까 말이야…….'

눈을 떠보니 코앞에 마마코의 얼굴이 있어서, 허둥대다 실수로 뽀뽀를 한다거나……. 그런 일이 벌어졌다간 그야말로 대참사다. 그래서 선수를 친 것이다.

슬며시 눈을 떠보니…… 손가락 사이로 보인 것은 여관방의 천장이었다.

"……없, 나?"

마사토는 약간 의외라 생각하면서 몸을 일으켰다. 주위를 둘러봐도 마마코는…….

"어머, 마 군. 일어났네. 좋은 아침."

"어? 아, 응. 옆에 있었구나. 좋은 아…… 우왓?!"

고개를 돌려보니, 바로 옆에 마마코가 있었다. 좀 더 세세하게 표현하자면…….

마마코의 엉덩이가 마사토의 눈앞에 있었다.

마침 옷을 갈아입고 있던 중이었는지, 눈에 익은 팬티를 착용 중인 마마코의 엉덩이가 눈앞에 있었다.

"이봐아아아앗?! 아들의 눈앞에서 무슨 짓거리를 하고 있는 거야?!"

"무슨 짓거리? ……아, 이 속옷 말이구나. 그래. 이건 마 군이 어제 사준 그 속옷이야. 실은 특별한 날에 입고 싶었지만…… 포타 양에게 옷가지를 전부 맡겨둬서……."

"내가 선물해준 걸 이렇게 이용해져서 고맙기는 한데 말이야! 아니, 그게 아니라! 왜 내 앞에서 옷을 갈아입는 거냐고……!"

"어머, 그야 엄마와 마 군은 모자지간이니까. 그 정도는 괜찮잖아?"

"그건 모든 게 용서되는 마법의 말 같은 게 아니거든?!"

"아, 맞다. 오늘 아침은 닭고기 달걀덮밥이란다."

"내 말 안 듣고 있지?! 하아, 정말!"

이럴 때에 마마코에게 무슨 말을 해봤자 소용없다는 것을 마사토도 슬슬 학습했다. 사람은 포기할 줄도 알아야 하는 것이다.

아침 발성 연습을 적당히 마친 후, 두 사람은 아침 식사를 했다.

마마코가 아까 말했다시피, 오늘 아침 메뉴는 닭고기 달걀덮밥이다. 닭고기와 양파를 익히고 거기에 달걀을 풀어서 넣은 다음, 갓 지은 밥 위에 얹어서 먹는 요리다.

아침에 덮밥을 먹으면 위에 부담이 간다고? 당치도 않다. 졸음에서 벗어나지 못한 몸을 움직이기 위한 단백질과 영양분이 풍부하기에, 오히려 아침에 먹고 싶은 메뉴다.

오늘 아침은 단둘이서 먹기에, 덮밥과 국을 방에 가져와서 먹었다.

"그런데 용케도 덮밥 그릇이 이 여관에 있었네."

"엄마도 이걸 발견했을 때는 감격했어. 오늘 아침은 마 군과 단둘이 먹을 거니까 좀 특색 있는 메뉴를 만들고 싶다고 생각하고 있었는데, 마침 덮밥용 그릇이 두 개 있지 뭐야."

"흐음. 이것도 엄마 특유의 러키인 걸지도 모르겠네……. 뭐, 수수한 러키지만 말이야."

마사토는 그렇게 말하면서 달걀에서 태어난 닭과 닭이 낳은 달걀로 만든 덮밥을 먹었다. 「흐음…… 엄마 손맛이네」 혀가 『이거다』 하고 외치고 있었다. 맛있을 뿐만 아니라, 만족감이 엄청났다.

하지만 만족감을 느끼면서도, 왠지 허전한 느낌이 들었다.

역시 단 둘이서 식사하고 있기 때문이리라. 단 둘이서 식사를 하다 보니 이야기가 이어지지 않았다.

"……마 군과 함께 밥 먹어서 기쁘기는 한데, 그래도 좀 쓸쓸하네."

"……맞아."

"다들 잘 잤을까……. 아침에 일어나서, 밥을 챙겨먹고 있으려나…….”

“괜찮을 거야. 셋이 같이 있는데다…… 총 12억 5천만이나 하는 초고가 경품이잖아. 유감스럽게도 경품 취급을 당하고 있지만, 그래도 융숭한 대접을 받고 있을 거야. 우리보다 훨씬 끝내주는 방에 묵었을 뿐만 아니라, 아침부터 호화로운 풀코스 요리를 먹고 있을지도 몰라.”

“그 아이들을 경품 취급하는 건 용서 못하지만…… 그래. 괜찮을 거라고 믿자.”

“응. 분명 괜찮을 거야.”

위안 밖에 되지 않을 거라는 건 알지만, 그래도 마사토는 단언했다.

마마코는 아들의 배려를 이해한 것 같았다. 말아 쥔 주먹을 살며시 들어 보이며 의욕을 냈다. 그런 포즈를 취할 필요는 없는데 말이다. 어머니의 저런 모습을 보니 아들로서 엄청 부끄러운데…….

‘……뭐, 엄마의 마음이 긍정적인 건 다행이지만 말이야.’

마사토는 약간 안심했다.

마마코의 표정이 아주 약간이지만 밝아지자, 마사토는 본론에 들어갔다.

“자, 그럼 작전회의를 시작해보자.”

“그럼 같이 목욕을 해야겠네. 준비할게.” 훌렁훌렁.

“평소 하는 알몸 작전회의가 아니거든~?! 그것보다, 이 자리에서 훌렁훌렁 벗지 마!”

자기가 선물한 팬티를 또 목격한 마사토는 어머니에게 옷을 벗지 말라고 외친 후…….

진지한 분위기 속에서 회의를 시작했다.

"으음~ 우선 우리가 처한 상황부터 확인하자. 우리는 이제부터 12억 5천만 맘을 벌어서, 와이즈와 메디와 포타를 되찾아야만 해."

"아무리 생각해도, 정말 엄청난 금액이네."

"졸개 몬스터나 사냥해서 벌 수 있는 돈이 아냐. 게다가 나와 엄마는 무기를 포타에게 맡겨뒀잖아."

"싸워서 버는 건 무리……. 그렇다면, 카지노에서……."

마마코의 표정이 어두워졌다. 역시 도박을 부정적으로 생각하는 것 같았다.

하지만…….

"엄마, 이해해줘. 우리는 지금 위급한 상황에 처했어. 경품 취급을 당하고 있는 그 세 사람을 다른 누군가가 교환해가면 그걸로 끝이야. 한시라도 빨리 거금을 마련해야만 해. 그게 가능한 건 카지노뿐이야. 그러니까……."

"그래. 마 군 말처럼 위급한 상황이잖아. 다른 방법이 없으니, 어쩔 수 없을 거야. ……응, 알았어."

마마코는 힘차게 고개를 끄덕였다.

"마 군, 엄마와 함께 카지노에 가자!"

"응! 그 말을 기다렸어! ……아, 딱히 엄마와 함께 카지노에 가고 싶었던 건 아니거든? 오해하지 마!"

아무튼 마마코는 동의를 했다. 이것으로 당당히 도박을 할 수 있다!

그런고로…….

식사를 마친 마사토와 마마코는 서둘러 준비를 마친 후 여관을 나섰다. 그리고 카지노 구역으로 향했다.

하지만 아직 이른 시간대라 그런지 길에는 사람이 적었으며, 카지노 또한 닫혀 있었다.

"저기, 마 군. 우리, 너무 일찍 온 걸까?"

"아냐. 더 일찍 왔어도 괜찮았을 거야. ……나한테 생각이 있거든."

마사토는 길을 따라 나아가더니 소레라가 지배인인 카지노로 곧장 향했다.

영업시간이 아닌데도 마법석으로 만든 조명 장식이 찬란히 빛나고 있는 건물을 관찰하면서, 마사토는 차분하게 생각했다.

'다른 가게도 괜찮겠지만…… 역시 여기서 승부를 해야겠지.'

소레라의 카지노는 인간을 경품으로 취급하는 악랄한 가게다. 그 외에도 위법적이거나 부당한 짓도 아무렇지 않게 저지를 게 틀림없다.

사기나 확률 조작 같은 것도 할 것이다. 아니, 틀림없이 하고 있으리라.

그렇기 때문에, 여기서 승부를 하기로 마음먹은 것이다.

"좋아. 그럼 엄마. 몰래 잠입하자."

"응, 알았…… 뭐? 저기, 마 군? 방금 뭐라고 했어?"

"몰래 잠입하자고 말했어. ……한나절 만에 1억이 넘는 빚을 진다는 건 보통 말이 안 돼. 분명 사기를 친 게 틀림없어. ……그러니까 미리 어떤 식으로 사기를 치는지 파악해둔 다음, 거꾸로 그걸 이용하는 거야. 그렇게 하면 우리는 손쉽게 떼돈을 벌 수 있겠지. 괜찮은 작전 같지 않아?"

"그건 안 돼! 엄마는 절대 반대야! 나쁜 짓은 하면 안 돼!"

"나쁜 짓을 하고 있는 건 상대방이야. 와이즈와 메디, 포타가 처한 상황을 생각해봐. 그건 명백한 인신매매야. 그런 짓을 하는 상대와 정공법으로 싸워서 뭘 어쩌자는 거야. 절대로 못 이길 거라고."

"그럴지도 모르지만, 그래도 나쁜 짓은…… 어머?"

마사토에게 맹렬하게 항의를 하던 마마코가 갑자기 고개를 돌렸다. 뭔가를 발견한 것이다.

어린아이다. 고대의 민족의상 같은 독특한 옷을 입은 남자애가 있었다.

길을 따라 뛰어온 그 어린애는 소레라의 카지노를 뚫어져라 쳐다보더니, 곧 건물 외벽을 따라 계속 나아갔다.

"어머어머. 저기, 마 군. 저 애, 좀 이상하지 않아? 아직 어린 아이인데 혼자서…… 이 근처에 저 아이의 부모님이 계신 걸까?"

"저기, 엄마. 우리는 지금 중요한 이야기를 하고 있으니까…….”

“어머나, 큰일 났네. 건물 뒤편으로 갔어. 혹시 숨바꼭질이라도 하는 걸까? 그래도 부모님이 근처에 계신 것 같지는 않은데…… 왠지 걱정이 되네. 좀 따라가 보자. 응?”

“하아. 어린아이만 보면 이런다니깐. 어머니들은 정말 하나같이……. 아~ 예~ 예~ 알았어요. 따라가면 될 거 아냐.”

마마코의 불안을 제거해줘야 일을 추진할 수 있을 것 같았기에, 마사토와 마마코는 그 어린아이를 쫓아서 카지노 뒤편으로 향했다.

건물 모퉁이를 돌자…….

“어머? 없네?”

“어디에 간 걸까……. 아, 혹시…….”

카지노의 뒤편에는 다른 건물이 존재했다. 그 건물의 외벽을 따라, 카지노의 비품이 들어있는 듯한 대량의 나무상자가 쌓여 있었다.

산더미처럼 쌓인 나무상자의 꼭대기 쪽에는 조그마한 창문이 있었으며, 그 창문은 열려 있었다.

“이 건물은 뭘까……. 카지노의 창고나 종업원의 방 같은 걸까? ……아무튼, 아까 그 애는 이 건물에 들어갔을 가능성이 큰데…… 엄마, 어떻게 할래?”

“그야 물론 데리고 돌아가야지! 빨리 찾으러 가자!”

“예. 말씀 받들겠습니다~.”

마침 잘 됐다. 러키. 하지만 마사토는 그런 심정을 겉으로 전혀 드러내지 않으면서 나무 상자를 뛰어올라가더니, 그대로 창문을 통해 안으로 들어갔다.

마사토는 건물 2층의 방으로 이어지는 환기용 소형 창문을 통해 안으로 몰래 들어갔다.

이곳은…… 뭘 하는 방일까. 목제 로커가 줄지어 놓여 있다.

아까 그 아이는 보이지 않았으며, 복도로 이어지는 문이 희미하게 열려 있었다.

"한발 늦은 것 같네. 대단한 행동력인걸. 나도 젊은 시절에는 저랬던 것 같은 느낌이 들어."

"영, 차…… 어, 어머?" 끙끙.

"하아. 이래서야 숨바꼭질이 아니라 술래잡기네……."

"으응! 으으응~!" 꾸욱!

"그런데 어디에 간 걸까……. 그것보다, 여기는 뭐하는 방이지? 냄새가 좋네."

"저, 저기, 마 군. 엄마, 핀치에 처했어. 좀 도와주지 않을래?" 훌쩍훌쩍.

"아~ 응. 알았어. 왠지 이렇게 될 것 같았다니깐."

엉덩이가 창틀에 끼어서 꼼짝도 못하고 있는 어머니를 본 마사토는 「그럼 당길게. 하나, 둘, 셋」 힘껏 잡아당겨서 엉덩이를 창틀에서 빼냈다. 자, 구출 완료.

바로 그때였다.

……룸서비스로 파티 같은 걸 한 바람에 늦잠을 자버렸어요! 완전 지각이에요……!

……그러는 너도 엄청 즐거워…… 아, 탈의실의 문이 열려 있네……. 어떻게 된 거지…….

복도 쪽에서 목소리가 들려왔다. 여성, 정확하게는 여자애의 목소리에 가까웠다.

잠깐만 있어봐.

"뭐? 방금, 탈의실이라는 말이 들린 것 같은데? ……설마…… 서, 설마……!"

"마 군, 이것 좀 보렴. 로커 안에 바니걸 의상이 있네." 덜컹.

"제발 없었으면 했는데에에에엣!"

침입 장소가 하필이면 여성용 탈의실일 뿐만 아니라, 여성들이 옷을 갈아입기 위해 이곳으로 접근하고 있었다.

마주쳤다간 대형 사건이 터질 것이다. 변태취급을 당하리라. 체포당하기 전에 그대로 처형당할지도 모른다.

어떻게 하지? 진짜로 어떻게 하냐고!

도망가는 것도 생각했지만, 마마코가 또 창틀에 끼일지도 모른다. 그렇다면…….

"이, 일단, 숨을 수밖에 없어!"

숨을 장소는 로커뿐이다. 마사토는 근처에 있는 로커를 연 후, 그 안에 몸을 밀어 넣었다!

다음 순간, 마마코도 자못 당연한 듯이 마사토가 있는 로커 안으로 들어오더니, 문을 닫았다. 덜컹.

"소곤소곤(저기?! 이게 무슨 짓이야?!)"

"소곤소곤(으음, 마 군과 같이 있는 편이 좋지 않을까 해서 말이야)"

"소곤소곤(전혀 좋지 않거드으으으은?!)"

좁은 로커 안에 몸을 욱여넣은 부모와 자식이 몸을 밀착시키고 있다. 마마코의 지나치게 탄력적이고 거대한 특정부분이 마사토의 가슴을 마구 압박하고 있었다. 또한 허리와 허벅지도 완전히 밀착되어 있었다.

부드러운 감촉과 온기와 향기로 범벅이 된 마사토는 공허한 눈길을 머금으며 생각했다.

'……그러고 보니…… 아이언메이든이라는 고문도구가 생각나네…….'

내부에 가시가 잔뜩 달린 장례용 관 같은 고문도구다. 가시에 찔린 건 아니지만, 마사토의 심정적으로는 그 안에 들어가 있는 것과 비슷했다. 그것도 그럴 것이, 친어머니와 몸을 밀착시키고 있으니까 말이다.

고함을 지르며 뛰쳐나가고 싶지만, 그럴 수는 없다. 누군가가 탈의실 안에 들어왔기 때문이다.

"실례합니다~. ……어, 아무도 없네. 뭐, 됐어. 빨리 갈아입고 나가자."

문이 닫히는 소리가 들리더니 곧 옷을 갈아입는 소리가 들렸다.

옷을 갈아입고 있는 이는 한 명이 아닌 것 같았다.

"하아~ 정말~. 바니걸 같은 건 진짜 못해먹겠다니깐."

"맞아요. 가슴 쪽도 너무 갑갑하다니까요."

"시끄러워."

"하지만 저희는 돈을 벌어야 해요! 빚을 진 건 자업자득이에요! 마마 씨와 마사토 씨에게 폐를 끼칠 수는 없어요!"

"뭐~ 맞아. 사고를 친 건 우리인데, 도움을 받으면 꼴사납잖아. 우리한테도 자존심이 있단 말이야."

"맞아요. 성심성의를 다해, 손님의 지갑을 탈탈 털어주자고요."

"예쁘장한 얼굴로 그런 소리를 대놓고 하는 너도 참 대단해~."

신고를 하는 편이 나을 듯한 대화가 들려왔다. 그것보다…….

마사토와 마마코는 로커 안에서 이야기를 나눴다.

"소곤소곤(저기, 마 군. 이 목소리……)"

"소곤소곤(으, 응. 그래. 틀림없어)"

"소곤소곤(그럼 우리도 라커 밖으로 나가도 괜찮겠지?)"

"소곤소곤(아, 그건 안 돼)"

지금 밖으로 나간다면 문제가 될 것이다. 밖에 있는 여성들은 옷을 갈아입고 있으며, 이쪽에서는 모자지간 밀착 IN 로커 상태니까 말이다. 모습을 드러냈다간 서로가 불행해질…….

바로 그때, 마마코와 마사토가 들어가 있던 로커의 문이 열렸다.

"……어?"

로커를 연 사람은 와이즈였다. 뒤편에는 메디와 포타도 있었다.

바니걸 의상 안에는 속옷을 입을 수 없는 건지, 세 사람 다 실오라기 하나 걸치고 있지 않았다.

한편, 로커 안에는 더위 때문에 땀으로 범벅이 된 모자지간이 딱 달라붙어 있었다.

양측은 아연실색한 채, 한동안 서로를 쳐다보았고…….

잠시 후, 와이즈가 천천히 로커를 닫았다.

"일단 옷을 갈아입을 테니까, 잠시만 기다려."

"반응이 너무 밋밋한 거 아냐?! 그것보다, 잠깐만 기다려봐! 변명! 내 변명 좀 들어줘!"

"창문이 열려 있네요……. 두 사람은 창문을 통해 침입했고, 누군가가 이곳으로 다가오자 부리나케 로커에 숨은 거죠?"

"응! 그래! 정답이야! 이상한 짓은 전혀 안 했다고!"

"알아. 마마코 씨도 같이 있는걸."

"마마코 씨가 이상한 짓을 할 리가 없죠."

"나는 신용해주지 않는 거냐?! ……그, 그것보다 말이야! 나, 방금……!"

"힐끔 쳐다보기만 했지?"

"3초 이내라면 세이프라는 설이 있어요."

"그런 것도 3초 룰 적용 대상이야?! 그것보다 너희 둘, 배려심이 너무 많은 거 아닌가요?! 나를 남자로 인식하고 있긴 한 거야?! 꺄아~ 하고 고함질러도 된다고!"

"저는 마마 씨와 마사토 씨를 만나서 기뻐요! 기쁨의 꺄아~예요!"

"우후후. 고마워, 포타 양. 다들 건강한 것 같네. 정말 다행이야." 꼬옥.

"엄마는 은근슬쩍 나를 끌어안지 마아아아앗!"

마사토는 할 말이 잔뜩 있었다. 이런 사태를 평범하게 흘려 넘기는 동료들에게 설교를 해주고 싶다. 마사토를 포함해 전원이 무릎을 꿇고 앉아서 진지하게 이야기를 나누고 싶지만…….

일단 여자애들이 옷을 입을 때까지 기다리기로 했다.

"……아하. 어린아이를 쫓아서 들어온 거구나."

"그래. 마침 엄마를 납득시킬 적당한 구실이 생겨서 다행이다, 하고 생각하면서 말이야. ……그런데 그 애는 너희가 오기 직전에 탈의실을 나간 것 같은데, 혹시 못 봤어?"

"나는 못 봤는데…… 메디는 봤어?"

"저도 못 봤어요. 어쩌면 통로 반대방향으로 도망쳤을지도 모르겠네요……. 나중에 부지배인에게 수색을 부탁해둘까요?"

"그러면 되지 않겠어? 규칙에 엄격하기는 하지만, 엄청 친절한 사람 같았거든. 아마 이 일은 그 사람에게 맡기면 될 거야."

"그런 사람이 있구나. 그럼 부탁할게."

"응~. 그럼 아이 문제는 그렇게 하기로 하고…… 마사토, 먹어."

"이것도 드시지 않겠어요?"

두 바니걸이 영업용 스마일을 지니면서 내민 마카롱을 「개당 1억이야」, 「이쪽은 1억 5천만이죠」, 「외상으로 달아둬」 한꺼번에 입에 넣은 후, 마사토는 주위를 대충 둘러보았다.

탈의실을 나선 마사토 일행은 현재 와이즈 일행이 묵고 있

는 방으로 이동했다

종업원 숙소지만, 그 내부는 고급 호텔의 스위트룸을 연상케 했다. 딱 봐도 비싸 보이는 장식품이 놓여 있을 뿐만 아니라 그림액자와 꽃으로 방이 꾸며져 있고, 과자와 주스 서비스를 받을 수 있으며, 포타가 좋아할 것 같은 봉제인형도 잔뜩 있었다.

"……빚 때문에 어쩔 수 없이 일하는 처지치고는 꽤 융숭한 대접을 받고 있는 것 같네."

"저희도 꽤 놀랐어요. 부지배인이 이 방을 저희에게 내줬는데…… 솔직히 말해, 너무 대우가 좋아서 다른 꿍꿍이가 있는 건 아닌지 의심하게 되네요."

"우리는 초고가 경품이라서 아닐까? 왠지 그럴 것 같네."

"와이즈 양은 저희 중에서 가장 헐값이지만 말이에요. ……값싼 여자…… 안 됐군요……."

"헛소리 하지 마. 메디는 손해배상을 청구당해서 금액이 늘어난 거잖아. 본체 가격은 나와 똑같거든?"

"어차피 평가액이 아니라 빚인 거잖아. ……1천만을 받아서 나눠가질 생각이었는데, 대체 어쩌다……. 얼추 상상은 되지만 참고삼아 물어보는 건데, 그 돈은 어떻게 됐어?"

"전부 칩으로 바꿔서 승부한 결과가 이 꼬락서니야." 에헴.

"탄성이 절로 나올 만큼 허무하게 탕진해버렸죠." 에헴.

"그게 자랑스레 할 소리냐?! 너희 둘한테 기대를 건 내가 바보였어! ……그것보다, 너희가 빚진 금액이 너무 이상해. 1

억? 10억? 진짜 말도 안 된다고."

"그래! 나도 그렇게 생각해! 진짜 이상해!"

"상대방이 요구한 금액도 금액이지만, 슬롯의 설정 자체가 이상한 것 같은 느낌이 들어요! 그렇게 돈을 못 딴다는 건 이상하다고요! 사기를 쳤거나 조작을 한 걸지도 몰라요!"

와이즈와 메디는 토끼의 모습을 한 육식동물 같은 표정을 지으면서 그렇게 울부짖었다. 두 사람의 감정에 호응하듯, 토끼 귀 또한 쫑긋 섰다. 좀 재미있네.

마사토는 머릿속을 스친 의문을 입에 담았다.

"역시 사기를 친 걸까……. 그건 그렇고, 나는 너희 둘이 순순히 종업원을 하고 있는 게 좀 의외야. 상대방이 사기를 친 것 같으면, 실력행사로 빚을 없었던 일로 만든 다음, 겸사겸사 카지노를 붕괴시킬 거라고 생각했거든."

"마사토 군이 저희를 어떻게 생각하고 있는지에 대해 차분히 이야기를 나눠보고 싶군요."

"마법으로 어찌될 것 같으면, 기쁜 마음으로 그렇게 했을 거야! ……하지만, 그럴 수 없는 이유가 있어. 이쪽으로 와서 여기를 좀 봐."

마사토는 와이즈의 손짓에 따라 그녀의 옆에 섰다. 건방지게도 향수를 뿌린 건지, 매우 건방지게도 꽤 좋은 향기가 그녀에게서 났다. 뭐, 그건 일단 제쳐두기로 하고…….

와이즈는 윈도우 화면을 입체 표시시켜서 보여줬다. 스테이터스가 표시되었는데…… 와이즈의 직업이 현자가 아니라,

【바니걸】로 바뀌어 있었다.

"봤지? 이런 식으로 직업이 바뀌어버렸어."

"직업이 바뀌다니…… 우리의 직업은 변경할 수 없는 것 아니었어? 이 게임을 시작할 때, 그런 설명을 들었는데……."

"나도 그렇게 알고 있었는데, 보다시피 직업이 바뀌었단 말이야. 그래서 진짜 싫었지만, 상대가 내민 빚 청구서의 내용에 동의할 수밖에 없었어……. 참고로, 나뿐만이 아니라 메디와 포타도 마찬가지야."

"포타까지…… 어, 잠깐만 있어봐……. 직업이 바뀌었다면, 혹시……."

"그래. 나는 현재 마법을 쓸 수 없어. 바니걸은 마법을 쓰는 직업이 아니잖아. 그리고 예전 능력이 연동되지도 않았어."

"그랬구나……. 와이즈, 너……."

"마사토, 왜 그래? 나를 위로해주려는 거야? 의외로 상냥한 구석도……."

"즉, 마법을 봉인당한 게 아니라 근본적으로 마법을 쓸 수 없는 애가 된 거구나."

"그렇게 생각하면 평소와 크게 다르지 않네요. 안정적인 안쓰러움이에요."

"시끄러워! 메디도 은근슬쩍 끼어들지 마!" 발끈~!

우와~. 와이즈가 엄청 화를 냈다. 재미있지만 위험할 것 같으니 대피한 마사토가 말을 이었다.

"저기, 메디. 메디도 마법을 쓸 수 없고, 포타도 여행상인의 스킬을 쓸 수 없는 거야?"

"예. 감정과 아이템 크리에이션, 그리고 파티 스토리지도 쓸 수 없어요. 짐은 숄더백 안에 들어있지만, 꺼낼 수가 없대요."

"으으, 맙소사……. 그럼 나와 엄마의 무기를 꺼낼 수도 없는 거구나……."

"빚을 전부 변제하면 원래 직업으로 되돌려준다지만 말이에요. ……그 말을 신용해도 될지는 일단 제쳐두기로 하고, 빚을 진데다 직업 및 능력에도 족쇄가 채워졌기 때문에, 저희는 순순히 저들이 시키는 대로 할 수밖에 없는 거예요."

"그렇구나……. 예상보다 훨씬 성가신 상황이네……."

"전부 저희가 자초한 일이에요. 그래놓고 이런 소리를 하는 것도 좀 그렇지만……."

"으, 응……?"

메디는 「와이즈 양」, 「오케이」 와이즈와 함께 마사토의 앞에 서더니…….

바니걸들이 공격을 펼쳤다!

"용사 님, 저희를 구해주세요." 윙크☆

"믿을 사람은 당신뿐이에요. 부탁드릴게요." 쪽☆

와이즈는 【러키 윙크】를, 메디는 【행운의 손 키스】를 사용했다!

두 바니걸의 어택을 맞고, 마사토는 완전히 맛이 가버렸…….

"응? 아, 그래. 어떻게든 구해볼게."

아니, 멀쩡했다.

"어, 어라?! 효과가 없네?! 어째서지?!"

"바니걸의 특수 스킬이 통하지 않다니, 대체 어떻게 된 거죠?!"

"나도 모르니까 묻지 말라고."

혹시 마사토가 그런 것에는 흥미가 없기 때문일까? 「마사토는 같은 또래 이성에게 매력을 느껴야 한다고 생각해」, 「맞아요. 정말 무례하다니까요」, 「너희가 그딴 소리 하지 말라고」 마사토는 그녀들에게 자기를 남자 취급 좀 해달라고 외치고 싶은 심정이었다.

"그것보다…… 방법은 있어? 구체적으로 어떻게 우리를 구해줄 건데?"

"그게 말이야……."

문제는 바로 그것이다.

"나는 이 카지노에서 어떤 식으로 사기를 치는지 알아낸 다음, 그걸 거꾸로 이용해서 돈을 따는 게 좋을 것 같은데…… 엄마가 반대하네."

"아~ 그럴 줄 알았어~."

"하긴, 떳떳한 방법이라고는 할 수 없으니까요……."

"그러니까 어떻게든 엄마를 설득하거나, 다른 방법을 찾아야 하는데…… 그것보다, 엄마는 어디 간 거야? 포타의 모습도 안 보이는데……."

마사토가 방 안을 둘러본 바로 그때였다.

욕실의 문이 열리더니 「오래 기다리셨어요!」 숄더백을 들고 있는 귀여운 바니걸이 이쪽으로 뛰어왔다. 좋아~ 이 오빠가 확 잡아주겠어~.

그런 식으로 장난이나 칠 때가 아니다. 마사토는 경악을 금치 못했다.

"기다리게 해서 미안해. 옷 갈아입는데 시간이 좀 걸렸네."

"……어이……."

이쪽을 향해 뛰어오는 포타의 뒤편에는 걸과는 거리가 먼 바니가 있었다.

깊게 파인 하이레그 라인에서는 망사 타이츠에 감싸인 늘씬한 다리가 뻗어 나와 있었다.

가슴을 감싸는 부분 또한 그 볼륨감을 완벽하게 커버하지 못한 나머지, 가슴 아랫부분에 살짝 닿아있기만 했다.

걸이 아니라 바니 엄마, 마마코다.

"우후후. 저기, 마 군. 엄마 깡총. 깡총깡총~. 어떠니, 가 아니라, 어때토끼?"

"……짜증나……."

마사토는 무심코 솔직하게 대답했다. 「마 군, 너무 매몰차…… 토끼토끼……」, 「하다못해 훌쩍훌쩍 하고 울라고!」 자기 나름대로의 해석을 더해 토끼 흉내를 내고 있는 바니 엄마다.

"왜 엄마가 바니 옷을 입은 건데에에에에……."

"괜찮네. 여기서는 바니 복장을 하고 있는 편이 눈에 덜 띌 거야. ……뭐, 마마코 씨는 어떤 복장을 해도 눈에 띄네. 인간적으로 너무 커."

"어머, 너무 큰 귀를 골랐나 보네, 토끼." 출렁출렁.

"귀가 아니라…… 돼, 됐어요. 아무튼 이걸로 자유롭게 행동할 수 있겠네요."

"마마 씨가 저희와 함께 있어도 전혀 이상하지 않을 거예요!"

"뭐, 뭐어, 그래……. 잠입수사를 위한 거라 여기면서 납득할 수밖에 없나……."

그렇다. 때로는 체념을 할 필요도 있는 것이다.

어머니와 함께 모험을 하는 나날은, 아들의 인내력이 시험되는 나날이기도 했다. 지금까지 몇 번이나 흘렸던 피눈물을 오늘도 닦는 것이다.

바로 그때였다. 실내에 방송이 울려 퍼졌다.

『지금부터 전체조례를 하겠습니다. 모든 종업원은 업무를 일시 중단하고, 서둘러 카지노 홀에 모여 주십시오. 이상입니다.』

……라는 내용이었다.

"우리는 일단 참가하는 편이 좋겠네."

"출석 체크를 할지도 모르니까요. 그러니까……."

"와이즈 씨와 메디 씨와 저는 카지노 홀에 가야해요!"

"오케이. 세 사람은 조례에 참가하기로 하고…… 저기, 엄마. 우리는 어떻게 할까?"

"엄마도 물론 참가할 거야, 토끼. 엄마도 바니거든, 토끼."

"하아, 쓸데없이 성실하다니깐……. 그것보다, 자연스럽게 말끝에 『토끼』를 붙일 수 없다면, 그냥 확 붙이지 마. 그런 노력은 할 필요 없다고."

"기왕이면 마 군도 조례에 같이 가지 않을래, 토끼?"

"토끼토끼~ 하는 어머니와 같이 있고 싶지는 않은데……

어차피 어떤 식으로 사기를 치는지 조사하러 가기는 해야 하니까……. 나도 참가하기로 할까."

그렇게 결정됐으니, 바로 행동에 옮겼다.

마사토는 평소와 다름없는 복장이었지만, 큰 문제는 없다. 건틀릿과 재킷을 벗으면 오케이다. 셔츠에 조끼 차림은 왠지 딜러처럼 보이기도 했다.

바니걸×3과 바니 엄마와 가짜 딜러로 구성된 일행은 종업원 숙소에서 점포에 있는 카지노홀로 향했다.

아직 개점을 하지 않은 이 가게 안은 대부분의 조명이 꺼져 있었다. 키노를 위한 거대 추첨기도, 각종 슬롯머신도, 빛과 소리를 내지 않으며 완벽하게 침묵하고 있었다.

승리의 흥분에 취한 자도 있는가 하며, 패배라는 나락에 빠져 얼이 나간 사람도 있는…… 그런 카지노의 어두운 면을 그대로 드러내고 있는 듯한, 그런 서글픈 광경이었다.

하지만 감상에 젖어있을 때가 아니다. 딱히 줄을 맞춰 서지도 않으며 곳곳에 모여 있는 종업원들 사이에 숨은 채, 마사토 일행은 조례가 시작되기만 기다렸다.

"저기, 마 군. 아까 그 아이가 이 근처에 숨어있는 건 아닐까, 토끼?"

"엄마가 토끼라는 말을 말끝에 붙이는 한, 나는 엄마와의 대화를 전면적으로 거절하겠어. 사춘기 아들의 진심 거절 파워를 얕보지 말라고.”

“너, 너무해……. 엄마, 토끼토끼.”

“그러니까 토끼토끼~ 하면서 울지 마. 헷갈린다고.”

“마마코 씨. 그 애는 우리한테 맡겨줘. 우리가 수색을 부탁할게. 그냥 종업원에게 맡기자.”

“으음~ 그래……. 이 가게 일이니까, 가게 사람에게 맡기는 편이 좋겠지……. 알았어. 그럼 잘 부탁해, 토끼.”

마마코는 납득한 것 같았다. 설득 완료. 일단 안심해도 될 것 같았다.

하지만 마사토도 아까 그 아이가 조금은 신경이 쓰였다.

‘부모가 이 카지노의 종업원인 걸까…….’

마사토는 선의를 원동력 삼으며, 몰래 스킬을 사용했다.

이 세계에서— 아니, 어쩌면 모든 세계를 통틀더라도, 마사토만이 가지고 있을 특수 스킬. 상대가 어머니인지 아닌지 한 눈에 판별할 수 있는, 지나치게 특수한 스킬을 발동시켰다.

‘……【자성(子性)】…….’

그러자, 연분홍색 빛과 카네이션 색깔의 빛이 마사토의 눈에 들어왔다. 그 빛을 뿜고 있는 이는 바로 옆에 있는 마마코였다.

어머니인 사람은 본인의 몸에서 카네이션 색깔의 빛이 뿜어져 나오며, 마사토는 그것을 시각적으로 파악할 수 있다. ……그건 그렇고, 마마코는 뿜어져 나오는 빛의 양이 어마어마했다.

‘자, 어머니가 있을까…….’

마사토는 스킬을 사용하면서 이 주변에 그 아이의 어머니로 추정되는 인물이 있는지 찾아보았다.

딜러와 바니걸, 경비를 담당하는 종업원, 요리 담당 등, 백 명 가량 되는 종업원들을 체크했지만…… 누구도 카네이션 색깔의 빛을 뿜고 있지는 않았다.

'이 카지노에는 어머니인 사람이 없나 보네…….'

아무래도 그런 것 같았다. 어쩌면 아버지가 이 자리에 있을지도 모르지만, 마사토라도 아버지인 사람까지는 판별할 수 없다…….

바로 그때였다.

"그럼 조례를 시작하겠습니다. 종업원 여러분, 좋은 아침입니다."

종업원들과 같은 옷을 입은 노인이 거대 추첨기가 놓인 단상 위에 서면서 그렇게 말했다. 「……와이즈. 저 사람은 누구야?」, 「이 카지노의 부지배인이야」, 「그래, 저 사람이……」 높으신 분이 등장한 것이다. 마사토 일행은 다른 종업원들과 마찬가지로 인사를 했다.

"으음~. 우선 오늘부터 새롭게 추가될 경품을 소개하겠습니다. 이것입니다."

부지배인이 지시를 하자, 젊은 종업원들이 경품을 단상으로 옮겼다.

단상에 놓인 그것은 바로 관이다.

"으음, 이건 카지노의 부지 안에서 발견된 겁니다. 안에 들어있는 것은 정체불명의 수녀입니다. 아마 버그에 의해 사망한 것으로 여겨집니다. 교회로 옮겨서 소생을 시키는 것도 생각해봤습니다만, 그러면 돈이 들기 때문에 경품으로 처분하기로 했습니다. 교환액은 1맘 칩 한 개입니다. 빨리 처리하고 싶은 경품이니, 종업원 중에 관심이 있는 분이 교환해도 됩니다. 아니, 부탁드립니다."

……라고 말했다.

마사토는 고개를 끄덕였다.

"호사가를 위한 경품, 아니, 우리를 위한 경품이네……. 우리 앞에 나타난 관의 내용물은 백이면 백 그 사람이니까 말이야……."

"그래……. 의심할 여지는 없어……. 지배인이 아니라, 경품이었구나……."

"있을 수 없는 일이지만, 저 관 안에서 저희 쪽을 뚫어져라 쳐다보고 있는 듯한 느낌이 들어요……."

"나중에 제가 교환해서 가져올게요! 저한테 맡겨주세요!"

"고마워, 포타 양. 서둘러줘, 토끼."

다른 곳으로 옮겨진 저 사람을 회수하는 것은 일단 나중에 하기로 했다.

그 외에도 업무와 관련된 몇몇 연락사항을 전달한 부지배인은 마지막으로…….

"그럼 지배인께서 한 말씀 하시겠습니다."

……하고 말하더니 공손히 자리를 양보했다.

바로 그때, 단상에 올라선 이는 이 카지노의 지배인인 소레라였다.

"안녕~ 소레라야~. 다들 건강하지~?"

여전히 느릿느릿한 어조로 인사를 한 소레라는 종업원들을 둘러보았다.

마사토는 반사적으로 몸을 웅크렸다. 마사토와 마마코는 원래 이곳에 있어선 안 되는 이들이다. 그러니 들켜선…….

"어머나. 마 군, 왜 그래? 배라도 아픈 거야?"

"그런 거 아냐! 엄마도 빨리 숨어!"

마사토는 반사적으로 마마코의 어깨를 잡더니 억지로 웅크리게 했다. 일단 몸을 숨긴 후, 상황을 살피기로 했다.

소레라는…….

"저기 말이야~. 오늘은 특별한 손님이 올 예정이니까~ 다들 신경 좀 써~. 엄청 친절하고 양심적이며~ 전혀 수상하지 않은 가게네~ 하고 생각하도록 만드는 거야~. 그럼 영업을 시작하자~."

종업원들을 향해 그렇게 말한 후, 느긋~한 걸음걸이로 단상에서 내려갔다.

아무래도 들키지 않은 것 같았다.

"휴우. 위험했어……."

"우후후. 마 군은 오늘도 엄마에게 어리광을 부리네. 레크리에이션 교실에서 어리광을 배우길 잘한 것 같아."

"그럴 생각은 눈곱만큼도 없다고~!"

마사토는 화들짝 놀라면서 어머니의 어깨에서 손을 뗐다.
그리고, 카지노가 영업을 시작했다.

종업원들은 기민하게 움직였다. 딜러와 웨이터들은 지정된 위치로 향했다.
바니걸들은 입구에 줄지어 선 후, 손님들을 맞이했다. 와이즈 일행도 끌려가더니 그곳에 줄맞춰 섰다.
모든 조명이 켜지더니, 슬롯머신도 준비가 완료됐다. 빛과 소리, 희망과 욕망과 희비가 뒤섞인 공간이 가동된 것이다.
마사토는 차례차례 안으로 들어가는 손님을 보면서 한숨을 내쉬었다.
"하아. 어떤 식으로 사기를 치는지 몰래 조사하고 싶었는데, 결국 못했네. ……뭐, 됐어. 소레라와 다른 종업원들도 우리를 발견하지 못한 것 같으니까, 일하는 척 하면서 조사해보는 거야."
"마 군. 나쁜 짓은 하면 안 돼. 엄마와 약속해줘."
"아, 예~. 알았어."
"그래~ 마사토 군. 나쁜 짓은 하면 안 돼~."
"예이~. 너와도 약속할…… 어…… 우왓?!"
옆을 돌아보니 어느새 소레라가 그곳에 있었다.
"어, 어느새……?!"
"으흐흐~. 안 들킨 줄 알았어~? 실은 한눈에 알아봤어~.

아쉽게 됐네요~."

"맙소사……. 큭……!"

"몰래 숨어들어온 건 용서해줄 테니까~ 그렇게 경계하지 마~. 가게는 이미 오픈했으니까~ 마음껏 놀아~. ……그럼~."

소레라는 손가락을 튕겼다.

그러자 바니걸이 이쪽으로 오더니 마사토에게 칩이 든 케이스를 건네줬다. 열어보니, 그 안에는 다양한 색깔의 칩이 열 개씩 줄지어 놓여 있었다.

"하긴, 카지노에서 도박을 하려면 칩이 있어야 하긴 해. ……칩의 종류는……."

색깔과 표시금액은 아래와 같다.

빨간색 【50】, 초록색 【250】, 검은색 【1000】, 보라색 【5,000】, 노란색 【10,000】.

갈색 【50,000】, 오렌지색 【250,000】, 금색 【500,000】.

그리고 무지개색 【1,000,000】이었다.

마사토는 떨리는 손가락으로 무지개색 칩을 쥐었다.

"으, 으음…… 칩에 표시된 숫자가 말도 안 되는 것 같은데……."

"예를 들자면 빨간색 칩은 50맘 정도야~. 그럼~, 이게 총 얼마일까~?"

"1맘은 일본 엔으로 1엔 정도니까……."

칩은 각각 열 개씩이다. 칩 케이스 한 상자는 총 18,163,000엔 정도인 것이다.

마사토의 얼굴에서 핏기가 사라졌다. 한편, 소레라는 꽤나 즐거워보였다.

"우리는 후불제거든~. 그러니까 펑펑 써도 돼~."

"말도 안 되는 소리 하지 마! 천팔백 만이나 되는 빚을 지면서 도박을 한다는 게 말이 돼?! ……이, 이 칩은 돌려주겠어! 자, 받아!"

"어라라~? 하지만~, 칩이 없으면 카지노를 즐길 수가 없거든~? 동료를 되찾을 자금을 못 만들걸~? 그건 곤란할 텐데~?"

"그, 그건 그렇지만…… 그래도, 이건 좀……."

마사토는 칩 케이스를 쳐다보며 당혹스러워했다.

바로 그때였다.

"마 군! 엄마, 큰일 났어! 좀 도와줘?!"

갑자기 마마코가 도움을 요청했다. 무슨 일인가 싶어 쳐다보니…….

수많은 손님들이 마마코를 둘러싸고 있었다.

"엄청 아름다운 바니걸 아가씨! 【러키 윙크】를 부탁합니다! 나에게 행운을 내려주세요!"

"미, 미안해요. 저는 종업원이 아니에요……. 게다가 걸이 아니라, 한 아이의 엄마랍니다. 그러니까……."

"예엣?! 이렇게 젊고 아름다운데, 한 아이의 엄마?! 바니 엄마인가요?! 혹시 엄청 희귀한 바니인가요?! 그렇다면 더욱 부탁할게요! 팁이라면 얼마든지 드리죠! 윙크 좀 해주세요!"

"이렇게까지 부탁하는데, 거절하는 건 실례겠지……. 그럼…… 에잇!"

마마코는 눈을 깜빡이며 윙크를 했다. 러키 엄마 윙크☆

그러자, 「오옷! 내 운이 엄청 좋아진 것 같은 느낌이 들어!」, 「뭐, 진짜?! 그럼 나도 해야지!」, 「저도 부탁해요!」, 「그럼 나도」 실제로 효과가 있는지는 제쳐두기로 하고, 일반 손님부터 대부호까지, 마마코에게 윙크를 해달라고 몰려들었으며, 마마코 또한 그 요청에 응했다.

그리고 1분 후…….

손님들이 돌아간 후, 마마코는 윙크에 대한 답례라며 손님들이 주고 간 각종 칩을 양손으로 가득 쥐고 있었다. 칩 케이스 두 개 분량은 될 것 같았다.

소레라는 아연실색했다.

"어, 어어어~?! 카지노 측으로부터 안 빌리고 군자금을 마련한 거야~?!"

"하아, 진짜 말도 안 되는 사람이라니깐. 내 엄마지만 정말 무시무시해. ……자, 받아."

마사토는 소레라에게 칩 케이스를 돌려준 후, 마마코에게 다가갔다.

"저기~ 엄마. 괜찮으면 칩 좀 나눠줬으면 하는데……."

"어머나, 조르는 거니? 좋아. 둘이서 공평하게 나눠가지자."

"호, 혹시나 해서 말해두는 건데 말이야! 이건 어리광을 부리는 게 아니라고! 카지노 측으로부터 칩을 빌리는 것보다 엄마한테 칩을 나눠달라고 하는 게 나을 거라고 판단했을 뿐이야! 착각하지 마!"

"마 군은 솔직하지 못하다니깐. 우후후."

어리광이나 조르는 게 결단코 아니다. 그저 이성적인 판단을 내렸을 뿐이다.

마사토는 칩을 확보한 후, 바로 승부를 시작했다.

마마코가 획득한 칩을 정리하기 위해 친분이 있는 바니걸들에게 도움을 받을까 했지만, 보이지 않았다. 와이즈와 메디, 포타는 다른 곳에 간 것 같았다. 근무 중일 테니까 당연할지도 모른다.

다른 바니걸이 다가오더니, 칩을 케이스에 정리해서 담아줬다. 얼추 케이스 두 개 분량이었다. 한 상자는 마사토가, 다른 상자는 마마코가 가졌고, 잔돈은 바니걸에게 팁 삼아서 줬다.

자, 그럼 뭐부터 해볼까.

"다양한 도박이 있는데…… 우선 『텍사스 홀덤』부터 해보자."

마사토는 근처에 있는 포커용 타원형 테이블을 쳐다보았다.

기본 베팅액이 【100,000】인 하이 리미트 테이블이다.

"꽤 무모하지만…… 돈을 늘리려면 승부를 하는 수밖에 없겠지. 좋아."

준비되어 있는 좌석은 총 열 개다. 마사토는 그 중 하나에 앉더니, 다리를 멋지게 꼬면서 어엿한 겜블러 같은 표정을 지었다.

그리고 마마코는 그런 마사토의 옆에 은근슬쩍 앉으려고 했지만…….

"잠깐만 있어봐. 엄마도 할 거면, 다른 테이블에서 해."

"어머, 왜? 엄마는 마 군과 같이 하고 싶어."

"딱히 나쁜 뜻이 있는 건 아니지만…… 텍사스 홀덤은 참가자들이 서로의 칩을 빼앗는 게임이야. 같은 편끼리 서로의 돈을 빼앗아봤자 의미가 없잖아?"

"어머, 그런 거야? ……마 군은 박식하네."

"인터넷 게임으로 해본 적이 있거든. 그래서 어떤 건지는 알아. 그러니까……."

"알았어. 그럼 엄마는 마 군의 승부를 견학……."

"부모 참관은 딱 잘라 거절하겠어. ……학교 수업 때도 조용히 견학만 하지는 않았잖아. 엄마라면 이 승부에 참가하게 될 가능성이 커. 그렇게 되면 진짜로 역효과야. 제발 부탁이니까, 다른데서 놀아."

"마 군을 방해할 생각은 없는데…… 알았어. 방해가 되지 않도록, 엄마는 가게 안을 산책할게."

마마코는 약간 쓸쓸한 표정을 지으며 다른 곳으로 향했다. 토끼 귀 또한 기운이 없는 것처럼 축 늘어져 있었다.

왠지 나쁜 짓을 한 것 같은 느낌이 들었지만, 어쩔 수 없다. 마마코와 마사토가 서로의 칩을 빼앗아서는 아무런 의미도 없는 것이다. 그렇게 생각한 마사토는 마음을 다잡았다.

자…….

"그럼 이제는 참가자를 모집해야겠네. 빨리 모이면 좋겠는데……."

"그럼~ 제가 입후보할게요~."

또 소레라가 불쑥 나타나더니, 마사토의 맞은편 좌석에 앉았다.

"기왕이면~ 1대 1로 승부하는 건 어때~? 아, 겁먹었으면 안 해도 돼~."

"겁 안 먹었거든?"

"진짜~? ……내가~ 실은~ ……리벨레 사천왕 중 한 명인~ 어머니를 깔보고 업신여기는 자 『모멸(母蔑)의 소레라』야~ 하고 말해도 겁 안 먹을 거야~?"

"……뭐?"

수상한 색깔을 띤 장발을 손가락으로 만지작거리면서, 졸린 듯한 눈길로 마사토를 쳐다보고 있는 이 여성은…….

마사토 일행과 적대하고 있는 조직에 속한 강적 중 한 명인 것이다.

"모멸의 소레라…… 사천왕 중 한 명…… 네가 말이야?"

"그래~. 놀랐어~? 놀랐지~? 내가 보낸 전단지에~ 낚여줘서~ 참 고마워~. 으흐흐~."

"전단지…… 그 카지노 전단지는 네가 보낸 거였어……?"

"그래~. 적이 보낸 초대장이었습니다~. ……그런데, 어떻게 할래~? 나와 승부를 할 거야~? 참고로 내 스타일은~ 검이나 마법이 아니라~ 이런 도박으로 승부하는 거야~. 어때~?"

"사천왕과 느닷없이 정면대결…… 아, 아무튼! 방금 네 말이 사실인지 아닌지는 모르겠지만, 네가 나한테 도전하겠다면, 그 도전을 받아주겠어! 나는 이딴 걸로 겁먹지 않는다고! 이런 식으로 나를 흔들려고 해봤자 헛수고야!"

"오~ 역시 용사는 다르네~. 그럼 승부를 해보자~. ……으흐흐……."

소레라가 의미심장한 웃음을 흘린 바로 그 순간이었다.

"응? ……방금, 한순간……?"

마마코의 【어머니의 빛】과 다른 색깔의 빛이 소레라의 몸에서 한순간 뿜어져 나온 듯한 느낌이 들었다.

하지만 주위를 둘러보니 카지노 홀의 사방에는 마법석으로 만든 조명이 잔뜩 있었다. 그 빛 때문에 그렇게 보인 것일지도 모른다. 마사토는 그렇게 생각했다.

"그럼 시작할게~. 준비는 됐어~?"

"좋아! 도전을 받아주지! 그리고 이기겠어!"

소레라가 마사토를 향해 『D』라고 적힌 돌을 미끄러뜨렸다.

D라고 적힌 돌— 『딜러 버튼』이 놓인 자리의 사람이 딜러 역할을 맡는다. 그것이 텍사스 홀덤의 룰이다.

마사토는 바니걸에게서 트럼프카드를 받은 후, 나름 화려한 손놀림으로 카드를 섞었다. 카드는 총 52장이며, 조커는 섞여 있지 않았다.

"2인 텍사스 홀덤…… 시작하겠어."

게임은 네 번의 베팅라운드(칩을 걸 수 있는 장면)로 구성되어 있다.
우선 제1 베팅라운드 『프리플랍』.
“사기는 치지 마~.”
“내가 그런 짓을 왜 하는데?”
딜러인 마사토는 자신과 소레라 앞에 뒤집힌 카드를 두 장씩 깔았다.
남은 카드는 테이블 중앙에 쌓아둔 후, 두 사람은 자신의 카드를 확인했다. 상대방에게는 보이지 않도록 끝부분만 살짝 들어보니…….
마사토의 카드는 스페이드7, 그리고 다이아몬드K였다.
“흐음. ……그럼 우선 강제 베팅이네.”
“2인 텍사스 홀덤에~ 마사토 군이 딜러니까~ 마사토 군은 스몰 블라인드이고~ 내가 빅 블라인드야~.”
스몰 블라인드는 테이블의 기본 베팅액의 절반을, 빅 블라인드는 전액을 베팅해야 한다. 이게 룰이다.
마사토는 우선 갈색 【50,000】이라 적힌 칩을 걸었다. 소레라는 갈색 칩을 두 개 걸었다.
이제부터 두 사람은 잠시 동안 생각하는 시간을 가졌다. 마사토는 자신의 패와 상의했다.
‘스페이드7과 다이아몬드K로 승부를 할까. 아니면 관둘까…….’
이 게임은 참가자 전원이 같은 금액을 베팅하면 다음 라운드로 이행된다.
마사토의 판단은…….

"……콜."

콜은 제시된 베팅액과 같은 금액을 거는 것이다. 즉, 게임을 계속하겠다는 의사표시다. 마사토는 갈색 칩을 한 개 더 추가했다. ……참고로 관둘 때는『폴드』라고 말한다. 이미 건 칩을 돌려받을 수는 없으며, 그것은 승자가 차지한다.

마사토가 콜을 하자 승부는 속행됐다.

테이블 한편에 쌓인 칩의 총액은 200,000맘이다.

그 뒤를 이어 제2베팅라운드『플랍』에 돌입했다.

"딜러 씨~ 빨리 좀 해~."

"알았으니까 재촉하지 마."

마사토는 쌓아둔 카드에서 세 장을 뽑은 후, 테이블 중앙에 앞면이 보이게 깔았다.

그 카드는 하트4, 스페이드K, 하트6이다.

이것은『커뮤니티 카드』라고 부른다.

텍사스 홀덤은 자신의 카드와 이렇게 오픈된 커뮤니티 카드를 조합해 총 다섯 장의 카드로 승부하는 게임이다.

참고로 조합해서 만드는 패는 일반적으로 알려져 있는 포커와 동일하다. 그러니…….

'내가 가진 다이아K와 커뮤니티 카드인 스페이드K로, 일단 원페어는 완성됐네…….'

재수가 좋은 듯한 느낌이 들었다.

"자~ 그럼 베팅 타임이야~. 야구의 배팅 타임이 아니니까, 착각하지 마~."

“헛소리 하지 마. 그리고 이번에는 너부터 걸 차례잖아? 빨리 해.”

“알았어~. 그럼 베팅할게~.”

소레라는 갈색 칩 두 개를 걸었다. 아까와 같은 금액이다.

마사토는 어떻게 할지 고민했다.

‘상대는 그냥 평범하게 베팅했어……. 그리고 나는 일단 원 페어는 완성했잖아……. 일단 관두지 말고 계속 이어가볼까.’

승산이 있는 듯한 느낌이 든 마사토는 「콜」 하고 말하며 승부 속행을 선택했다.

현재 총 베팅액은 400,000맘이다.

그리고 제3 베팅라운드 『턴』에 돌입했다.

“이번에 추가되는 건 한 장뿐이야~. 실수하지 마~.”

“알아. ……그럼 뽑겠어.”

마사토는 쌓여 있는 카드 중에서 한 장을 뽑은 후, 커뮤니티 카드에 추가했다.

네 번째 커뮤니티 카드는 하트7이었다.

‘좋았어! 투페어 완성!’

마사토는 고함을 지르고 싶었지만, 소레라에게 패를 가르쳐 주지 않기 위해 포커페이스를 유지했다. 손이 희미하게 떨릴 것 같지만, 가능한 한 태연한 척 했다.

소레라는 그런 마사토를 지그시 쳐다보면서 베팅을 했다.

“으음~ ……일단 이렇게 가볼까~.”

소레라는 또 갈색 칩을 두 개 걸었다.

"이제 마사토 군 차례네~. 아, 혹시 폴드할 거야~?"
"이제 와서 승부를 관둘 수야 없지. ……레이즈하겠어."
레이즈는 지정된 베팅액의 두 배 이상을 거는 것을 말한다. 즉 공격적인 베팅이다.
'소레라는 또 콜만 했어……. 패가 갖춰지지 않은 거야……. 하지만 나는 이미 투페어가 완성됐다고!'
마사토는 오렌지색 【250,000】 칩 하나를 걸었다.
"오오~, 세게 나오네~. 혹시 꽤 괜찮은 패가 완성된 거야~?"
"글쎄? ……자, 네 차례야. 어떻게 할 거야? 승부를 이어갈래? 아니면 관둘래?"
소레라는 갈색 칩 두 개를 회수하더니, 오렌지색 칩을 내놨다.
서로가 같은 금액을 걸었기에, 다음 라운드로 이행됐다.
현재 총 베팅액은 900,000맘이다.
그리고 마지막 베팅라운드 『리버』에 접어들었다.
"이번이 마지막이야. 어떤 카드가 나오려나……?!"
마사토가 뽑은 카드는 바로 클럽K다.
마사토는 표정근육에 전혀 변화를 주지 않으며 차분히 자리에 앉은 후, 테이블 밑에 둔 손을 있는 힘껏 말아 쥐었다!
커뮤니티 카드는 하트4, 스페이드K, 하트6, 하트7, 클럽K.
마사토가 쥔 카드는 스페이드7, 다이아몬드K.
일곱 장 중 다섯 장을 골라서 패를 만드니…… 7, 7, K, K, K…… 풀하우스가 완성됐다.
'이겼어.'

포커에서 풀하우스는 꽤 강력한 패다. 로열스트레이트플래시처럼 나올 확률이 말도 안 되게 낮은 패와 비교하면 안 된다. 엄연히 강한 패다. 웬만해서는 지지 않는— 아니, 질 리가 없다.

마사토는 진심으로 승리를 확신했다. 이미 이긴 거나 다름없다.

“휴우……. 이제 클라이맥스네. 빨리 걸어.”

“알았어~. 그럼 나부터~ 거는 척 하면서 『체크』할래~.”

체크란 첫 베팅을 상대방에게 양보하는 것이다.

소레라가 체크를 하면서 마사토부터 베팅을 하게 되었다.

‘그럼 얼마나 걸까…….’

이제 이긴 거나 다름없는 승부지만, 그렇다고 다짜고짜 거액을 거는 건 좋지 않다.

소레라가 자신의 패배를 눈치채고 승부를 관둔다면 현재까지의 베팅액만 차지하게 되는 것이다.

가능하면 상대가 더욱 베팅을 하게 해서, 판돈을 키운 다음에 그것을 전부 독차지하고 싶다.

그러니, 우선 상대를 도발하듯…….

“……베팅.”

마사토는 남아 있던 여섯 개의 갈색 칩을 전부 걸었다.

300,000맘을 베팅한 것이다.

“아까보다 세게 나오네~. 그럼 나도 판을 키워야지~. 레이즈할래~.”

소레라도 갈색 칩을 여섯 개 걸었을 뿐만 아니라, 오렌지색 칩도 두 개 추가했다.

800,000맘을 베팅한 것이다.

소레라가 승부에 응했다. 분위기가 나쁘지 않게 흘러가고 있었다.

"그럼 나도 더 레이즈하겠어."

마사토는 갈색 칩을 그대로 둔 후, 남은 아홉 개의 오렌지색 칩을 꺼냈다.

2,550,000맘을 베팅한 것이다.

상대방보다 세 배 이상의 금액을 베팅했다. 베팅한 후에 너무 성급했다는 불안을 느꼈지만…….

"오오~ 세게 나오네~. 그럼 나도 레이즈해야지~."

소레라도 남아있던 일곱 개의 오렌지색 칩을 전부 걸었고, 금색 칩 열 개도 걸었다.

7,550,000맘을 베팅한 것이다.

소레라도 마사토의 약 세 배 가량 되는 금액을 베팅했다. 한 걸음도 물러서지 않으며 맞서고 있는 것이다. 마사토는 약간 흠칫했지만…….

'내가 지레 겁을 먹고 승부를 관두게 하려는 거야……. 틀림없어!'

겁을 먹은 쪽이 진다. 승부란 그런 것이다. 검을 쥐고, 혹독한 싸움을 몇 번이나 해쳐온 마사토이기에 알고 있는 진리…….

그러고 보니 평소에는 마마코만 싸웠던 것 같은 느낌도 드는데 말이다.

아무튼 그 점은 일단 제쳐두기로 하고…….

“자, 마사토 군~. 어떻게 하겠어요~?”

“물론…… 레이즈야!”

마사토도 금색 칩을 열 개 걸었고, 한 걸음도 물러서지 않겠다는 듯이 무지개색 칩도 전부 걸었다.

17,550,000맘을 베팅한 것이다.

엄청난 승부다. 그리고 반드시 이기게 될 승부다.

“호오~. 진심인가 보네~. ……푸풉……. 그럼 나는 콜해야지~.”

소레라는 무지개색 칩을 열 개 걸었다. 3단계까지 건 액수까지 전부 합치면…….

총 베팅액은 36,000,000맘이다.

판돈이라고 생각하니 무시무시하기 그지없지만, 이 자리에 존재하는 것은 칩으로 된 산이다.

마사토는 지금 공개된 자신과 소레라의 패만을 주시하고 있었다.

승부의 순간, 『쇼다운』.

“마지막으로 레이즈를 한 뚝심 있는(어그레서) 사람이 먼저 패를 보여줘야하지~?”

“그래. 나부터야. 나는…… 풀하우스야.”

마사토는 승리를 의심하지 않았다.

소레라는 방금까지와 변함없이 졸린 듯한 눈길을 머금은

채, 느긋~한 태도로 말했다.

"으흐흐~. ……마사토 군~ ……참 아쉽게 됐네~."

소레라의 패는 하트3과 하트5였다.

커뮤니티 카드인 하트4, 하트6, 하트7과 합치면, 같은 문양의 34567이 갖춰지면서 스트레트플래시가 만들어진다.

풀하우스보다 강한 패다.

즉, 마사토가 진 것이다.

"……."

마사토는 말문이 막혔다. 숨을 쉴 수가 없었다. 무슨 일이 일어난 건지는 명확했지만, 알 수가 없었다.

소레라는 꼼짝도 못하는 마사토를 즐거운 듯이 쳐다보며 느릿느릿~한 어조로 속삭였다.

"으흐흐~. 져버렸네~."

"마, 말도 안 돼…… 기다려봐! 좀 기다려 달라고!"

"승부에 기다려주는 게 어디 있어~. ……내가 포타 양을 손에 넣으니까~ 와이즈 양과 메디 양이 포타 양을 되찾으려고 했는데~ 두 사람 다 나한테 졌고~ 이번에는 마사토 군이 세 사람을 되찾으려다~ 역시 나한테 져버렸네~. 결국 이렇게 막을 내렸네요~."

용사 마사토는 동료를 되찾기 위해 반항조직 리벨레 사천왕 중 한 명인 소레라와 싸웠지만, 결국 지고 말았다.

BAD END.

이런 식으로 막을 내릴…… 수는 없다.

마사토는 방금까지 얼이 나가 있던 자신의 안면을 손바닥으로 때리며, 억지로 기합을 넣었다.

이대로 끝낼 수는 없다. 절대 안 된다.

"아직 멀었어! 아직 끝나지 않았다고!"

"에이~ 이미 승부는……."

"네가 이 카지노 안에서 도박으로 승부를 할 거라고 했으니, 아직 결판은 나지 않았어! 나는 아직 칩이 남아있단 말이야!"

"거 되게 끈질기네~. 하지만~ 그것도 틀린 말은 아냐~. ……괜한 발버둥이라고는 생각하지만 말이지~. 푸풉~."

"부질없는 짓이라도 발버둥 쳐주겠어! 그게 용사라는 존재야!"

마사토는 저가의 칩만 남아 있는 케이스를 들고 있었다. ……저가라고는 해도, 전부 합치면 163,000맘이나 된다.

마사토는 한줄기 희망을 품으며 자리에서 일어났다.

마사토는 슬롯머신 코너로 향했다.

"우선 남은 칩을 늘려서, 재기를 도모하겠어!"

슬롯머신 중에는 배당이 낮지만 돈을 쉽게 딸 수 있는 플랫탑 형과, 확률이 낮지만 일확천금을 노릴 수 있는 프로그레시브 형이 있다.

칩을 늘리는 게 목적이라면 플랫탑 형을 선택하는 게 상식이다. 카지노는 온라인 게임에서 카지노를 즐겨본 적 있기에 그 점을 알고 있다.

"챌린지 정신을 버린 건 아냐! 그래도 지금은 절대 져선 안 되거든! 티끌 모아 태산을 노리겠어! 지금은 그렇게 해야 할 때라고!"

마사토는 변명에 가까운 말로 스스로를 납득시킨 후, 비디오 슬롯머신에 모든 칩을 다 집어넣었다.

선택 가능한 모든 라인에 최저한의 액수만 건 후, 자동으로 릴을 회전시키는 【AUTO SPIN】 버튼을 눌러서 승부를 시작했다. 이제 돈을 딸 때까지 기다리기만 하면 된다…….

바로 그때였다.

"하아. 슬롯머신으로 돈을 늘려야겠네. ……내 운명은 지금 이 자리에서 결정이 날 거야. 내 모든 걸 걸겠어!"

마사토의 왼편에 있는 슬롯머신 앞에 여자 손님이 앉더니, 칩을 투입하기 시작했다. 칩을 꽤나 잃은 건지, 범상치 않은 결의를 품으며 승부에 임하고 있는 것 같은데…….

잠깐만…….

"……이봐."

"……응?"

옆자리의 여자 손님은 포니테일을 대충 묶고, 검은색 롱코트를 어깨에 걸친 소녀였다.

반항조직 리벨레 사천왕 중 한 명인 어머니에게 반역하는 자, 모역(母逆)의 아만테다.

서로를 지그시 쳐다보던 마사토와 아만테를 서로를 알아보자마자 반사적으로 전투태세를 취하려 했지만…… 슬롯머신으로 승부 중이라 자리에서 일어날 수 없던 두 사람은 그 슬롯머신에 매달린 채, 엉거주춤한 자세로 서로를 노려보았다.

"네가…… 왜 이런 곳에 있는 거야?!"

"그런 질문에 내가 일일이 대답할 것 같아?! 나와 마찬가지로 사천왕 중 한 명인 소레라에게 힘을 합쳐 오오스키 마마코를 쓰러뜨리자는 제안을 했다가 거절당했습니다, 같은 걸 너한테 이야기해줄 필요는 없거든?!"

"멋대로 설명을 해줘서 참 고마워~. ……그것보다, 소레라도 진짜로 사천왕 중 한 명이구나……."

"내가 그렇다고 아까 말했잖아~? 안 믿은 거야~? 너무하네~. 부~부~."

호랑이도 제 말하면 온다더니, 느릿느릿~한 걸음걸이로 다가온 소레라가 마사토의 오른편에 앉았다.

오른편에 소레라, 왼편에 아만테…… 리벨레 사천왕 중 두 명과 용사가 슬롯머신 앞에 나란히 앉아있는 상항이 펼쳐졌다.

'……어쩌다 상황이 이렇게 된 거지……. 너무 아이러니하잖아……'

적이라는 건 대체 뭘까. 솔직히 말해 영문을 모르겠다.

그런 것보다…….

"헉……. 그, 그러고 보니…… 나, 꽤나 위험한 상황에 처한 거네……. 생명이 오락가락하고 있다고나 할까……."

"으흐흐~. 그럴지도 몰라~. 마사토 군을 확 죽여 버릴지도……."

"그럴 일은 없어. 왜냐하면 소레라가 스킬을 사용하고 있거든. 그 효과 때문에 이 카지노 안에 있는 모든 이들의 스테이터스가 현저하게 저하됐어. 만약 내가 오오스키 마사토를 공격하려고 해봤자, 미세한 대미지밖에 못 줄 걸? 전투 자체를 치를 수가 없는 거야."

"그런 스킬을 사용하고 있는 거야? ……맞아. 아까 몸이 빛난 것 같았을 때, 스킬을 펼친 거구나……."

"정말~! 툭하면 이렇게 시시콜콜 다 털어놓는다니깐~! 아만테는 진짜 바보야~! 민폐 덩어리~! 빨리 다른데 가버려~!"

"네가 그런 소리 안 해도 갈 거야. ……쳇, 정말 열 받네!"

아무래도 칩이 바닥난 듯한 아만테는 불같이 화를 내면서 비디오 슬롯머신의 화면에 있는 힘껏 주먹질을 했다.

집단전투용 보스조차도 혼자서 해치울 정도의 공격력을 지닌 아만테의 주먹질에 의해 화면이 박살날 줄 알았지만, 어찌된 건지 슬롯머신은 약간 흔들리기만 했다. 아무래도 능력이 저하된다는 말은 사실 같았다.

"온갖 공격을 반사하는 패시브 스킬을 지닌 나라면 소레라의 스킬 효과도 튕겨낼 수 있을 거라고 생각했는데…… 역시 공격 판정이 있는 공격 말고는 튕겨낼 수 없는 것 같아. 운 수치가 저하됐으니 도박으로 이길 수 있을 리가 없어. 이쯤에서 관둬야겠네."

"지갑을 탈탈 털린 후에 관두는 거야? 대단한걸."

"바보네~. 그리고 빚도 튕겨낼 수 없거든~? 제대로 갚아~."

"빚? ……훗, 그딴 건……."

아만테는 여유 넘치는 미소를 지으며 코웃음을 흘리더니, 「안 갚고 도망치면 돼!」 전속력으로 내달렸다! 「잡아놔~」, 「「「예!」」」 소레라가 말하자 종업원들이 무리지어서 맹렬하게 아만테를 쫓아갔다.

바로 그때였다.

마사토가 칩을 넣은 슬롯머신의 릴 회전이 정지됐다.

푼돈을 간단히 딸 수 있는 플랫탑 형의 슬롯머신인데도 그림이 전혀 맞춰지지 않았다. 결국 칩을 전부 빼앗기면서 마사토는 빈털터리가 되었다.

하지만 마사토는 차분했다.

"……지배인 님에게 물어볼게 있는데 말이죠."

"저는 할 말 없어요~. 만약 사기라고 주장할 거면~ 우선 증거부터 제시해주세요~. 눈에 보이는 증거 말이죠~. 혹은 자백이라도 받아내 보세요~. 그 중 아무것도 못한다면 어엿한 세이프야~. 흐흥~."

"쳇. 무모한 소리를 하네. 능력 저하의 스킬 효과 같은 건 눈에 보이지 않으니까, 증명할 방법이 없잖아."

"으흐흐~. 그런고로~ 빈털터리가 되어버린 마사토 군은~ 저한테 완전히 패배했어요~. ……이제 마마코 씨만 쓰러뜨리면~ 나의 완벽한 승리네~."

"……엄마를 쓰러뜨린다고?"

"그래~. 물론 도박으로 승부해서~ 내가 여유롭게 이겨버릴 거야~. 딱히 사기나 속임수에 당한 건 아니지만~ 마마코 씨도 카지노에게 연전연패를 하겠지~. 그리고 빈털터리 신세~."

소레라가 그렇게 말하자…….

마사토는 진심으로 어이없어 하면서 한숨을 푹 내쉬었다.

"엄마도 빈털터리 신세가 될 거라고? ……하아…… 저기, 뒤를 돌아보는 게 어때?"

"응~? 무슨 일이라도 벌어졌어~?"

소레라가 빙글~ 돌아보니…….

조금 떨어진 곳에 있는 슬롯머신 앞에 앉아있는 마마코의 모습이 그녀의 눈에 들어왔다.

"어머나! 큰일 났네! 어쩌면 좋지?! 쉴 새 없이 쏟아져 나와!"

슬롯머신에서 고가의 칩이 쏟아져 나오더니, 마마코의 허리 언저리까지 쌓였다.

방금까지만 해도 졸려보이던 소레라가 눈을 치켜뜨더니, 너무 놀란 건지 턱이 빠져버린 듯한 반응을 보였다.

"어? ……어어어어어어어어어엇?! 뭐가 어떻게 된 거야아아아아아아아아아아아아아앗?!"

"엄마가 또 사고를 쳤네."

"마, 마 군! 엄마, 핀치야! 칩이 계속 쏟아져 나와! 혹시 엄마가 슬롯머신을 고장내버린 거야?!"

"아, 그런 게 아냐. 그게 아니라……."

이대로 있다간 마마코가 칩에 묻혀버릴 것 같았기에, 마사토는 뛰어가서 그녀를 구해냈다.

그리고 슬롯머신의 화면을 보니, 역시 【JP】라는 문자가 표시되어 있었다.

마사토는 그저 어이없다는 반응을 보였지만, 비틀거리면서 다가온 소레라는 슬롯머신의 화면을 보고 또 경악했다.

"마, 말도 안 돼~! 잭팟을 터뜨린 거야~?!"

"미안하네. 우리 엄마는 이런 사람이야. ……너는 악랄한 스킬로 남들이 칩을 못하게 방해하는 것 같던데, 아무래도 우리 엄마한테는 안 통하는 것 같네."

"그, 그럴 리 없어~! 딱히 사기나 속임수를 쓰지는 않았지만~ 내 스킬은 세계 최강의 디버프 효과란 말이야~! 능력도, 운수도 전부 곤두박질 쳤으니까~ 마마코 씨라도 절대 못 이겨~! ……그, 그러니까 마마코 씨, 이쪽으로 좀 와봐~!"

"으, 응, 알았어……."

소레라는 마마코의 팔을 잡고 걸음을 옮기더니…….

두 사람이 향한 곳은 카지노 홀의 중앙에 있는 키노용 거대 추첨기 앞이었다.

키노란 빙고게임 같은 것이다. 1에서 80까지의 숫자 중에서 몇 개를 골라 칩을 건 다음, 추첨으로 뽑은 번호와 일치하는 번호가 많으면 많을수록 배당이 커지는 심플한 게임이다.

소레라는 간략하게 설명을 마치더니, 마마코에게 신청용지를 건넸다.

"그럼 마마코 씨는 좋아하는 숫자를 열 개 정도만 골라봐

~! 그럼 바로 추첨을 할게~! 운이 하락한 탓에 꼴사납게 패배해서, 나를 즐겁게 해줘~!"

"대놓고 그딴 소리를 늘어놓네……."

"1에서 80까지의 숫자 중에서 열 개를 고르면 되는 거구나? 간단하네. ……그럼……."

마마코는 신청용지에 기입한 숫자는…….

【4】, 【25】, 【15】, 【1】, 【72】, 【65】, 【26】, 【5】, 【36】, 【75】

이렇게 열 개였다.

"저기, 엄마. 고른 숫자에 무슨 의미라도 있어?"

"그게 말이지. 마 군의 생일과, 마 군의 나이, 마 군의 키와 체중, 마 군의 신발 사이즈, 어제 같이 어리광 공부를 할 때 잰 마 군의 체온과 맥박이야."

"그래. 알았으니까 이제 입 다물어. 진짜 부끄럽네. ……그것보다, 대체 어느새 체온과 맥박을 잰 거냐고……."

"피부를 맞대고 있으면 그 정도는 알 수 있어. 왜냐면 엄마는 마 군의 엄마거든. 우후후."

"그, 그런가요……. 애정이라는 건 때때로 무섭네……."

"그딴 건 됐으니까, 추첨이나 할게~!"

프라스코형 추첨기에서 번호가 적힌 볼이 튀어 다니더니, 튜브를 통해 마사토 일행 앞으로 하나씩 굴러 나왔다. 처음으로 나온 것은 아니나 다를까……!

【4】라고 적힌 번호 볼이었다.

"어머나! 내가 고른 번호네!"

"그래. 그리고 이제 결과는 나온 거나 다름없어."

"아, 아직 멀었어~! 이번에는 빗나갈 거야~! 틀림없이 빗나갈 거란 말이야~!"

기뻐하는 사람, 어이없어 하는 사람, 필사적인 사람. 그런 세 사람이 지켜보는 가운데, 추첨은 계속됐다.

【4】 다음은 【25】였으며, 그 다음은 【15】, 그리고 그 다음은 【1】…… 이미 결과는 뻔했다.

볼 열 개의 추첨이 끝났고, 그 결과는 아래와 같다.

【4】, 【25】, 【15】, 【1】, 【72】, 【65】, 【26】, 【5】, 【36】, 【75】

자, 종료.

"마 군, 저기 좀 보렴! 전부 엄마가 고른 번호란다!"

"그래. 완벽하게 예상대로야. 자……."

"으으윽~?! 아, 아직 멀었어~! 아직 안 끝났단 말이야~!"

깔끔하게 체념할 줄을 모르는 인간이 마마코의 팔을 붙잡더니, 아까 마사토와 소레라가 대결을 한 텍사스 홀덤 테이블 쪽으로 끌고 갔다.

"오늘은 특별 룰이 있는데~ 키노에서 대박을 친 사람은 자기가 가지고 있는 모든 칩을 이 도박에 걸고~ 이겨야, 딴 칩을 받을 수 있어~! 마마코 씨의 칩은~ ……으음~ ……전부 해서 5천만 정도이려나~? 아무튼, 알았지~?!"

"이봐, 잠깐만 있어봐! 그럴 리가 없어! 처음에 모았던 칩도 그대로 남아있는데다, 슬롯머신으로 잭팟을 터뜨렸다고! 그것밖에 안 될 리가……!"

"이건 지배인 결정 사항이에요~! 이의는 받아주지 않아요~! 시키는 대로 안 하면 칩을 내주지 않을 거예요~!"

"이봐! 너무 제멋대로잖아!"

"하지만 이기지 못하면 그 아이들을 되찾을 수 없잖니. 어쩔 수 없네. 영차." 털썩.

"어, 엄마?! 자리에 앉은 거야?!"

"앉았네~! 그건 이 승부에 참가하겠다는 의사표시야~! 룰을 모르겠으면 마사토 군에게 물어봐~! 강제 베팅액은 5천만이야~! 그럼 시작할게~!"

바니걸들이 칩을 옮기는 가운데, 필사적인 표정을 지은 소레라가 딜러를 맡으며 승부가 시작됐다.

각자에게 카드가 두 장씩 주어졌고, 제1 베팅라운드 『프리플랍』의 베팅은 이미 제시되었기에, 그대로 제2베팅라운드인 『플랍』으로 이행됐다.

"그럼 커뮤니티 카드를 세 장 깔겠어~! 갑니다~!"

"앗, 이봐! 우리는 아직 카드를 확인하지도 않았는데……!"

테이블에 오픈된 카드는 하트10, 하트K, 하트A였다.

"저기, 마 군. 엄마는 어떻게 하면 되니?"

"아, 아무튼, 우리 카드부터 확인해보자! 상대방에게 보이지 않도록 끝부분만 살며시 들어봐!"

"알았단다. 살며시……." 힐끔.

마마코가 두 장의 카드를 확인했다. 마사토도 긴장한 표정으로 살펴보니…….

하트Q와 하트J였다. 상냥해 보이는 여왕님과 아드님 왕자 같았다.

그것보다…….

마사토는 너무 놀라다 못해 납득한 듯한 표정을 지으며 한숨을 내쉬었다.

“또 사고 쳤네……. 역시 엄마는 대단하다니깐…….”

“저기, 마 군. 테이블에 깔려 있는 세 장과 이걸 합치면, 로얄 스트레스 어쩌고라는 거 맞지?”

“고급스러운 스트레스는 또 뭐야. 그리고 상대방한테 패를 알려주면 안 된다고.”

“어라어라~? 혹시 로열스트레이트플래시가 나온 거야~? ……에이~ 그럴 리가 없잖아~. 나를 겁주려고 해봤자 소용없어~.”

“그런 게 아닌데…… 뭐, 아무래도 상관없어……. 제2라운드 이후는 우리 쪽에서 베팅을 하지? 후불제로 빌려도 되는 칩에 제한이 없다면…… 5천만을 걸겠어.”

바니걸들이 무지개색 칩 50개를 가져와서 테이블 위에 뒀다.

소레라는 눈을 한껏 치켜뜨면서 얼이 나간 듯이 깜빡였다.

“으, 으음~ ……승부를 이어가도 되지~? 내, 내가 그런 허술한 거짓말(블러프)에 걸려들 것 같아~?! 그럼 나는 콜로 같은 금액을 걸래~. 그럼 이제 제3 베팅라운드 『턴』이야~!”

“네 번째 카드는…… 클로버3이네.”

“클로버가 아니라 클럽이야. 뭐, 이제 뭐가 나오든 딱히 상관없지. 베팅이나 하자. 아까와 같은 금액을 걸겠어."

"계, 계속 이렇게 나올 거야~?! 그그그, 그런다고 내가 승부를 관둘 것 같아~?! 콜해주겠어~. 자, 이제 마지막 베팅라운드 『리버』야~!"

"다섯 번째 카드는 스페이드8이구나."

"베팅. 아까와 같은 금액을 걸겠어."

"조, 좋아~! 받아주겠어~! 레이즈로 두 배 금액인 1억을 걸래~!"

"그럼 우리도 네가 건 돈의 두 배, 즉 2억을 레이즈하겠어."

"뭐어어~?! 그그그, 그럼, 나는 2.5배를 레이즈할 거야~! 5억을 걸래~!"

"레이즈. 두 배인 10억."

"잠깐마아아아안~?! 더, 더는…… 콜하는 수밖에……!"

레이즈 대결이 이어지더니, 무지개색 칩이 테이블 위를 가득 채웠다.

최종 총 베팅액 2,300,000,000맘을 걸고, 쇼다운이다.

뚝심 있게 베팅을 한 마사토와 마마코 팀이 먼저 자신의 패를 공개했다. 하트Q가 모습을 드러냈고, 그 뒤를 이어 하트J가…….

"자아아암깐만 기다려어어어어어엇?!"

왠지 비참해 보이는 표정을 지은 소레라가 갑자기 기다려달라고 외친 것 같았다. 아마 그렇게 외친 게 틀림없을 것이다. 뭐, 심정이 이해가 안 되는 것은 아니다.

"이봐, 승부에 기다려주는 게……."

"이이이, 이 승부에는 기다려주는 게 있어~! 딱 한 번만 허용된다고요~! 이 카지노의 지배인인 내 말은 이 카지노에서 법이나 다름없거든~! 특별 룰이라는 거야~!"

"말도 안 되는 소리를 늘어놓네……."

"그럼~ 베팅한 칩은 유지한 채로~ 카드만 다시 뽑아서 쇼다운하자~! 그럼 뽑을게~!"

소레라는 허겁지겁 카드를 모으더니, 한참을 섞고 또 섞은 후에 성심성의를 다해 기도를 한 다음, 다시 카드를 뽑았다.

그리고 곧 커뮤니티 카드 다섯 장이 테이블에 깔렸다.

하트10, 하트K, 하트A, 클럽3, 스페이드8이었다.

아까와 완벽하게 똑같은 카드였다.

그 카드들을 본 소레라는 믿기지 않는다는 듯이 눈을 쉴 새 없이 깜빡였다.

"어, 어라~? 으으응~? ……우, 우연이야, 우연~! 두 번 연속으로 로얄스트레이트플래시가~, 나올 리가 없어~!"

"그래. 그건 말도 안 되는 일이지. ……하지만 말이야."

"으, 응~?"

"우리 엄마는, 2회 공격을 하거든."

마사토가 그렇게 말한 순간, 소레라는 부르르 떨면서 그대로 딱딱하게 굳어버렸다.

두 사람이 그런 대화를 나누는 사이, 마마코가 자신의 카드를 슬며시~ 뒤집어서 확인해보니…….

하트Q와 하트J였다.

이 순간, 소레라도, 마사토도, 마마코도, 그리고 그 누구도 눈치채지 못했다.

마마코가 스킬 발동중이라는 사실을……. 그 스킬의 이름은【물러터진 어머니】다.

그것은 일전에 모자지간 데이트와 칩을 달라고 조르는 행위 등, 마사토가 마마코에게 실컷 어리광을 부린 덕분에 발현된 특수 스킬이다. 마마코를 만족시킨 대량의 어리광 성분이 주위에도 영향을 끼치면서, 게임의 설정이나 타입에게 영향을 끼치는 스킬 효과 등을 물러지게 만드는 효과를 발휘한 것이다.

그것이 어떤 결과로 이어졌는지는…… 말하지 않아도 얼추 상상이 될 것이다.

처절한 싸움이 끝난 후, 정산이 이뤄졌다.

"지배인님. 이것이 정산 액수입니다. 확인 부탁드립니다."

"마마코 씨가 우리한테서 빌린 액수가 11억…… 최종적으로, 우리가 12억을 지불……. 말도 안 돼……. 진짜로, 말도 안 되잖아…… 꼴깍……."

소레라는 부지배인인 노인에게서 환급용지를 건네받더니, 비참하기 그지없는 표정을 지으며 졸도했다. 그리고 입에 거품을 문 채 들것으로 옮겨졌다. 삼가 애도의 뜻을 표합니다.

KO된 소레라를 대신해, 부지배인이 공손히 고개를 숙였다.

"오오스키 마마코 님에게 지불해야 할 금액은 매우 거금이기 때문에, 지배인의 결제가 필요합니다. 하지만 지배인이 저런 상태인지라…… 정말 죄송합니다만, 지불 및 경품 교환은 내일 이후에 가능할 듯 합니다."

"지금 바로는 무리인 거야? ……가능한 한 빨리 동료들을 되찾고 싶은데……."

"맞아……. 그럼 하다못해 세 사람이 다른 누군가가 차지하지 못하도록 해줬으면 좋겠네. 부탁해도 될까요?"

"알았습니다. 두 분의 시간을 괜히 빼앗는 점에 대한 사죄 삼아, 두 분께서 희망하시는 대로 진행하겠습니다. 그럼 오늘은 이만 폐점하도록 하겠습니다. 저희 카지노를 이용해 주셔서 감사합니다."

승부는 이겼지만 시합은 졌다, 같은 상황은 아니지만…….

동료는 내일이 되어야 되찾을 수 있을 것 같았다.

한편, 종업원 숙소인 경품용 창고에서는…….

"정말~! 왜야?! 왜 우리가 청소를 해야 하는 건데?!"

"청소 같은 건 구실에 불과하겠죠. 아마 저희를 그 두 사람과 떼어놓는 게 목적일 거예요. 괜한 정보를 전달하지 못하도록 하기 위해서 말이죠."

"저도 좀 불만이지만, 일이니까 청소를 해야 해요!"

입으로는 불만을 늘어놓으면서도, 세 사람은 순순히 청소를 했다. 바니걸 차림으로 걸레를 손에 쥔 그녀들은 교환용 경품을 정성들여 닦았다.

바로 그때, 문 쪽에서 노크 소리가 들리더니 종업원 몇 명이 관을 짊어지고 안으로 들어왔다.

"수고 많으십니다. 새롭게 추가된 경품을 가지고 왔습니다. 보관을 부탁합니다."

"예~. 수고 많으셨어요~. ……그런데 말이야."

"이 관은 역시 그 분이겠죠?"

"저기! 제가 이 관을 교환하고 싶은데, 그래도 될까요?!"

"예? 아, 예. 종업원이 교환해도 괜찮습니다. ……교환에는 1맘 칩 한 개가 필요합니다만……."

"예! 여기 있어요!"

포타는 하이레그 슈트의 앞섶을 쑥 잡아당기며 그 안에 손을 집어넣더니, 흰색 칩을 하나 꺼냈다. 열두 살 여자애의 가슴에 닿아 있던, 그리고 그 체온을 머금은 칩이다.

"자, 받으세요!"

"이건 저희 가문의 가보로 삼기로 하고, 교환소에는 다른 칩을 전달하도록 하겠습니다."

종업원은 손수건을 펼쳐서 그 칩을 소중히 건네받더니, 「그걸 내놔!」, 「냄새 맡고 싶어!」, 「안 돼!」 다른 종업원들과 쟁탈전을 벌이며 밖으로 나갔다. 정말 유쾌한 종업원들이다.

한편, 와이즈 일행은 관 주위에 모여서 생각에 잠겼다.

"일단 교환을 하기는 했는데, 이제 어떻게 하지?"

"현재 저와 와이즈 씨는 마법을 쓸 수 없으니까요. 포타 양도 가방에서 아이템을 꺼낼 수 없으니까…… 일단 저희 방에 보관해두도록 할까요?"

"그럴 수밖에 없을 것 같아요! 그럼 청소를 마친 후에 옮겨…… 어? 뭔가가 튀어나와 있네요!"

포타는 고개를 갸웃거리면서, 관 뚜껑에 끼어있는 종잇조각을 잡아당겼다.

【귀중품 회수 요청】

초등학교 측에서 인근 지역에 배포하는 자원 회수 요청 전단지 같아 보였다. 빈말로도 귀엽다고 말하기 어려운 꽃이나 동물 그림이 곳곳에 그려져 있었다.

전단지의 내용은 제목과 마찬가지로 귀중한 물품의 회수 의뢰였다. 날짜는 지정되지 않았다.

회수장소는 이 카지노의 지하였다.

"여기 지하에서 귀중품 회수? 그 귀중품이 뭐지? 그것보다, 이 카지노에 지하가 있었어? 지하로 이어지는 계단은 본 적이 없는데 말이야. 메디, 혹시 아는 거 있어?"

"저도 딱히 아는 게 없는데…… 혹시, 이 전단지는……."

메디가 그렇게 중얼거린 순간, 관이 격렬하게 떨리기 시작했다. 「꺄앗?!」, 「뭐, 뭐야?!」, 「와앗! 관이 난동을 피우고 있어요!」 마치 뭔가를 호소하고 있는 것만 같았다…….

메디는 뭐가 어떻게 된 건지 눈치채며 이렇게 말했다.

“으, 으음…… 혹시, 이 전단지는 원래 저희에게 전달되어야 하는 전단지가 아닐까요?”

“아~ 그럴지도 모르겠네. 이번에도 우리를 이곳으로 부를 생각이었는데, 그 전에 버그 때문에 사망한 걸까. ……그리고 그 카지노 전단지는…….”

“이곳의 지배인인 소레라 씨가 저희에게 보낸 게 틀림없겠죠. 아무튼, 이게 원래 저희가 전달받았어야 하는 전단지가 틀림없을 거예요.”

“저희가 그 귀중품을 회수해주기를 바라는 거군요! 맞나요?!”

포타가 관을 향해 그렇게 외쳤지만, 대답이 없었다.

이 관 안에 있는 사람에게서 자세한 자초지종을 듣게 되는 건 아무래도 나중에나 가능할 것 같았다.

MOTHER'S DICEPLAY Vol.2

엄마 주사위놀이 2

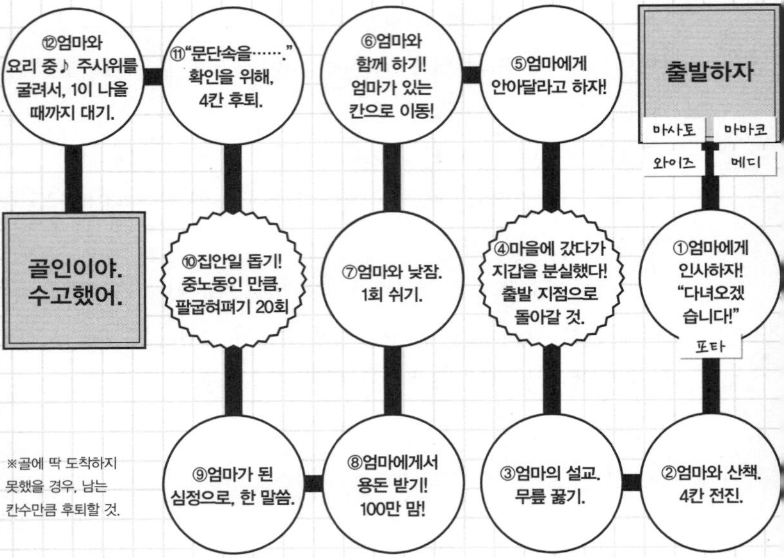

엄마는…… 5네. 그럼 마 군. 엄마를 안아줘. 우후후."

"나는 엄마의 엄마가 아니거든?!"

"두 바퀴째네. 나는…… 3이야……."

"와이즈 양, 빨리 고개를 조아리세요. 빨리 해요."

무릎만 꿇으라고 되어있거든?! 그리고 메디도 3이잖아!"

"저는, 또 1이에요! ……1칸 전진해서, 4칸 전진하니까…… 마마 씨가 있는 칸으로 이동하네요!"

"그럼 내가 포타 양을 안아줄게."

"5와 6만 아니면 뭐든 상관없어! 5와 6만 아니면…… 6! 끄아아아악?!"

제3장
바니걸 세 명과 바니 엄마 두 명으로 풀하우스 완성! 하나도 기쁘지 않아!

다음날.

마사토와 마마코는 영업 개시 시각에 맞춰 카지노에 들어갔다.

가장 먼저 해야 할 일은 정해져 있다. 두 사람은 곧장 경품 교환소로 가서 지불액을 확인했다.

그리고 잠시 동안 기다리자…….

"마사토 씨! 마마 씨! 좋은 아침이에요!"

"좋은 아침~! 기다리고 있었어~!"

"좋은 아침이에요! 드디어 해방되는 군요! 목 빠지게, 아니, 귀 빠지게 기다렸어요!"

앞장을 서고 있는 바니 포타, 그리고 그 뒤를 따르고 있는 바니 와이즈와 바니 메디가 환성을 지르며 뛰어왔다.

정말 기쁜지 온몸을 흔들어대고 있었으며, 그에 따라 특정 부위 또한 출렁거렸…….

"잠깐만, 마사토. 너 지금 어디를 쳐다보는 거야? 정말 변태라니깐."

"변태 아니라고~. 내가 쳐다본 건 네가 착용한 토끼 귀야. 인간의 시력으로는 네 가슴이 흔들리는 모습을 인식하는 게

불가능하거든."

"오케이~. 좋아. 확 날려버릴래."

"저는 파렴치한 시선을 느꼈어요. 그러니 마사토 군, 위자료를 지불해 주세요. 1억 5천만 맘이면 돼요."

"메디가 그런 소리를 할 것 같아서 안 쳐다봤어. 그리고 동료한테서 돈을 뜯어내지 말아주면 좋겠네."

적당히 인사를 나누고 와이즈에게 발을 밟히는 가운데…….

'둘 다 평소와 다름없네……. 건강해 보여서 다행이야.'

마사토가 그런 식으로 안도한 것은 비밀이다. 남이 알면 분할 것 같으니까 비밀로 하기로 했다.

한편 포타는 유감스럽게도 마사토가 아니라 마마코에게 안겼다.

"마마 씨~! 정말 만나고 싶었어요~!"

"어머나, 포타 양은 어리광쟁이네. 우후후."

"와앗! 죄송해요! 무심코……!"

"괜찮아. 얼마든지 어리광을 부려. 나도 포타 양이 없어서 쓸쓸했거든. ……그래도 이제 아무 걱정하지 마. 지금 바로 포타 양을 되찾을게."

그럼 최종적인 수속을 시작하기로 했다. 마마코는 경품교환소의 종업원에게 말을 걸었다.

저쪽은 마마코에게 맡기기로 한 마사토는…….

"저기…… 와이즈, 메디. 잠깐 나 좀 볼래?"

약간 가라앉은 목소리로 두 사람에게 말을 걸었다.

괜히 응어리가 남지 않도록, 미리 알려둬야 할 사안이 있는 것이다.

"이건 내 독단인데 말이야. 우선 포타를 먼저 되찾을까 하는데, 이해해주겠어?"

"당연하잖아. 포타는 메디의 꾐에 넘어갔을 뿐인걸. 게다가 메디가 포타에게 부정행위를 강요했거든. 솔직히 말해 포타는 피해자야."

"와이즈 양도 찬성했잖아요. 공범이에요. 공모자예요. …… 이런 아무래도 상관없을 이야기나 할 때가 아니라…… 마사토 군, 괜한 걱정을 할 필요는 없어요."

"그래~. 누가 먼저 구출되고, 누가 마지막으로 구출되느냐 같은 거 가지고 우리 사이가 틀어질 리가 없어."

"그, 그래? ……그렇지? 내가 괜한 걱정을 한 것 같네."

"그래요. 그러니까 마사토 군, 빨리 말해주세요. 포타 양 다음으로 되찾을 사람은 바로 저라고 말이에요."

"뭐? 메디, 너 지금 무슨 소리를 하는 거야? 두 번째로 풀려날 사람은 바로 나거든?"

갑자기 분위기가 날이라도 선 것처럼 날카로워졌다. 와이즈는 무표정한 얼굴로, 그리고 메디는 빙긋 웃으며, 서로를 아무 말 없이 응시했다. ……이 녀석, 방금 무슨 소리를 했더라?

그것보다…….

"저기 말이야……. 차분하게 들어줬으면 하는데…… 엄마가 어제 딴 돈은 총 12억이고, 그 중에서 10억으로 포타를 되찾을 거니까……."

"2억이 남으니까, 1억인 나는 간단히 되찾을 수 있겠네."

"1억 5천만인 저도 되찾을 수 있겠군요."

"그런데…… 그 전에 이것 좀 봐."

마사토는 두 사람에게 청구서 한 장을 보여줬다.

"이게 뭐야……. 식비가 2억이라고 적혀 있잖아."

"경품교환소에서 준 건데…… 이건 룸서비스 요금이래. 이걸 먼저 지불해 달라네."

"뭐? ……자, 잠깐만 있어봐?! 룸서비스 비용이 2억이라는 건 말도 안 되지 않아?!"

"확실히 과자와 음료 같은 걸 주문하기는 했지만, 그렇게 엄청난 금액은 아닐 텐데……."

"아무래도 소레라의 수작 같아. 아무튼, 그래서 우리 쪽 자금이 바닥나고 말았어. 그러니까……."

마사토가 결정적인 한 마디를 건네기 직전, 날선 분위기를 자내고 있던 두 사람이 마주보며 섰다.

"메디! 우리, 사이좋게 지내자!" 방긋.

"그래요! 앞으로도 사이좋게 지내요!" 방긋.

잔류 멤버들 사이에서 우정이 꽃핀 것 같았다. 두 사람은 팔짱을 끼더니, 서로의 옆구리를 팔꿈치로 찔러댔다. 아름다운 우정이다.

좋을 대로 하게 내버려두기로 하고 「마사토도 죄가 없지는 않거든?」, 「마카롱을 먹었잖아요」, 「그거, 엄청나게 비싼 거였구나!」 두 사람이 마사토의 옆구리에도 팔꿈치를 꽂고 있을 때였다.

마마코와 포타가 경품교환소에서 돌아왔다.

"다들 기다렸지? 포타 양의 수속을 마쳤어."

"저, 자유를 되찾았어요! 제 스테이터스를 봐주세요!"

포타가 스테이터스 화면을 입체 표시시켰다.

그 화면에 표시된 직업이 【여행상인】으로 되돌아와 있었다. 여전히 바니걸 차림으로 기쁨을 표시하듯 껑충껑충 뛰고 있지만, 어엿하게 원래대로 되돌아온 것 같았다.

"다시 파티 스토리지도 쓸 수 있게 됐어요! 아이템 크리에이션도 가능해요! 저, 다시 여러분에게 도움이 될 수 있어요!"

"정말 다행이구나. 이제 마음 좀 놔도 되겠어."

"아이템과 장비를 다시 쓸 수 있게 된 것도 좋지만, 무엇보다 포타는 우리 파티에서 마음의 안식처 격인 존재잖아……. 그리고 나를 대신해 엄마를 상대해줄 수 있는 중요한 도우미이기도 해……. 포타가 돌아와서 정말 다행이야……. 응, 그럼……."

동료를 되찾았으니, 심기일전해서…….

"그럼 다시 여행을 시작하자!"

"예! 저도 어디든 함께 가겠어요!"

"카지노 같은 위험한 가게가 없는 건전한 마을을 향해 출발하는 거야."

세 사람이 의기양양하게 걸음을 내딛은…….

바로 그때였다.

““……””

와이즈와 메디는 아무 말 없이, 쓰레기장에 버려진 인형 같은 눈길로 세 사람을 지그시 쳐다보았다. 어마어마하게 무서웠다. 「노, 농담한 거야!」, 「농담이야!」, 「농담이에요!」 가벼운 농담이다. 진심으로 한 말이 아닌 것이다.

“저, 저기 말이야! 와이즈와 메디도 오늘 안에 구할 수 있을 거야! 그러니까 안심해! 엄마, 내 말 맞지?!”

“물론이야. 와이즈 양과 메디 양도 우리의 소중한 동료잖니. 꼭 구해줄게.”

“저도 규칙을 어기지 않는 범위 안에서 열심히 도울게요!”

“고마워, 마마코 씨. 포타. 기대할게……. 그리고 나도 최선을 다할 거야. 마마코 씨가 대활약하는 동안, 아무것도 못했던 마사토처럼 되지는 않을 거야.”

“저도 제가 할 수 있는 일을 하겠어요. 마마코 씨에게 기대기만 하는 한심한 마사토 군 같은 한심한 동료가 되는 건 한심하니까요.”

“크…… 두 사람 다 어제 카지노에 있지도 않았으면서…… 내 정곡을 완벽하게 찌르는 발언을 해대다니…….”

“자, 그럼 우리는 다시 일을 하러 가야겠네.”

“마마코 씨와 포타 양과는 한동안 헤어져야겠군요.”

와이즈가 마마코와 포타를 꼭 안아주더니, 얼음장 같은 눈길로 마사토를 지그시 쳐다보았다. 메디도 마마코와 포타를 꼭 안아주더니, 마사토를 향해 어떠한 감정도 묻어나지 않는 미소를 지었다. 「왜 나한테만 저렇게 차별적인 태도를 취하는 건데……」 마사토도 이 두 사람을 내버려두고 여행을 떠날 생각을 진짜로 한 건 아닌데 말이다.

"아, 맞다. 저기, 포타. 이제 소생 아이템을 쓸 수 있지?"

"맞아요. 그 관 좀 처리해주지 않겠어요?"

"예! 저한테 맡겨주세요! 그 사람을 되살려내서, 자초지종을 들어볼게요!"

"관이라면, 설마……."

"아, 그래. 너희가 교환했구나. 그럼 자금을 벌기 전에 그쪽부터 마쳐야겠네……. 그런데, 뭘 알려주려고 우리 앞에 나타난 걸까?"

와이즈와 메이드는 바니걸 일을 하기로 했고, 마사토와 마마코와 포타는 예의 그 사람을 만나러 가기로 했다.

그렇게 일행은 두 팀으로 나뉘어 행동을 시작했다.

한편, 지배인실에서는…….

"보고 드립니다. 포타 양의 교환 수속이 완료됐습니다."

"아아~ 정말~. 모처럼~ 신병을 확보했는데~. 오오스키 마마코에게 빼앗겨버렸네~. 완전 불만이야~. 부~부~."

부지배인인 노인에게서 보고를 받은 소레라가 집무용 책상에 털썩 엎드리더니, 손발을 버둥거리며 삐친 듯한 반응을 보였다. ……마사토보다 연상이지만, 어린애 같은 지배인이다.

하지만 이제 와서 무슨 소리를 해본들 부질없다. 그 정도는 소레라도 알고 있는 것이다.

소레라는 화풀이를 하듯 집무용 책상을『찰싹』소리가 나게 힘껏 때리더니, 천천히 몸을 일으켰다.

"뭐, 알았어~. 보고해줘서 고마워~. ……그럼 내 스킬을 해제할게~. 손님들의 운이 좋아질 테니까, 플로어 쪽에서 승률을 조절해줘~."

"스킬을 해제하실 겁니까? ……그랬다간 남은 두 명도 간단히 되찾아갈 거라고 생각합니다만……."

"그래도 상관없어~. 볼일이 있는 건 포타 양 뿐이거든~. 이곳에 너무 오래 잡아뒀다가~ 이 카지노의 지하를 걔들이 조사하기라도 했다간~ 곤란하잖아~. ……그러니까~ 뒷일은 부지배인 군이 대충 알아서 해~. 이쪽 카지노는 맡기겠어~. 권한도 넘겨줄 테니까~ 잘 부탁해~."

"알았습니다. 지시에 따르겠습니다."

연하의 상대에게『군』이라는 호칭으로 불렸지만, 부지배인은 인상 한 번 쓰지 않으며 공손히 고개를 숙인 후, 그대로 지배인실을 나섰다.

소레라는 땅이 꺼져라 한숨을 내쉬더니, 애용하는 중역의자에 등을 맡기며 기댔다.

"휴우~ ……불만이 없는 건 아니지만~ 그래도 상관없어~. 나는 바보만테와 다르게~ 오오스키 마마코와의 승부에 집착하지는 않거든~. ……그것보다 조직의 계획이나 추진해야지~.

……여기서 진행 중인 실험이 성공한다면~ ……으흐흐…….”

부모에게 반항하는 자들의 집단, 반항조직 리벨레. 그 조직의 간부인 소레라가 바라는 것은 개인이 아니라 조직의 승리다.

현재 진행 중인 실험이 차질 없이 완료된다면, 그것은 곧 조직의 승리를 의미하는 것이다.

그래서, 자신의 스킬을 최대한 활용했는데도 불구하고 카지노에서 마마코에게 완전히 박살이 나고, 포타마저 빼앗긴 것도 전혀 개의치 않…….

“크으윽~! 분해 죽겠네~!” 찰싹찰싹찰싹찰싹!

소레라는 긴 머리카락을 휘날리며 집무용 책상을 때렸다. 자신의 감정에 솔직한 녀석이다.

“아~ 정말~! 이렇게 되면~ 화풀이 삼아~ 쓰레기 같은 어머니들과 마음껏 놀아야지~! 놀 준비는 이미 마쳐놨어~!”

소레라는 집무용 책상의 서랍에서 서류를 꺼냈다.

그 서류에는 오칸야데에 살고 있는 이들의 정보가 적혀 있었다. 특히 가족 구성에 대해 자세하게 기재되어 있었다.

누가 어머니이고, 누가 그 어머니의 자식인가. 악질적인 눈길로 그 서류를 꼼꼼히 살펴본 후…….

“으흐흐~ ……어리석고, 쓰레기 같으며, 아무짝에도 쓸모없는, 그런 한심한 어머니들을 위한 카지노가 오픈되는 거야~. 으흐흐~!”

소레라는 벌떡 일어서더니 느긋~한 발걸음으로 지배인실을 나섰다.

마사토와 마마코와 포타는 카지노를 나선 후, 종업원 숙소로 이동했다.

마사토는 통로를 따라 나아가면서 【귀중품 회수 요청】이라고 적힌 전단지를 읽어보았다.

"이 전단지가 예의 그 사람이 들어가 있는 관의 틈새로 슬며시 튀어나와 있었다는 거구나……. 흐음……."

"와이즈 씨와 메디 씨는 이게 원래 저희에게 전달되었어야 하는 전단지일 거라고 말했어요! 카지노 전단지는 이곳의 지배인인 소레라 씨가 보낸 것 같아요!"

"그 점에 관해서는 본인이 실토를 했으니까 틀림없어. ……뭐, 둘 다 우리를 이 카지노로 유도하는 게 목적인 전단지라는 점은 똑같네."

"카지노 전단지? 저기, 마 군. 그게 무슨 소리니?"

"아…… 그 전단지 때문에 엄마 몰래 작전을 추진하게 된 건데…… 아무튼 이 상황이 얼추 정리된 후에 전부 이야기할게! 그러니까 지금은 당면한 일에 집중하자!"

세 사람은 포타 일행이 묵었던 방에 들어갔다.

방 안은 여전히 스위트룸처럼 호화로웠고, 왠지 달콤한 향기로 가득 차 있는 것처럼 느껴졌으며, 말도 안 되는 가격이 매겨졌던 과자 및 음료가 테이블 위에 잔뜩 쌓여 있었다.

"예의 그 사람은 어디 있는 거야?"

"바닥에 그냥 방치해두는 건 좀 그럴 것 같아서, 침대에 옮겨뒀어요! 이쪽이에요!"

포타가 안내해준 침실에 가보니…….

실내에 있는 퀸 사이즈 침대에 관이 놓여 있었다. 「소생시킬게요!」 포타가 숄더백에서 주먹만 한 보주를 꺼내서 관 위에 두자…… 관이 안개로 변해 사라지면서 정체불명의 수녀가 모습을 드러냈다. 시라아세가 틀림없다.

시라아세는 몸을 일으키더니 평소와 다름없는 태연한 표정으로 인사를 했다.

"아, 여러분. 이번에도 되살려주셔서 감사합니다. 여러분의 시라아세가 이렇게 되살아났다는 것을 알려드립니다."

"시라아세 씨가 저희 거라고 생각한 적은 없지만 말이에요."

"그런 매몰찬 소리는 하지 말아 주시죠. 저는 여러분의 감독관이자, 동료 중 한 명이라고 해도 과언이 아닐 만큼 친밀한 사이…… 음? 와이즈 양과 메디 양이 안 보입니다만……."

"그 두 사람은 피치 못할 사정이 있어서……."

"카지노에서 일하는 바니걸이 되었어요!"

"그렇군요. 어디 있는지는 파악하고 있으니, 일단 그냥 넘어가겠습니다. ……그럼, 제가 이렇게 찾아온 것은, 여러분에게 특별한 정보를 알려드리기 위해서입니다. 시라아세답게 말이죠."

시라아세는 마사토가 들고 있는 전단지를 힐끔 쳐다보았다.

"제가 요청드릴 일이 뭔지는 이미 파악하고 계신 듯 하군요."

"그래요. 카지노의 지하에 가서 귀중품을 회수해오라는 거죠?"

"그 귀중품은 어떤 건가요?!"

"보물 같은 걸까……."

"예. 전설의 비보 같은 거라 생각하시면 됩니다. ……그것도 그럴 게, 전 세계의 인간을 지배할 수 있는 힘을 지닌 물건이니까요."

"전 세계의 인간을 지배할 수 있다고요? 무슨 허풍처럼 들리네요……."

"하지만 진실이죠."

마사토는 약간 어이없다는 투로 그렇게 말했지만, 시라아세는 진지한 시선으로 그를 쳐다보며 말을 이었다.

"여러분에게 회수를 부탁드리고 싶은 귀중품의 이름은 『알자레』라고 합니다.

"알자레……. 독특한 이름이네요."

"그건 NPC의 사고방식과 행동 패턴을 설정하기 위한 프로그램입니다. 프로그램을 사용해 캐릭터를 자식처럼 기른다는 점을 고려해, 특정 언어에서 『기른다』를 의미하는 명칭을 그 프로그램에 붙였죠."

"캐릭터 설정용 프로그램? 그게 회수 목표라니…… 뭐가 뭔지……."

"영문을 모르는 게 당연합니다. 그건 게임 세계를 구축하기 위해 필요한 데이터이며, 이 세계에 존재할 예정이 아니었던 물건이죠. 하지만…… 그 프로그램을 부정한 방법으로 추출

해, 아이템이라는 형태로 이 세계에 존재하게 만든 자가 있습니다. 존재하게 만든 『조직』이 있다, 는 말이 더 정확할지도 모르겠군요."

"조직…… 아아, 그렇게 된 거구나……."

시라아세의 말을 들은 순간, 마사토는 바로 반항조직 리벨레를 떠올렸다.

"그래……. 일전에도 NPC를 세뇌해서 어머니에게 해를 끼치게 했었지……. 혹시 그것도……."

"일전의 사건 때 회수한 칠흑빛 보석이 바로 그 기능을 지니고 있었습니다. 설정용 프로그램이 카피되었을 우려가 있어서 조회를 해본 결과, 프로그램 자체를 통째로 강탈당했다는 사실이 밝혀졌죠."

"……무례하게 들릴지도 모르지만, 이 말은 해야겠어요. 운영 측은 보안이라는 말을 알고 있기는 한가요?"

"외부에서의 액세스에 대한 대비는 철저하게 되어 있습니다. ……하지만 내부에서 이뤄지는 인위적 조작에 의한 부정행위까지는……."

"예? 내부?"

"아, 방금 제가 한 말은 한 귀로 흘려주십시오. 아직 조사 중인지라 세세한 사항을 이야기드릴 수는 없습니다. 정말 죄송합니다."

일련의 사건에 대한 수사에 진전이 있는 것 같은데……「저기, 시라아세 씨」,「추궁을 하면 확 벗어버리겠습니다」시라아세 씨가 치맛자락을 걷어 올렸다. 「아, 알았어요! 안 물어볼게요!」 여자 속살을 이용한 협박은 그 위력이 무시무시했다. 사춘기 소년이 저항하는 건 무리였다.

아무튼…….

“운영 측의 조사에 따르면, 그 알자레는 카지노의 지하에 숨겨져 있는 것 같습니다. 그것을 서둘러 회수해달라는 것이 이번 의뢰의 내용입니다. ……악용되기 전에 회수해달라고 말씀드리고 싶습니다만…….”

“어머나, 이미 악용되고 있는 거야?”

“악용되고 있는 거네요…….”

“흐음…… 이 카지노의 지배인인 소레라는 리벨레 사천왕 중 한 명이잖아……. 운조차도 나빠질 정도의 능력 저하 스킬을 써서 누구도 이기지 못하게 하는데도, 손님이 계속 몰려드는 걸 보면…… 악랄한 수법을 쓰고 있을 가능성이 충분히 있어. 그 뿐만 아니라, 다른 일에 써먹고 있을 가능성도 있긴 해.”

“호오. 지배인의 정체, 그리고 상대의 스킬까지 이미 파악한 건가요……. 역시 여러분은 믿음직하군요. 그럼…….”

시라아세는 침대에서 나오더니 마사토 일행을 향해 깊이 고개를 숙였다.

“매번 이렇게 폐를 끼쳐 죄송합니다만…… 이번에도, 잘 부탁함다~.” 꾸벅.

“우와~. 완전 건성으로 부탁하네요.”

“게임을 시작된 후로 툭하면 여러분에게 부탁을 드렸으니까요. 매번 같은 말투로 부탁을 드리면 여러분도 질릴까 싶어서, 좀 변화를 줬습니다. 어떤가요?"

"물론 협력할게. 다른 사람도 아니고 시라아세 씨의 부탁이잖아."

"예! 저도 도울게요!"

"마마코 씨, 포타 양, 감사합니다. ……그리고, 마사토 군이 동의할 수밖에 없는 상황을 만들어주셔서, 정말 감사합니다."

"크…… 뭐, 엄마와 포타가 돕는다고 했으니, 나도 도울 수밖에 없지만…… 내 생각은 물어보지도 않다니…… 나는 무슨 덤이냐고……. 이런 식으로 취급하는 건 너무하잖아……. 내 의견을 좀……."

아, 맞다.

있다. 마사토는 지금 이 자리에서 해야만 할 말이 있다.

"아, 그래. 시라아세 씨를 돕는 건 좋지만, 와이즈와 메디는 어떻게 할 거야? 카지노에서 돈을 따서, 빚 때문에 여기서 일하고 있는 그 두 사람을 되찾아야 할 거 아냐."

"아, 맞아! 엄마가 그걸 깜빡했구나!"

"맞아요! 카지노에서 열심히 도박을 해야 해요!"

"와이즈 양과 메디 양이 그런 상황에 처한 거군요……. 흠…… 하지만, 그쪽은 걱정하지 않아도 될 거라고 생각합니다."

"걱정 안 해도 된다고요?"

"유감스럽게도 자세한 이야기는 드릴 수 없습니다만, 이 카지노에는 운영 측의 협력자가 있습니다. 믿음직한 분이니, 그 두 사람은 그 분에게 맡겨두면 아무 문제없을 겁니다. ……그러니 여러분은 알자레 탈환에 협력해주셨으면 합니다."

"으음~ 시라아세 씨가 그렇게 말한다면야……."

"그래. 그럼 우리는 시라아세 씨에게 협력하자꾸나."

"예! 저도 돕겠어요!"

"고맙습니다. 그럼 서둘러 준비해주시길 부탁드립니다."

한편, 그 즈음 카지노 홀에서는…….

와이즈가 열심히 일을 하고 있었다.

"자, 음료 가져왔어. 그러니까 빨리 팁 내놔. 쪼잔하게 굴지 말고 팍팍 내놓으란 말이야."

"음료를 건네주기도 전에 팁부터 요구하는 거냐. 돈에 환장한 바니걸이네……. 뭐~ 좋아. 오늘은 돈 좀 땄거든. 자, 받아."

"오오~! 1만이나 주는 거야?! 엄청 통이 크네! 고마워~! ……그럼 새 음료를 가져다줄 테니까, 다음 팁도 준비해둬. 잘 부탁해~."

"어? ……그런 부탁은 안 했는데……."

메디도 열심히 일을 하고 있었다.

"손님, 잠시 저 좀 보시겠어요? 실례지만, 손님의 호주머니 안을 확인해보고 싶습니다만……."

"응? 호주머니 안에는 아무것도…… 어?! 카드가 들어있네?! 아, 아냐! 나는 아무것도 몰라! 속임수 같은 건 쓴 적 없다고!"

"다른 누군가가 일부러 손님의 호주머니에 카드를 넣어놨을 가능성도 있습니다만, 제가 우연히 이 카드를 발견한 순간에 손님의 인생은 끝났습니다. 정말 안 되었군요."

"마, 맙소사…… 아, 맞아! 아까 딴 칩을 전부 너한테 줄게! 그러니까 못 본 걸로 해줘! 응?! 부탁이야!"

"어쩔 수 없군요. 이번에만 특별히 봐드리겠어요. ……후후후……."

저 손님의 호주머니에 카드를 넣은 사람은 대체 누구일까……. 메디가 아닐 거라고 믿고 싶다. 아마 메디는 아닐 것이다. 그렇게 여기기로 했다.

한 자리에 모인 와이즈와 메디는 손가락 사이로 흘러내릴 것만 같은 양의 칩을 자랑스레 서로에게 보여줬다. 둘 다 꽤 벌이가 짭짤했다. 그래서 그런지 무심코 미소를 머금었다.

"히히~. 이것 좀 봐! 돈 엄청 모았어!"

"그렇지만 금액만 보면 제가 더 많은 것 같네요. 그러니 제 승리예요."

"응, 그래도 상관없어~. 메디가 나보다 빚을 많이 졌잖아~. ……그것보다, 오늘 왠지 돈을 따고 있는 손님이 많은 것 같지 않아?"

"그렇군요. 돈을 잃은 손님이 안 보일 정도예요."

"카지노 측에서 손님에게 몰래 서비스를 하고 있는 걸지도 몰라. 그렇다면……."

와이즈는 대량의 칩을 안아든 채 슬롯머신 코너로 뛰어가더니, 그대로 착석했다.

그녀가 무의식적으로 선택한 슬롯머신은 배당이 적지만 돈을 따기 쉬운 플랫탑 형이다. 수중에 있는 칩을 늘리는 데 있어 최적의 선택지라 할 수 있다. 운이 좋았다.

"좋아, 그럼 나도 팍팍 따야지. 칩을 전부 넣고, 승부하겠어!"

"저기, 와이즈 양? 저희는 지금 일하고 있는 중이거든요?"

"나도 알아. 하지만 이 기회를 놓칠 수는 없단 말이야. 지금이라면 우리도 돈을 딸 수 있을 것 같거든. 마마코 씨에게 기대기만 하는 것도 꼴사납지 않아?"

"확실히, 가능하다면 자력으로 이 위기를 극복하고 싶기는 해요……."

"게다가, 우리 말고도 농땡이를 피우고 있는 종업원이 있는 것 같거든. ……저기 좀 봐."

와이즈는 두 칸 너머에 있는 슬롯머신을 손가락으로 가리켰다.

그곳에는…….

"무슨 속셈인지는 모르겠지만, 소레라가 스킬을 해제한 것 같네……. 이건 기회야……. 이제까지 털린 돈을 되찾을 기회 말이야! 칩을 전부 넣고 돌려야지!"

혼잣말을 중얼거리면서 슬롯머신에 칩을 들이붓듯 넣고 있는 여성 종업원이 있었다.

바니걸이 아니라, 타이거걸이었다.

머리에 단 것은 토끼 귀가 아니라 호랑이 귀……가 아니라, 머리카락을 경단 모양으로 동그랗게 묶은 것 같았다. 무릎 위까지 오는 호랑이무늬 양말도 신고 있었다.

머리카락을 포니테일 스타일로 대충 묶은 저 사람은 바로…….

메디가 몸을 부르르 떨었다.

"와, 와이즈 양? 저는, 저기서 놀고 있는 분이 왠지 낯익은데 말이죠……."

"뭐, 같은 가게 종업원이니까, 어디서 본 적이…… 잠깐…… 어? 아만테?"

"대체 누가 경칭도 붙이지 않으며 내 이름을…… 앗?! 너희는……?!"

아만테는 화들짝 놀라며 뒤로 물러서려 했지만, 수중의 칩을 전부 투입한 슬롯머신에서 떨어질 수가 없는지 그대로 멈춰 섰다.

와이즈는 약간 겁먹은 것 같았다.

"너, 너…… 이런데서 뭐하고 있는 거야……?"

"나와 마찬가지로 사천왕 중 한 명인 소레라에게 협력하려고 왔는데 딱 잘라 거절당했을 뿐 아니라, 카지노에게 참패를 하는 바람에 빚을 지게 되었고, 어떻게든 그걸 만회하려고 발악하고 있다는 걸 일일이 너희한테 이야기해줄 필요는 없어!"

"아, 그, 그렇게 됐구나……. 여전히 멋대로 설명해줘서 고마워……."

"너희한테 고맙다는 말을 들을 만한 짓은 한 적 없어! ……흥. 뭐, 좋아. 나는 지금 매우 바쁘거든? 너희를 상대해줄 겨를은 없으니까, 이번만은 눈감아주겠어. 내 눈앞에서 빨리 꺼져."

"으, 응. 그럼 호의를 받아들일게……."

와이즈가 슬며시~ 자리에서 일어나려 한 바로 그때였다.

"와이즈 양! 상대는 저희의 적이에요! 도망치면 어떻게 해요!"

"그, 그래도 어쩔 수 없잖아, 메디! 이 애는 진짜 말도 안 되게 강하단 말이야! 게다가 나는 직업이 바니걸이 된 바람에 아무 마법도 쓸 수 없거든?! 스테이터스도 평범한 인간 수준이야! 이런 상황에서 저 애와 싸우는 건 무리거든?!"

"그래도 안 돼요! 죽을 각오로 싸우세요!"

"그럼 너나 해! 그러는 너는 대체 어느새 도망친 건데?!"

메디는 이미 카지노 홀의 구석으로 대피해 있었다. 역시 메디다.

바로 그때였다.

"현명한 판단이야. 빨리 도망이나 쳐. 나로서도 그 편이 낫거든."

"……뭐? 너도 그 편이 낫다는 게 무슨 소리야?"

"실은 나도 현자 와이즈와 같은 상황이야. 빚을 진 바람에 직업이 변경됐어. 스테이터스도 일반인 수준이지. 패시브 스킬인 반사도 발동 안 해. 솔직히 말해 나야말로 질질 짜면서 도망치고 싶은 심정이야. ……같은 속내는 절대 털어놓지 않을 거야."

아만테는 딱 잘라 그렇게 말했다. 바로 그 순간…….

와이즈가 악질적인 미소를 머금었다.

"흐음~ 너도 나와 같은 상태였네. ……그렇다면…… 이건 기회야! 내가 사천왕 중 한 명을 해치우겠어! 자, 박살을 내줄게!"

와이즈는 의욕이 넘쳤다. 손가락 관절을 풀면서 아만테와 대치했다.

그 말을 들은 아만테의 예쁜 이마에 힘줄이 불거지더니, 그녀는 와이즈를 똑바로 노려보았다. 남이 걸어온 싸움을 피할 생각은 없는 것 같았다.

"나를 박살내겠다는 거야? 후훗, 재미있는 소리를 하네……. 좋아! 얼마든지 덤벼봐! 지금 이 자리에서 오오스키 마마코의 동료 중 한 명은 골로 보내버리겠어! ……뭐, 지금은 그럴 힘이 없지만 말이야!"

"여자 룰로 승부야! 여자의 싸움에서는……!"

"귀여운 쪽이 승자!"

다음 순간, 와이즈와 아만테가 동시에 포즈를 취했다.

바니 와이즈는 마음속 깊은 곳까지 귀여운 바니걸이 되더니, 만면에 미소를 지으며 손 키스를 날리는 포즈를 취했다! 쪽~☆

한편, 아만테는 대형 고양잇과 동물 같은 분위기를 살려, 귀여운 고양이 같은 포즈를 취했다! 냐옹~☆

그리고 한편에서는…….

"자, 손님 여러분. 바니걸과 타이거걸, 어느 쪽이 이길지를 가지고 내기를 해보시지 않겠어요?"

"아하. 누가 더 귀여운지로 승부를 하는 거구나. 꽤 재미있는 대결인걸. 좋아. 나는 바니걸에게 100만을 걸겠어."

"그럼 나는 타이거걸에게 200만을 걸지! 오늘 딴 돈을 전부 걸겠어!"

"획득한 칩이 더 많은 쪽의 승리입니다. 자, 분발해 주세요. ……또한, 이 내기는 투표에 가깝기 때문에 여러분이 건 칩이 환불되지 않는 점을 유의해 주세요."

중요한 부분만 들릴락 말락 하는 목소리로 말한 메디는 열심히 돈을 벌어들였다.

그리고…….

"……당찬 아가씨들이군요. 후후후."

온화한 미소를 머금은 부지배인 노인이 한편에서 그녀들을 지켜보고 있었다.

한편, 알자레 수색 팀에 속한 마사토는…….

방을 나서며 출발을 하기 직전, 머리를 감싸 쥐었다.

"……크……. 또 저 모습을 두 눈으로 똑똑히 보게 될 줄이야……."

"우후후. 바니 엄마야, 토끼." 윙크☆

바니 마마코가 재림했다. 아들은 머리가 아파 죽을 것만 같았다.

그것만이라면 그나마 버틸 만 했겠지만, 실은 그게 전부가 아니었다.

"마사토 군. 마마코 씨만 쳐다보지 말고, 저한테도 코멘트를 해주지 않겠습니까, 바니?"

"아, 예. ……저기, 시라아세 씨……."

"지금 저는 시라아세가 아니라, 바니세라는 점을 알려드립니다, 바니."

"아, 그런가요……. 그 말장난에 일부러 어울려줘야만 하는 거군요……."

마사토의 앞에 당당히 서있는 사람은 시라아세, 아니, 바니세다.

그 이름에 걸맞게, 토끼 귀에 하이레그 슈트, 망사 타이츠로 바니걸 모습을 하고 있었다. 그녀는 아직 20대 중반이며 몸매도 좋기 때문에 엄청 잘 어울렸지만…….

이 사람 또한 실은 한 아이의 어머니이기에, 바니 엄마다.

"후후후…… 어떤가요, 마사토 군, 바니. 바니걸로 분장한 어머니를 본 감상을 이야기해주시죠, 바니."

"이실직고하자면, 친엄마의 바니 복장보다는 훨씬 낫다고 생각해요."

"흠, 뜻밖에도 호의적인 반응이군요, 바니. 예상치 못한 반응이에요, 바니. 바니 엄마인 저는 마사토 군의 허용 범위 안인 건가요, 바니?"

"그야 친엄마의 바니걸 차림에 비하면야…… 하하…… 웬만

한 일은 그냥 넘어갈 수 있게 됐어요……. 하하…….” 추욱.
“정신적으로 이미 상당한 대미지를 받은 것 같으니, 과도하게 괴롭히지는 않도록 하겠습니다, 바니.”
“저, 저기, 마사토 씨! 저의 바니걸 복장은 어떤가요?!”
“엄청 귀여워. 진짜로 귀여워. 너만이 나의 구원이야.”
“여, 영광이에요!”
조그마한 바니걸이 경례를 했다. 그 모습을 보니 마음이 힐링됐다.
아무튼, 여성들은 전부 바니 코스튬을 착용했다. ……참고로 마사토는 재킷을 포타에게 맡기고 가짜 딜러로 변장했다.
이것은 엄연한 작전이다.
“그럼 전원이 종업원으로 위장을 마쳤으니 출발하도록 하겠습니다, 바니. 잠입수사인 만큼, 다들 진지하게 임해주셨으면 합니다, 바니.”
“당신이야말로 좀 진지하게 임하라고요.”
마사토 일행은 방을 나선 후, 복도를 나아갔다.
이것은 잠입수사다. 진지하게, 그리고 엄숙하게 임해야 한다…….
“마마코 씨. 기왕 바니 엄마 두 명이 함께 하게 됐으니, 이 참에 콤비를 짜는 건 어떨까요?”
“어머, 좋은 생각이야. 둘이서 함께 토끼토끼~하자.”
“하지 마! 아들을 즉사시키는 콤보기라도 펼치려는 거예요?!”
“참, 마마코 씨. 아까 옷을 갈아입으면서 나눴던 이야기 말입니다만……."

"아, 맞아. 마 군이 어리광을 부린 이야기를 하다 말았지. 일전에 마 군이 「무릎베개 해줘!」, 그리고 「책 읽어줘!」라고 해서, 무릎베개를 해주며 책을 읽어줬어. 정말 멋진 시간이었다니깐."

"음, 엄청난 어리광이군요. 그 덕분에 지금도 힘이 넘쳐흐르는 거군요?"

"응. 나 스스로도 무시무시하게 느껴질 만큼 몸 상태가 좋아. 역시 마 군이 어리광을 부려준 덕분일 거야. 우후후."

"그렇군요. ……그래서, 그런 스킬이……. 흠……."

"사람은 너무 부끄러워도 죽을 수 있거든?! 그런 이야기 좀 작작하면 안 돼?!"

바니세와 함께 있으면서 진지한 분위기를 형성하는 건 무리다. 「그러고 보니 이제 말끝에 바니를 안 붙이네요」, 「역시 평소 말버릇과 달라서 그런지 입에 달라붙는 느낌이 없군요」, 「그런가요……」 나름의 룰이 존재하는 것 같았다. 시라세답게 말이다. 그럼 앞으로는 바니세가 아니라 시라세라 불러야겠다고 마사토는 생각했다.

바로 그때였다.

"기다리세요. 여기서부터는 농담이 아니라 진짜로 신중하게 행동해야 합니다."

시라아세가 갑자기 마사토 일행을 향해 그렇게 말하며 앞장을 섰다. 모퉁이 너머를 살피더니…… 살며시 손짓을 했다. 마사토는 시라아세에게 다가가서 모퉁이 너머를 몰래 쳐다보았다.

그곳에는 문이 있었으며, 남성 경비원 몇 명이 엄중하게 경비를 서고 있었다.

마사토와 시라아세는 소리를 내지 않으며 뒤로 물러섰다. 그리고 충분히 거리를 벌린 후…….

"혹시, 저기가……."

"지하로 이어지는 계단이 있는 방일 거라고 생각합니다. ……이 상업도시 오칸야데는 역사 속에 묻혀버린 환상의 고대 도시 위에 세워졌죠……."

"그렇다면 지하에는 고대의 유적이…… 오오, 좋아! 모험하는 느낌이 나! 완전 가슴이 뛰네!"

"고대라고 부르지만, 실은 극히 최근에 데이터로 추가되었을 뿐이지만 말이에요."

"이건 게임이니까 당연히 그렇겠죠! 하지만 분위기를 좀 소중히 여겨줬으면 좋겠네요! 그런 건 알려주지 않아도 된다고, 예전에도 몇 번이나 제가 말했죠?!"

"실례했습니다. 앞으로는 주의하죠. ……아무튼, 이 카지노의 지하에는 꽤 넓은 공간이 있습니다. 침입방법은 한정되어 있기 때문에, 뭔가를 숨기기 딱 좋죠."

"알자레가 거기에 있다……는 거군요."

"예. 하지만 아까 봤다시피 입구가 엄중하게 지키고 있기 때문에 다가갈 수 없습니다."

"저곳을 어떻게든 돌파해야 되는 거네요……."

"일단 정공법으로 도전해보죠. 마사토 군, 협력해주시겠습니까?"

"아, 예. 알았어요."

"마 군, 조심하렴."

"힘내세요!"

마마코와 포타가 지켜보는 가운데, 마사토는 시라아세와 함께 출발했다. 평범한 종업원으로 가장하면서, 통로의 모퉁이를 돌아서 예의 그 방 앞으로…….

"기다리십시오."

바로 그때, 경비원들이 두 사람을 막아섰다. 언짢은 듯한 눈길로 사정없이 상대방을 노려보았다. 솔직히 말해 어마어마하게 무서웠다.

하지만 태연한 척하면서 말을 이었다.

"아, 안녕하세요~. 수고 많으십니다~. 저희는 평범한 종업원이에요~."

"수고 많습니다. 무슨 일이죠?"

"저희는 저 방에 볼일이 있습니다. 그러니 들여보내주셨으면……."

"죄송합니다만, 종업원이라도 이 방에는 들여보낼 수 없습니다. 돌아가 주시죠."

두 사람은 입장을 거절당했다. 경비원들은 꼼짝도 하지 않았다. 말붙일 엄두도 나지 않았다. 「그, 그런가요……」, 「알았습니다. 그럼 이만 실례하죠」 마사토와 시라아세는 의심받기 전에 순순히 철수했다.

두 사람은 모퉁이 너머에 있는 마마코와 포타와 합류한 후, 상담 타임을 가졌다.

"하아. 역시 무리였군요."

"어떻게 하면 좋을까요?!"

"이럴 때야말로 마마코 씨가 나설 때죠. ……부탁드려도 될까요?"

"어머, 내가 뭘 하면 될까?"

시라아세가 마마코에게 몰래 귓속말을 했다. 소곤소곤.

"마마코는 약간 난처한 표정을 지었지만, 결국 납득한 것 같았다.

"……알았어. 해볼게."

"잘 부탁합니다. 그럼 가볼까요. 이번에는 전원이 다함께 말이죠."

어떤 작전을 쓰려는 건지는 모르겠지만, 시라아세는 꽤 자신이 있는 것 같았다. 마사토와 포타는 서로를 쳐다보며 고개를 갸웃거렸지만, 일단 지시에 따랐다.

마사토 일행이 다시 방 앞으로 가자, 역시 경비원들이 막아섰다.

바로 그때, 마마코가 빙긋 웃으면서 입을 열었다.

"경비원 여러분. 괜찮다면 저와『좋은 일』을 하지 않겠어요?"

『좋은 일』이 뭘까…… 마사토도, 포타도, 경비원들도, 영문을 모르겠는지 사이좋게 고개를 갸웃거렸다.

바로 그때, 시라아세가 앞으로 나섰다.

"이런, 하나같이 둔하군요. 바니걸 차림의 여성과 하는 『좋은 일』이라면 하나밖에 없는데 말이죠. 아무래도 이해하기 쉽도록 시범을 보이는 편이 좋을 것 같군요. ……그럼 마사토 군, 협력 부탁드립니다."

"예? 제가 말이에요?"

"그리고 포타 양. 눈을 가릴 천을 준비해주겠습니까?"

"아, 예! 아이템 크리에이션용 천이면 될까요?!"

"괜찮습니다. 그걸 마사토 군에게 건네주세요."

포타가 숄더백에서 가늘고 긴 천을 꺼내서 「자요!」 하고 말하며 마사토에게 건네줬다.

마사토는 일단 그것을 건네받았지만, 왠지 불길한 예감이 들었다.

"……저기, 사라아세 씨. 왜 눈을 가리라는 거죠? 저한테 대체 뭘 시키려는 건데요?"

"경비를 돌파하기 위한 작전을 실행에 옮기려는 것뿐입니다. 자, 서둘러 주세요. ……고대 유적이 당신을 기다리고 있어요. 대모험의 막이 곧 오를 거예요."

"고대 유적…… 대모험…… 큭, 거부할 수 없는 유혹이야……."

불길한 예감만 엄습했지만, 그 매력적인 단어에 매료되고 만 마사토는 각오를 다지며 눈을 가렸다.

"말 잘 듣는 용사군요. ……그럼 마마코 씨, 아까 가르쳐드린 대로 해주세요."

"알았어. 그럼 마 군에게 듬뿍 서비스할게."

"이봐, 잠깐만 있어봐. 나한테 서비스를 해……?"

"그럼 시범을 보이겠습니다. 경비원 여러분은 잘 보십시오."

마사토는 눈을 가리고 있기 때문에 경비원들이 어떤 표정으로 쳐다보고 있는지 알 수 없었다. 그저 가만히 기다리고 있자…….

갑자기 누군가가 부드러운 손길로 마사토를 살며시 잡아당기더니, 그의 얼굴이 부드러운 무언가에 감싸였다. 따뜻하고, 한없이 기분 좋은 감촉이 느껴졌다.

"이, 이게 뭐야……?"

"그럼 마 군. 바니 엄마의…… 가슴 부비부비를 시작할게."

"뭐엇?! 부비으잇?!"

마마코는 자신의 커다란 가슴 사이에 마사토의 얼굴을 끼우더니, 그대로 부비부비~를 시전했다. 말랑말랑하고 따뜻한 가슴을 마사토의 얼굴 전체에 비벼댄 것이다.

바니 엄마 한정 특수 스킬 발동! 이름하여【엄마의 부비부비】다!

그 스킬은 평범한 상대를 천국에라도 온 것처럼 기분 좋게 만들며…….

아들에게는 즉사 급의 어마어마한 대미지를 안겨준다.「나를 죽일 생각, 이냐……고…… 꼴깍……」,「어머나! 마 군?!」친어머니의 이 공격은 사춘기 남자에게 막대한 정신적 대미지를 안겨줬다. 마사토는 마마코의 가슴에 얼굴을 묻은 채 그대로 축 늘어졌다.

최선을 다한 아들 용사에게 가볍게 묵념을 올린 후, 시라아세는 경비원들을 쳐다보며 입을 열었다.

"시범은 이쯤이면 충분할 것 같군요. 어떻습니까?"

"가, 가슴 부비부비?! 진짜로 그런 서비스가 존재하는 거냐?!"

"게다가 바니 엄마……. 어제 카지노에 출몰했다며 종업원들 사이에서 화제가 됐던, 바로 그 바니 엄마의 가슴 부비부비?!"

"방금 보신 대로입니다. 자, 여러분. 여기 계신 바니 엄마와 『좋은 일』을 하시지 않겠습니까? 따로 사례를 하실 필요는 없답니다. 후후후."

"자, 잠깐만 있어봐! 다들 진정하라고! ……부비부비라는 말에 넘어가서 넙죽넙죽 따라가면, 우락부락한 아저씨가 자기 근육으로 부비부비해줄 거라고! 틀림없어!"

"마, 맞아! 사기가 분명해! 그런 꿈같은 일이 이 세상에 존재할 리가 없어! 속지 마!"

경비원들은 극도로 동요했지만, 어찌어찌 차분함을 유지하고…….

하지만 곧 마마코 앞에 한 줄로 섰다.

"자기 자신에게 솔직한 분들이군요."

"예! 남자라 죄송합니다!"

"이렇게 됐으니, 속아도 상관없어! 속는 것도 부비부비의 묘미잖아!"

"멋진 마음가짐이군요. ……그럼 포타 양. 이 분들에게 눈가리개를 나눠주세요."

"예! 맡겨주세요!"

"그리고, 바니 엄마를 만지는 건 금지입니다. 그러니 만약의 사태에 대비해 여러분의 손을 묶을까 하는데, 괜찮겠습니까?"

"물론 괜찮지! 빨리 해! 자, 묶으라고!"

"아, 바로 옆에 방이 있군요. ……방 안에서라면 시간을 연장해서 진득~하게 듬뿍~ 즐길 수 있을 텐데, 공교롭게도 문이 잠겨있군요……."

"이 방의 열쇠라면 내가 가지고 있어! 자, 열어!"

"그럼 그렇게 하겠습니다."

열쇠 회수는 완료했다. 경비원들은 직접 눈을 가리더니, 순순히 손을 등 뒤로 돌리며 빨리 묶어달라고 재촉했다.

이것으로 경비 문제는 클리어했다.

그 후, 시라아세, 마마코, 포타, 그리고 회복약을 먹고 겨우 복귀한 마사토는 조용히 방 안으로 들어가더니, 안에서 문을 잠갔다.

경비원들은 자기들 중 누군가가 방 안으로 들어갔다고 착각한 건지, 조용히 자기 차례를 기다리고 있는 것 같았다.

난관을 돌파한 마사토 일행은 한숨 돌렸다. 하지만 마마코는 표정이 좋지 않았다.

"부비부비를 해주지 않았는데, 괜찮을까……."

"괜찮아요. 경비원들이 아까 말했다시피, 속는 것도 부비부비의 묘미니까요. 그게 기본 사양이자 상식이며, 또한 양식미

랍니다."

"저는 차라리 속았으면 좋았을 텐데 말이죠……."

"마사토 군에게서 적개심이 마구마구 느껴집니다만, 마음 푸시죠. 자, 저기 좀 보세요. 대모험이 펼쳐질 지하로 이어지는 입구가 눈앞에 있습니다."

"말 돌리려는 게 뻔히 느껴지는데…… 하아…… 뭐, 됐어요. 아까 일은 그냥 잊을게요."

아직 얼굴에 남아있는 감촉도 잊기로 했다. 마사토는 자신의 볼을 때리며 마음을 다잡았다.

문 너머는 조그마한 방이었다. 그곳에는 지하로 이어지는 계단 말고는 아무것도 없었다.

"이 밑에는 고대 유적이 있댔지……. 좋아. 적당히 긴장되네. 드디어 재미있어졌어. 이것이야말로 내가 고대했던 모험이야! 던전이라고!"

마사토는 앞장을 서며 계단을 뛰어내려…….

……가기 직전, 일단 멈춰서면서 동료들에게 말을 건넸다.

"아, 맞아. 이제 종업원인 척 할 필요는 없지? 여기는 방이니까 옷을 갈아입어도 되겠네. 그럼 다들 옷 갈아입을 거지?"

"갈아입어야 하니? 엄마는 이대로도 괜찮은데……."

"특히 엄마가 꼭 갈아입어줬으면 하거든?! 아들의 심정을 이해해달라고!"

경비를 클리어한 김에 바니걸 차림인 자기 어머니와 쭉 함께 행동한다는 고행에 종지부를 찍은 마사토가 계단을 뛰어

내려갔다.

그리고 그들은 카지노의 심연을 목격하게 된다.

엄마 주사위놀이 3

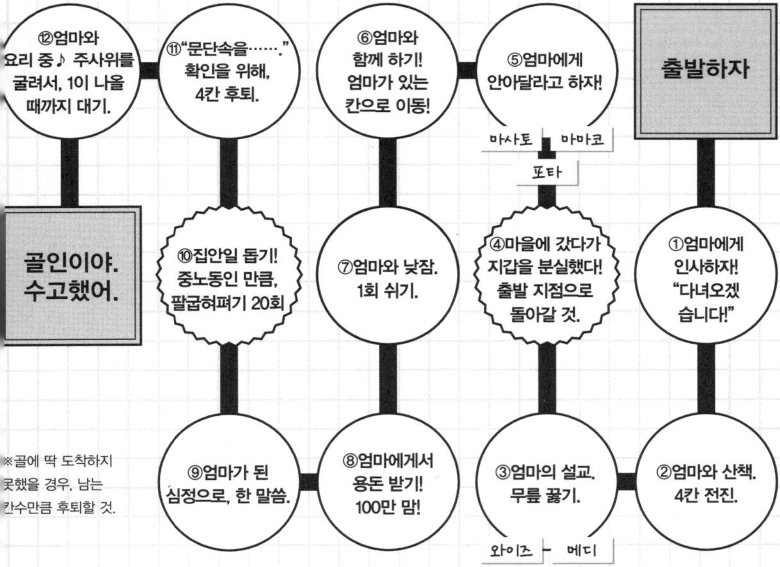

※골에 딱 도착하지 못했을 경우, 남는 칸수만큼 후퇴할 것.

"엄마는 2야. 어머나, 한 번 쉬어야 하네."

"으, 으음…… 아, 내가 엄마란다! 얼마든지 어리광부리렴!"

제 차례예요! 저는…… 으으…… 2예요."

"나는 6이야! 여섯 칸 이동해서 ⑨로…… 어? 잠깐만?!"

"……하아……."

"포타도 한 번 쉬는 구나. 그럼 나는…… 으윽…… 4야……."

"여러분, 와이즈 엄마께서 한 마디 하실 테니 경청해 주세요. 자."

"메디이이이이! 진심어린 한숨 쉬지 마! 그것보다, 너는 5야?! 용돈을 100만이나 받았어?!"

"좋아! 마사토도 ⑨에 왔네~! 빨리 엄마 흉내를 내봐!"

제4장
집안일은 엄마들의 전쟁. 하지만 아들도 과감하게 도전한다. ……우왓, 뭐하는 거야. 그만……

호화롭기 그지없는 카지노 안과는 명백하게 분위기가 달라졌다.

고대 유적의 일부인 지하통로는 한치 앞도 보이지 않는 어둠에 점령당해 있었다.

너무 어두워서 제대로 걸을 수 없……을 줄 알았지만…….

"……엄마. 걷기 힘들거든?"

"어머, 미안해. 하지만 엄마는 말이지? 이렇게 마 군과 팔짱을 끼고 있으니 정말 기뻐. 우후후." 반짝————!!

"마마코 씨의【어머니의 빛】덕분에 앞이 잘 보이는 군요."

"마마 씨가 즐겁거나 기쁠 때면, 자동적으로 발동해요! 대단해요!"

제대로 걸을 수 없는 사람은 마사토뿐이다. 하지만 피치 못할 상황이기에 어쩔 수 없이 참기로 했다.

평소와 마찬가지로 장비를 갖춘 마사토 일행은 세월이 느껴지는 석조 통로를 나아갔다. 마치 미로처럼 복잡한 통로지만, 길을 헤매지는 않았다.

왜냐하면, 미로 같아 보이지만 실은 외길이었기 때문이다.

“앗! 이 앞의 통로는 세 갈래로 나뉘어 있어요! 어떻게 하죠?!”

“걱정할 필요 없습니다. 지금이 바로 마마코 씨…… 그리고 마사토 군의 도움을 받을 때죠.”

“어머, 나와…….”

“저도요?”

마사토가 영문을 모르겠다는 듯이 고개를 갸웃거리자, 시라아세는 그에게 말을 건넸다.

“마사토 군은 눈치챘나요? 아무래도 마마코 씨는 새로운 스킬을 습득한 것 같습니다. 감독자인 저는 알 수 있죠.”

“어, 정말이에요?”

“그 스킬을 쓰면 미로도 간단히 돌파할 수 있을 겁니다. 이야기를 듣자하니, 그 스킬이 효과를 더욱 강력하게 발동시키기 위해서는 마사토 군이 어리광을 부려야 한다니……. 마사토 군.”

“싫어요. 죽어도 안 할 거예요.”

“괜히 튕길 때가 아닙니다. 서둘러야만 하는 상황이에요. 자, 마사토 군.”

“큭…… 알았어요! 하면 될 거 아니에요! ……엄마!”

마사토가 마마코를 잡아당기면서 그녀의 팔을 꼭 안아주자…….

“어머나. 이런 상황에서도 어리광을 부리는 거니? 마 군은 참 어리광쟁이네. 우후후.”

마마코가 어리광 성분을 충전하자, 특수 스킬 【물러터진 어머니】의 효과가 상승했다!

그 결과, 이 던전의 난이도가 물러졌다. 세 개로 나눠져 있던 통로가 쿠르릉~ 하는 소리를 내며 합체되더니, 외길로 변한 것이다. 이것으로 길을 헤맬 염려는 사라졌다.

"이래서야 던전 자체에 의미가 없어……. 완전 말도 안 되는 스킬이잖아……. 수정해야 하는 거 아냐……?"

"그런 생각이 들지 않는 건 아닙니다만, 저희로서는 잘 된 일이죠."

"마마 씨 덕분에 길을 헤매지 않고 나아갈 수 있겠어요! 고~ 고~ 예요!"

"그럼 마 군, 모두들, 나아가자! 오~!"

마사토 일행은 마마코의 스킬을 활용하면서 성큼성큼 나아갔다.

하지만 이곳은 던전이다. 고대 유적인 것이다.

"……아! 몬스터예요!"

포타가 손가락으로 가리킨 곳에는 몬스터 무리가 있었다.

고대의 민족의상을 걸친 망령들이었다. 휑하니 뚫린 눈으로 마사토 일행을 지그시 쳐다보고 있었다.

"어머나, 유령이 출몰했네."

"이봐! 여기서는 몬스터가 출몰하는 거였어?!"

"고대 유적이니까요. 죽고 오랜 시간이 흐른 언데드 계열 몬스터가 출몰하는 던전입니다."

"그런 건 미리 말해줘야 할 거 아니에요! ……칵! 다들, 전투 준비!"

마사토가 성검 필마멘트를 움켜쥐며 돌격했다. 지금이 바로 활약을 할 때다! 용사인 마사토가! 화려하게……!

그 전에 망령들이 마마코에게 말을 건넸다.

"이야, 안녕하십니까. 수고 많으십니다~."

"이 앞에 함정이 있으니까 조심하세요~."

"스켈레톤 녀석들도 툭하면 그 함정에 빠지죠. 두 발로 걸어 다니는 녀석들은 고생이 많다니까요~."

"어머, 그런가요? 알려주셔서 감사해요."

망령들은 마사토 일행을 적으로 여기지 않는지, 그런 조언을 해주고 사라졌다.

마사토는 뽑아들었던 검을 슬며시 검집에 다시 집어넣었다. 눈물을 흘리지는 않았다. 진짜다.

"……시라아세 씨. 이대로 가면 저희는 적도 한 번도 싸우지 않을 것 같은데요."

"확실히 그렇기는 합니다만, 따지고 보면 평소와 딱히 다르지도 않…… 어머?"

걸음을 옮기던 시라아세가 갑자기 멈춰 섰다.

"마사토 군, 무슨 소리가 들리지 않나요? 목소리 같은데……."

"목소리? 으음……."

마사토는 걸음을 멈추더니, 귀를 기울였다.

……야…… 잇~! ……하아, 정말……!

잘 들리지는 않지만, 여성의 목소리 같았다.

"몬스터의 괴성은 아닌 것 같네……. 이게 뭐지……. 이 앞에서 들려오는 것 같은데……."

길을 따라 나아갈수록, 목소리가 점점 커졌다.

……이딴 것도 못해?! ……진짜 쓰레기네……!

……또 졌어! ……어떻게 물어줄 건데?! ……책임져……!

들려오는 것은 하나같이 여성의 목소리였다. 그것도 전부 욕설이었다. 꽤 흥분한 것 같았다.

벽의 일부가 창문처럼 뚫려있는 장소가 눈에 들어왔다. 목소리는 저곳을 통해 들려오는 것 같았다.

마사토가 그 장소로 다가가서, 반대편을 살펴보니…….

"……이봐……. 이게 다 뭐야……."

아래편에 투기장 같은 설비가 있었다. 꽤 오래된 듯한 석조 원형 투기장이다. 마법석의 빛이 그곳을 비추며 수상한 느낌을 자아내고 관객석에는 여성뿐이었다. 다들 종잇조각을 손에 쥔 채 시끄럽게 떠들고 있었다.

중앙에 있는 무대 위에도 여성이 있었다. 멀어서 뭘 하고 있는지는 알 수 없지만…… 종잇조각이 놓인 단상 앞에서 열심히 손을 놀리고 있었다.

"어머나, 뭘 하고 있는 걸까……."

"엄청 흥분한 모습으로 욕설을 입에 담고 있어요! ……시라아세 씨! 저기서 대체 뭘 하고 있는 건가요?!"

"유감스럽지만 저도 파악하고 있지 않습니다. 이곳에는 알자레가 숨겨져 있을 뿐일 거라고 생각했습니다만…… 이겼다

느니 졌다느니 하면서 저렇게 독설을 토하며 시끄럽게 떠드는 걸 보면…… 도박을 하고 있는 것 같군요……. 게다가 비정상적으로 느껴질 만큼 열광적이에요."

"카지노의 지하에 있는 고대 유적에 여자들만 모여서 도박을……. 대체 뭐가 어떻게 된 거야……. 흐음…… 전부 여자……."

마사토는 문뜩 어머니 인식 스킬 【자성】을 발동시켜보았다.

투기장을 쳐다보니, 무대 위에 있는 여성들도, 객석에 있는 여성들도, 전원의 몸에서 카네이션 색깔의 빛이 뿜어져 나오고 있었다. 즉…….

"맙소사……. 저기 있는 건 어머니야. 전원이 어머니라고."

"예엣?! 그런가요?!"

"마 군의 엄청난 스킬로 알아낸 거구나! 마 군, 대단해! 엄마, 감동했어!"

"여성 중에서 어머니인 사람을 식별할 수 있는 스킬인가요……. 온갖 사상을 물러터지게 만드는 마마코 씨의 스킬에 비해……음, 아무것도 아닙니다. 확실히 엄청난 능력이라고 생각해요."

"아, 예~. 그런가요~! 시라아세 씨가 하고 싶은 말이 뭔지 알아요! 제가 누구보다도 잘 안다고요! 그리고 지금 중요한 건 그런 게 아니거든요?!"

정말 이상한 일이다.

언데드 몬스터가 어슬렁거리는 고대 유적의 깊숙한 곳에, 어머니들만 모여서 열광적으로 도박을 하고 있는 것이다.

아무리 생각해도 정상적인 일과는 거리가 멀었다.

"반항조직 리벨레의 사천왕, NPC를 조종하는 금단의 아이템, 그리고 저 어머니들……. 뭔가 사건이 벌어지고 있는 게 틀림없어."

"그렇다면, 어떻게든 해결을 해야겠네."

"저희가 나설 차례예요!"

"예상치 못한 사태가 벌어졌습니다만, 긴급 퀘스트로서 의뢰하도록 하겠습니다. 마마코 씨, 포타 양, 그리고 기타 등등 분, 잘 부탁드립니다."

"그런 식으로 말해봤자, 저는 전혀 신경 쓰지 않거든요?! 시라아세 씨가 그런 식으로 툭하면 놀려댄 바람에 익숙해졌거든요! ……훌쩍…… 아무튼 가자!"

용사는 울지 않는다. 눈을 촉촉한 상태로 유지하기 위해 정기적으로 분비되는 액체의 양이 좀 많아졌을 뿐이다.

마사토 일행은 아래편으로 이어지는 계단을 내달리기 시작했다.

한편 그 즈음, 카지노에서는…….

"들어갈게~! 우랴아아아아앗! 프리티 바니 킥!"

도움닫기를 한 다음에 귀여운 구석이라고는 눈곱만큼도 없는 드롭킥을 냅다 문에다 날린 와이즈가 그대로 지배인실에 들어갔다.

옆에 있던 메디는 어이없다는 반응을 보였다.

"하아……. 와이즈 양의 지능은 인간 이하의 수준으로 퇴화되어버린 거군요……."

"그런 게 아니거든?! 너무 열 받아서 이러는 거야! 그럴 만도 하잖아!"

"하긴, 사천왕에게 자신만만하게 도전했다가 도리어 박살이 났으니까요. 정말 유감이에요." 푸풉.

"무슨 소리를 하는 거야?! 내가 이겼거든?! 내가 아만테보다 귀여웠단 말이야!"

"손님들의 판단은 달랐지만 말이에요. 패배를 인정하세요. ……그리고 그 결과도 납득이 되긴 해요. 와이즈 씨의 어필은 원조교제를 하자고 꼬드기는 것처럼 보였으니까요. 당신이 진 이유는 범죄 느낌을 풍겼기 때문이에요."

"큭…… 손님인 아저씨들을 『아빠』라고 불러서 진 거네……."

"그래도 괜찮지 않나요? 결과적으로는 빚을 변제할 자금을 모았으니까요."

"아! 그것도 불만이거든?! 우리 허락도 안 받고 멋대로 구경거리로 삼아서, 편하게 돈을 벌…… 잠깐…… 어라?"

와이즈는 문뜩 눈치챘다. 지배인실에는 두 사람 말고도 한 명이 더 있었다.

부지배인인 노인이다. 느닷없이 소동이 벌어졌는데도 놀라거나 화를 내지 않으며, 아무 말 없이 미소를 머금고 있었다.

와이즈와 메디는 그 차분한 분위기에 감화된 덕분에 진정했다. 그리고 그 노인에게 인사를 건넸다.

"아…… 저, 저기, 안녕하세요. 실례했어요."

"소란을 피워서 죄송해요. 경품교환소에서 빚 변제를 마쳤더니, 지배인실에 가서 인사를 하라는 지시를 받아서 이렇게 찾아왔답니다."

"예, 알고 있습니다. 공교롭게도 지배인께서는 자리를 비우셨으니, 부지배인인 제가 처리하도록 하죠. ……그럼 우선 확인부터 하겠습니다."

부지배인은 와이즈와 메디를 향해 자신의 손을 내밀었다. 그러자…….

"예. 두 분의 변제 및, 직업의 원상복구를 확인했습니다. 축하드립니다."

"후우~. 땡큐~. ……그런데, 손만 내밀고도 그런 걸 알 수 있는 거야?"

"마법이라도 사용하신 건가요……."

"저는 마법을 익혔지만, 방금 그건 마법이 아닙니다. 데이터와 링크를 해서 정보를 확인했을 뿐이죠. 이건 게임이니, 그런 작업은 순식간에 마칠 수 있습니다. 손짓 같은 건 어디까지나 덤에 가깝죠."

"그, 그렇구나……."

"그건 그렇지만…… 하다못해 계측 마법을 사용했다, 같은 식으로 분위기를 중요시해줬으면 좋겠네요……."

"하하하. 이거 실례했습니다."

부지배인은 환하게 웃음을 터뜨렸다. 미워할 수 없는 노인이다.

"자, 자유를 되찾은 두 분은 이제부터 어쩌실 겁니까?"

"으음…… 일단 마마코 씨네와 합류하고 싶은데…… 종업원 숙소로 간 후로 돌아오지를 않네."

"그래요……. 시간이 너무 걸리는 군요……. 무슨 일 있는 걸까요?"

"괜찮다면, 어떤 일이 벌어지고 있는지 알려드리도록 할까요?"

"뭐? ……부지배인 씨, 혹시 뭔가 아는 게 있어?"

"물론이죠. 여기서 이러고 있을 때도, 저에게 주어진 영역에서 일어난 모든 일을 전부 파악하고 있습니다. 저는 원래 그런 존재니까요."

"그런 존재? ……실례지만, 당신은 대체……."

"저에 관해서는 언젠가 설명드리도록 하겠습니다. ……일정 권한이 저에게 이양된 지금이 기회입니다. 지하에서 벌어지고 있는 일, 운영 측에서 찾고 있는 물건이 있는 곳, 운영 측에 협력하고 있는 마마코 씨 일행의 현재 위치…… 또한, 소레라라는 소녀가 저지른 극악무도한 행위까지 전부 알려드리죠. ……이것이 저 나름대로의, 소소한 반격입니다."

부지배인은 집무용 책상 위에 놓인 서류를 손에 쥐더니, 조용한 어조로 이야기를 시작했다.

마사토 일행은 하염없이 지하로 내려갔다. 아래쪽으로 이어지는 계단을 찾기 위해 통로를 하염없이 뛰어다녔다.

"조심하세요! 또 몬스터가 출현했어요!"

"알았어! 내가……!"

"응? 급한 일이 있으신가요? 자, 빨리 가시죠."

"길을 터줘서 고마워! 마 군, 가자!"

"젠자아아아앙!"

루트는 외길이며, 몬스터들도 전부 무시하며 지나갔다. 마사토 일행의 이동을 방해하는 건 존재하지 않았다. 그들은 지하로 계속 내려갔다. 계단을 통해, 아래편으로 쭉쭉 내려갔다.

"꽤 내려온 것 같네! 슬슬 도착할 때가 된 것 같은데……."

"앗! 저 앞에 문 같은 게 있어요!"

"종점인 것 같군요. 어머니들이 있던 투기장은 이 앞에 있을지도 모릅니다."

"좋아! 그럼 내가 앞장서겠어! 나만 믿어!"

또 상황이 이상하게 굴러가기 전에, 마사토는 더욱 속도를 내며 아치 형태의 돌문을 통과했다.

그 너머에는 아까 내려다봤던 원형 투기장의 무대가 있었다. 마사토는 무대에 올라서는 자를 위한 출입문을 통해 이곳에 도착했는데…….

뭔가 이상했다.

"어, 어라? ……아무도 없잖아……?"

무대 위에는 테이블 같은 단상이 몇 개 있었으며, 그 위에는 천과 바느질 세트가 놓여 있었다. 아까 내려다봤을 때와 별반 다르지 않아 보였지만…….

어찌된 영문인지 이곳에는 아무도 없었다. 객석 또한 텅텅 비어 있었다. 어머니들의 모습이 보이지 않았다.

마사토는 자신을 뒤쫓아서 이곳에 도착한 마마코 일행과 함께 무대에 오른 후, 주위를 둘러보았지만…… 역시 아무도 없었다.

"대체 뭐가 어떻게 된 거야……."

"아무도 없구나……. 다른 곳에 가버린 걸까……."

"호, 혹시, 저희가 본 것은 유령 엄마들이었던 걸까요?! 어어어어……!"

"이곳에 오는 과정에 마주친 몬스터들은 전부 언데드였으니까요. 어쩌면 어머니들도 이 유적의 주민, 즉 태고의 망령일 가능성도 있기는 합니다만……. 으음…… 유령이 바느질 같은 걸 할까요……."

시라아세는 귀여운 토끼 모양 천이 대충 꿰매져 있는 천을 손에 쥐면서 생각에 잠겼다.

바로 그때였다.

"하아~. 왜 여기에 온 거야~. 일이 이렇게 될 것 같은 느낌이 들어서~. 빨리 딴 데 가기를 바란 건데~. 부우~."

관객석 상단에 있는 귀빈석 쪽에서 목소리가 들려왔다.

느긋~하게 나타나서, 최고의 경관이 약속된 자리에 앉은 이는 바로 소레라였다.

"아~ 정말~. 진짜~! 왜 온 건데~?! 완전 최악이네~!"

"악인의 곁에 바람처럼 나타나는 자가 바로 용사, 즉 나거든. 후훗."

"엄마한테 칩 달라고 졸라대기나 하던 인간이 용사를 자처하는 구나~. 참 대단하네~."

"그렇게 깔보던 우리 엄마한테 박살이 나버렸던 사천왕이 무슨 소리를 지껄이는 건지 모르겠네~."

서로의 독설에 서로가 발끈했으니 일단은 비겼다고 봐도 될 것이다.

소레라는 아무 말도 안 들리는 척하면서 또 여유로운 태도를 취하더니, 느긋~한 어조로 말했다.

"그럼 인사를 해볼까~. ……안녕~. 마마코 씨~, 마사토 군~ 포타 양~ 그리고 운영 측의 시라아세 씨라는 분~. 다들 어서 와~. 눈곱만큼도 환영을 하지 않지만~ 일단 환영하는 척이라도 해줄게~."

소레라가 손가락을 튕겼다.

그러자 귀빈석에 기사 복장을 한 스켈레톤 두 마리가 나타나더니…….

【KASINO】

……라는 문자가 적힌 현수막을 펼쳐들었다.

그와 동시에 장바구니를 든 여성들이 관객석에 차례차례 나타나더니, 줄지어 자리에 앉았다. 눈 깜짝할 사이에 관객석은 사람들로 가득 찼다. 「저 사람들은……」 마사토가 바로 【자성】으로 확인을 해보니, 주위는 카네이션 색깔로 물들어 있었다. 이 사람들은 전부 어머니인 것이다.

소레라는 기묘한 열의가 어려 있는 어머니들을 둘러보면서 선언했다.

"자~. 그럼 영업을 시작할게~. 다들 박수~."

어머니들은 일제히 박수를 치며 환성을 질렀다. 그야말로 흥분의 도가니였다. 엄청난 열기 또한 느껴졌다.

마사토 또한 덩달아 박수를 쳤다. 잠깐만 있어봐.

"그런데, 글자가 틀렸잖아. 카지노의 첫 글자는『C』라고."

"이게 맞아요~. 왜냐하면 여기는~ ……아~ 마사토 군에게 가르쳐줄 필요는 없겠네~. 왜냐하면 여기는~ 어머니들만의 은밀한 놀이터거든~. 그런고로~……."

소레라는 날카로운 눈길로 마사토와 포타를 쳐다보았다.

그러자, 두 사람의 그림자가 벌떡 일어서더니, 각자의 본체를 꼼짝달싹 못하게 움켜잡았다.「어엇?!」,「아앗?!」마사토와 포타는 무대 아래편으로 끌려가더니, 그대로 출입문 쪽으로 옮겨졌다.

"잠깐만, 이게 무슨 짓이야?! 이봐! 빨리 풀어달라고!"

"으윽~! 꼼짝도 못하겠어요!"

"그림자에 유령을 숨겨뒀어~. 나~ 이래봬도 실은 사령술사(네크로맨서)라서~ 이런 게 특기거든~. ……그리고 겸사겸사~ 내 스킬도 한창 발동중이니까~ 능력이 곤두박질쳐서~ 힘도 제대로 못 쓸 거야~. 푸풉~."

"당했군요……."

"마 군?! 포타 양?! 금방 구해줄게……!"

"그렇게는 안 돼~."

소레라는 또 손가락을 튕겼다. 그 순간, 무대 가장자리에서 높은 울타리가 튀어나왔다. 그리고 마마코와 시라아세는 갇히고 말았다.

"엄마 두 사람은 강제 참가야~."

"정말 막무가내인 주최자군요."

"소레라 양! 부탁이야! 내보내줘! 이렇게 부탁할게!"

"그렇게 필사적으로 부탁할 필요 없어~. 저 둘을 확 잡아먹으려는 건 아니거든~. 잠시 맡아두는 것뿐이야~."

"이, 이봐?! 설마 인질로 삼으려는 거야?! 안 돼! 내 체면이 뭐가 되냐고!"

"아앗~! 마마 씨에게 폐 끼칠 수는 없어요~!"

"하아~ 정말~. 되게 시끄럽네~. 마마코 씨들에게 설명을 해야 하니까~ 빨리 꺼져주면 좋겠네~."

"잠깐만 있어봐! 이봐, 진짜로 관둬! 목숨이 위험해지는 건 차라리 괜찮아! 하지만 용사인 내가 구원을 받아야 하는, 그것도 엄마한테 구원을 받아야 하는, 그런 비참한 사태만은 제발…… 아앗…… 아아아……!"

체면이 완전히 붕괴되고 만 마사토는 그대로 끌려가고 말았다.

마사토와 포타가 끌려갔다.

마마코는 울타리 안에서 필사적으로 손을 뻗었지만, 그 손은 두 사람에게 닿지 않았다.

마마코는 그대로 힘없이 주저앉을 뻔 했지만, 시라아세가 그녀를 부축했다.

"마마코 씨. 마음을 굳게 먹으세요. ……저 두 사람을 되찾고 싶다면, 우선 마마코 씨가 마음을 단단히 먹어야만 할 겁니다."

"그, 그래! 나부터 먼저 마음을 단단히 먹어야 해!"

"예, 그렇습니다. 저는 크게 도움이 되지 않을 테죠. 실력적으로도, 그리고 의욕적으로도 말이에요. 그러니 믿을 사람은 마마코 씨뿐이에요."

시라아세는 은근슬쩍 자신이 도움이 안 될 거라고 주장했다.

그리고 마마코와 시라아세는 소레라를 지그시 쳐다보았다.

"……자, 그럼 설명을 부탁드려도 될까요?"

"예~. 설명할게요~. 『백문이 불여일견』이라니까~…… 당신들이 오기 전까지 챔피언이었던 사람~ 무대에 올라가~."

소레라가 그렇게 말하자, 관객석에 있던 한 어머니가 몸을 일으키더니 통로로 내려왔다.

그리고 무대를 둘러싼 울타리 중 일부가 내려가더니, 그 어머니가 마마코와 시라아세 앞에 섰다. 그 어머니는 평상복 위에 앞치마를 걸쳤으며, 양손에는 남성용 셔츠를 한 벌씩 들고 있었다.

마치 한창 세탁 중인 듯한 모습과 달리, 그 어머니는 온몸으로 범상치 않은 기백을 뿜고 있었다.

"이 분은……?"

"마마코 씨, 조심하세요. 상대는 이 투기장의 챔피언 같으니까, 저 셔츠를 무기 삼아 특수한 격투 스타일로 저희를 공격할 가능성이 있어요."

시라아세는 경계심을 품으며 뒤로 물러서더니 마마코의 등 뒤에 숨었다.

그리고 그 어머니는 마마코와 대치했다. 그리고 날카로운 눈길로 마마코를 노려보며…….

"당신한테 원한은 없어! 하지만, 승부니까 봐주지는 않을 거야!"

"승부? 승부라기, 갑자기 그게 무슨……!"

"더는 할 말 없어! 자, 각오해!"

그 어머니는 느닷없이 팔을 치켜들더니……!

들고 있던 셔츠 중 한 벌을 마마코에게 상냥히 건넸다.

"빨리, 그리고 깔끔하게 개는 쪽이 이기는 거야! 준비, 시작!"

"예? 아, 예. ……예?"

마마코는 영문을 모르겠다는 반응을 보였지만…….

엉겁결에 승부가 시작됐다! 일단 두 사람 다 그 자리에 무릎을 모으고 단정하게 앉더니, 무릎 위에 셔츠를 펼쳐두고 개기 시작했다!

챔피언인 어머니는 솔직히 말해 그렇게 능숙하지는 않았다. 우선 옷자락을 접더니 「아, 맞아. 소매부터 개야하지!」 다시 펼치고 소매부터 갰지만, 엉망진창으로 구겨졌고…….

한편, 마사토의 셔츠를 매일같이 갠 덕분에 이런 일에 익숙한 마마코는 눈에 보이지 않는 속도로 셔츠를 순식간에 갰다.

"이 정도면 됐을까?"

"그럼 제가 확인하죠. ……흠…… 좌우균등, 사이즈도 적절…… 완벽하군요."

"마, 말도 안 돼?! 뭐가 이렇게 빨라?! 게다가 정말 깔끔하게 갰어!"

마마코가 갠 셔츠는 가게에 진열된 새 옷에 버금갈 정도의 퀄리티였다. 자신의 패배를 깨달은 그 어머니는 고개를 푹 숙인 채 관객석으로 돌아갔다.

마마코는 이 투기장의 챔피언을 쓰러뜨리고, 새로운 챔피언이 됐다!

하지만 당사자는 아직 뭐가 어떻게 된 건지 모르는 눈치였다.

"으음…… 저기, 시라아세 씨. 뭐가 어떻게 된 거야?"

"저도 잘 모르겠으니, 책임자에게 설명을 들어보죠."

마마코와 시라아세는 귀빈석을 쳐다보았다.

소레라는 승리를 거둔 마마코를 불만 섞인 눈으로 쳐다보고 있었지만, 곧 마음을 다잡으며 입을 열었다.

"자~ 설명해줄게~. 뭐, 얼추 상상은 되겠지만 말이야~. 그 무대에게 어머니들끼리 싸워서~ 이긴 쪽은 상품을 받고~ 관객은 어느 쪽이 이길지를 가지고 도박을 해~. 기본적인 설명은 이상이에요~."

"어머니들끼리 싸워? 방금처럼 말이니?"

"그래~. 집안일로 승부를 하는 거야~. 이곳은【KASINO】~ 그러니까 집안일과 카지노를 믹스한 갬블이야.#1"

"집안일을 도박에 접목시켰기 때문에【KASINO】……. 훗…… 그 네이밍 센스는 저도 높이 평가하겠습니다."

"땡큐~. ……실은 말이지~. 평범하게 검으로 싸워도 괜찮은데~「그런 건 무리야!」 같은 소리를 늘어놓는 사람이 많아서 말이야~. 그래서 대결 당사자끼리 싸우는 방식을 정하라고 했더니~ 이렇게 되어버렸네~."

소레라는 졸린 듯한 눈매를 일그러뜨리며 악질적인 미소를 지었다.

"검을 쥐고 싸울 힘이 없으니까 집안일로 승부하다니~ 정말 바보라니깐~. 한심해~. 멍청이들이야~. ……하지만 저 어머니들은 진심이거든~? 상품에 눈이 멀어서 최선을 다하고 있어~. 어머니들의 저딴 꼬락서니를 보니 비웃음을 참을 수가 없다니깐~. 으흐흐~."

"잠깐. 그건 비웃을 일이 아니라고 생각해."

"어머니의 노력을 비웃다니…… 저도 한 사람의 엄마로서

#1 집안일과 카지노를 믹스한 갬블이야 일본어로 집안일의 발음은「카지」이며 알파벳으로 표기하면「KAJI」가 된다. 그것과「CASINO」를 합쳐서「KASINO」가 된 것이다.

매우 불쾌하군요.”

“나는 기분이 참 상쾌해~. 왜냐하면 나는~ 반항조직 리벨레 사천왕 중 한 명이자, 어머니를 깔보고 업신여기는 자 『모멸의 소레라』거든~. 어머니를 모욕하면~ 내가 살아있다는 느낌이 든다니깐~. 으흐흐흥~!”

소레라의 웃음소리에는 진심에서 우러난 기쁨이 어려 있었다.

마마코는 한손을 허리에 대며 검지를 꼿꼿이 세우더니, 그대로 소레라를 꾸짖으려고 했지만, 「잠깐만 기다려 주세요」 시라아세가 말렸다.

“마마코 씨, 진정하세요. 아직은 저희가 나설 때가 아니에요.”

“하지만 잘못을 했으면 꾸짖어줘야…….”

“그래도 마사토 군과 포타 양이 잡혀 있으니, 부디 진정하세요. 지금은 마음을 억누르며 기회를 엿볼 때입니다.”

“마, 맞아. 그랬지…….”

마마코는 검지를 내렸다.

표정에서 경계심이 묻어나던 소레라는 안도의 한숨을 내쉬더니, 여유를 되찾으며 말을 이었다.

“그럼 시작할게~. 1대 1 승부니까~ 마마코 씨와 시라아세 씨 중 한 명이 도전자와 싸우면 돼~. ……그럼 관객 중에서 도전자를 모집해볼까요~. 상품이 탐나는 사람은 참가하세요~. 참고로 상품은~.”

두두두두두두두~ 하고 어디선가 드럼 소리가 들려오더니, 귀빈석에 있는 기사 스켈레톤이 현수막을 펼쳤다.

【브랜드백&지갑】

발표된 순간, 「할래!」, 「나도!」, 「나도 하겠어!」 저요, 저요, 저요, 저요~! 하면서, 관객석의 어머니들이 일제히 손을 들었다. 의욕이 엄청났다.

그 모습을 본 소레라는 배를 움켜쥔 채 바닥을 굴러다니며 웃었다.

“푸하하하~! 되게 필사적이네~! 좀 작작 좀 해~! 욕망을 거리낌 없이 드러내니까 완전 우습거든~?! 히히~! 저를 웃겨서 죽이기로 작정하셨나요~! ……하아~ 하아~…… 그, 그럼 관객석에 있는, 거기 당신, 무대로 내려가~!”

소레라는 대충 도전자를 골랐다. 선택된 어머니는 시장바구니를 손에 든 채 힘차게 일어서더니, 선망에 찬 시선을 받으면서 객석에서 내려갔다.

그 어머니가 마마코와 시라아세 앞에 당당히 섰다.

“그럼 어머님~ 우선 대전 상대를 골라볼래~?”

“마마코 씨와 싸우겠어! 챔피언한테 이겨서, 내가 새로운 챔피언이 될 거야! 그래서 상품을 전부 내가 독차지하겠어!”

“잠깐만요! 저는 승부를 할 생각이……!”

“어머머~? 마사토 군과 포타 양이 어떻게 되든 상관없는 거야~?”

“마마코 씨. 그 두 사람을 위해서라도, 지금은 참아 주세요.”

“마, 맞아. 그럼 승부를 할 수밖에 없네…….”

“그럼 대충대충 싸우지 말고 힘내~. 전력을 다한 승부가 아니면 재미가 없거든~. ……그럼 어머님~ 승부방식을 정해줄래~?”

“양배추 채썰기로 승부하겠어!”

그 어머니는 시장바구니에서 반통짜리 양배추 두 개와 채칼을 꺼냈다. 전용도구를 이용해 승부할 심산인 것 같았다.

“푸하하~! 또 가정적이고 수수한 걸로 승부하네~! ……그럼 객석에 계신 분들은~ 누가 이길지를 가지고 내기를 해주세요~. 맞추면 내기에 건 물건이 두 배로 늘어나~. 자, 시작~.”

대량의 유령이 관객석을 재빨리 돌아다니면서 투표권과 내기에 건 물건을 교환해줬다.

어머니들이 내기에 건 것은 「나는 옷을 걸겠어!」, 「나는 조미료를 걸래!」, 「두루마리 휴지 열두 개야!」 집에서 가져온 듯한 물건과 생활용품이었고, 그걸 본 소레라가 또 웃음을 터뜨렸다.

채칼을 쓰는 어머니가 이긴다는 쪽에 표가 몰리며 투표가 종료됐다.

“자~ 누가 이길까~. 그럼 시작할게~. 마마코 씨와 도전자인 어머니는 준비 됐지~? ……그럼~ 시작!”

소레라의 말에 맞춰 승부가 시작됐다. 마마코와 도전자인 어머니는 재빨리 가까운 곳에 있는 단상으로 이동했다.

도전자인 어머니는 양배추에 채칼을 대더니, 사각사각사각~

하는 소리를 내며 손쉽게 양배추를 잘게 썰었다. 전용도구를 쓰고 있기에 꽤나 빨랐다.

하지만, 옆에서는…….

"에잇."

마마코가 식칼로 타타타타탁! 양배추 반통을 전부 채 썰었다. 그야말로 순식간에 말이다.

마마코의 승리! 하지만 마마코는 미안한 듯한 표정을 지으며 말을 이었다.

"으음, 죄송해요. 승부를 하기로 했으니 봐주는 건 실례라고 생각해서……."

"아, 그건 괜찮지만…… 이건 꽤 비싼 채칼인데…… 게다가 실수로 세 개나 샀으니까, 잘 써먹고 싶었는데…… 하아……."

마음에 상처가 난 그 어머니가 관객석을 향해 터벅터벅 돌아갔다.

소레라 또한 실망을 했다.

"아아~ 마마코 씨가 이겼네~. 재미없어~. 그럼~. 상품 수여는 나중에 하기로 하고~ 다음 대전으로 넘어가자~. ……그럼~ 거기 당신. 다음 도전자는 당신이야~."

그렇게 선택된 어머니가 빗자루 두 자루를 들고 무대로 뛰어올라갔다.

"마마코 씨! 이 무대를 청소하는 걸로 승부하자!"

"어쩔 수 없군요……. 알았어요."

관객석에서는 건 물건과 투표권의 교환이 시작됐다. 「나는 마마코 씨에게 걸겠어!」, 「도전자에게 걸래!」, 「나도!」 이번에도 도전자인 어머니의 승리를 예상한 이가 많아 보였다.

바로 승부가 시작됐다.

"투기장의 오른편 절반은 내가 청소할 거고, 왼편 절반은 당신이 청소하는 거야! 준비, 시작!"

"앗……."

도전자인 어머니는 자기 입으로 대결의 시작을 선언하며 바로 청소를 시작했다. 실밥과 천조각, 식재료 파편 등, 무대 위에 있는 쓰레기를 엄청난 속도로 쓸었다. ……쓸어 모은 쓰레기가 빗질 때문에 발생한 바람에 의해 흩날리는 것도 개의치 않았다.

"후후훗! 청소는 각진 모퉁이부터 청소하는 게 기본이야! 상식이지!"

그 어머니는 직선과 직각을 그리듯 빗자루를 기민하게 놀리면서 직각을 이루고 있는 모퉁이부터 청소하려 했지만…….

청소를 해야할 공간은 반원형이라 직각을 이루는 모퉁이가 없었다.

"어, 어머? ……헉?! 이러면 청소를 못하는데……?!"

"휴우. 이 정도면 되겠지."

도전자인 어머니가 아연실색한 사이, 마마코가 청소를 마쳤다. 무대의 왼편 절반에는 먼지 한 톨도 없었다. 「조그마한 금속 조각은 타지 않는 쓰레기일 거야」 쓰레기 분류 또한 완벽했다.

마마코의 승리!

"으음, 너무 낙심하지 마세요. 누구나 실패를 하기 마련이잖아요."

"당신은 참 상냥하네……. 하지만 패배는 패배야. 이럴 리가 없는데……."

지고 만 어머니가 터벅터벅 관객석으로 돌아갔다.

바로 그때였다.

"대체 뭐하는 거야?! 나는 너한테 걸었단 말이야!"

"청소할 장소가 어떤 형태인지는 미리 파악해야지! 청소 스킬이 너무 낮은 거 아냐?!"

"이럴 줄 알았으면 내가 출전할 그랬네! 빨리 물려내!"

다른 어머니들이 패배한 어머니를 향해 인정사정 없이 야유를 쏟아냈다. 「저기, 그만하세요……!」 마마코는 반사적으로 말리려고 했지만…….

바로 그때, 소레라가 깔깔 웃어댔다.

"아하하하~! 역시 엄마들은 재미있다니깐~! 배꼽 빠지겠네~!"

"도전자 분도 최선을 다했잖니! 비웃지 마……!"

"아~ 그게 아니라~. 재미있는 건~ 진 사람이 아니라~ 다짜고짜 남 탓만 해대는 저 엄마들이야~. 뭐가 잘났다고 저러는지 모르겠다니깐~. 푸푸푸풉~!"

관객석에 있던 어머니들은 그 말을 듣더니 몸을 부르르 떨면서 입을 다물었다.

소레라는 한참을 웃어댄 후, 거무튀튀한 희열에 젖은 눈길로 관객석을 둘러보았다.

"이참에 가르쳐줄게~. 여기 있는 엄마들은 말이지~? 집안일 같은 건 전부 내팽개치고~ 아침부터 밤까지 여기서 도박만 해~. 그런 주제에~ 잘났다는 듯이 저딴 소리나 늘어놓잖아~. 자기들이야말로 최악의 엄마면서 말이야~. 역시 재미있어~."

"말도 안 돼. 쭉 여기 눌러앉아 있는 거야……?"

"당신이 부당한 수단을 동원해 그렇게 만든 건 아닌가요? 그렇게 여길 수밖에 없습니다만……."

"아냐~. 나는 아무 짓도 안 했어~. 평소에는 카지노에 오지 않는 어머님들을 초대했을 뿐이랍니다~. 머릿속은…… 으음~ ……거의 손대지 않았거든~? 왜냐하면~ 쓰레기 같은 엄마들을 지켜보는 게 참 즐겁거든~. ……그러니까, 앞으로도 계속 나를 즐겁게 해줘~. 그럼 다음 어머님~ 무대에 오르세요~."

소레라는 다음 도전자를 고르더니 무대에 오르게 했다.

그리고 다음 대결이 시작되기 직전, 시라아세가 마마코에게 제안을 했다.

"마마코 씨. 괜찮다면 다음 대결은 저한테 맡겨주세요. 마마코 씨는 다른 어머니들과 싸우면서 마음에 상처를 입고 있는 것 같군요."

"어머나. 나를 배려해주는 거구나."

"게다가 집안일을 하지 않는 엄마들과 집안일로 승부한다면, 저도 충분히 승산이 있을 거예요. 이길 수 있는 승부라면

해보고 싶군요." 찌릿.
"어머나. 솔직하네."
"그러니 다음 대결은 이 시라아세가 맡게 되었다는 걸 알려드립니다. ……지배인 씨, 그래도 되겠죠?"
"좋을 대로 해~. ……그럼 도전자인 어머님~. 승부 종목은 뭔가요~?"
"단추달기 승부로 하겠어요!"
그리고 투표권 교환이 금세 이뤄진 후, 승부가 시작됐다.
"준비~ 시작!"
소레라의 신호에 맞춰, 시라아세와 도전자인 어머니가 가까운 단상으로 뛰어갔다. 그리고 준비되어 있는 천과 바느질 세트를 재빨리 확인했다.
도전자 어머니 쪽은 집안일이 서툰지, 바늘구멍에 실을 넣는 걸로 악전고투했다…….
그리고…….
"다 됐습니다. 제가 이겼군요."
시라아세가 느닷없이 승리 선언을 했다.
시라아세가 의기양양하게 들어 보인 천에는 단추가 안전핀으로 고정되어 있었다.
바느질이 능숙한가, 서툰가 같은 것을 따질 레벨이 아니었다.
투기장에 정적이 흐르더니, 곧 맹렬한 야유가 터져 나올 것만 같았지만…….
마마코가 갑자기 박수를 쳤다.

"대단해, 시라아세 씨! 정말 참신한 방법으로 단추를 달았네!"
"칭찬 감사합니다. 일전에 이런 식으로 딸의 옷에 단추를 달아줬는데, 「엄마, 진짜 펑키해!」 하고 말하며 기뻐했죠. …… 저도 집안일을 잘하는 편은 아니지만, 그래도 어머니로서의 도리를 다한 것 같은 느낌이 들어서 기뻤습니다."
"우후후. 그랬구나. ……집안일의 포인트는 잘하느냐 못하느냐가 아냐. 함께 살고 있는 사람이 기뻐해줄 것. 그게 가장 중요하며, 그리고 그것이야말로 행복이야."
마마코가 그렇게 말하자, 시라아세는 깊이 고개를 끄덕였다.
관객석의 어머니들은 치켜들려던 주먹을 내렸다. 마마코와 사라아세의 대화를 듣고, 뭔가를 생각하는 것 같았다…….
하지만, 불만으로 가득 찬 소레라의 목소리가 그 차분한 분위기를 갈가리 찢었다.
"아, 예~! 그딴 이야기는 됐어요~! 쓰레기 같은 어머니는 영원히 쓰레기니까~ 한심한 꼴이나 보이면서 내 웃음거리나 되면 돼~! 영원히 쓰레기처럼 지내줘~! 그럼~……."
다음 도전자가 또 선택됐다. 바로 그때였다.
"저, 저기! 소레라 님, 드릴 말씀이 있는데요!"
관객석에서 목소리가 들렸다. 한 어머니가 덜덜 떨면서 손을 들었다.
"응~? 누구더라~. 나한테 볼일이 있으면~ 간략하게 자기소개부터 해줬으면 좋겠네~. 누가 누구인지 모르겠거든~."
"아, 예! 저는 상업구 외곽에 있는 잡화점 엄마예요! 저기…… 방금 승부로 걸 게 하나도 남지 않았는데……."

"바닥났구나~. 그래~ 어라? 잡화점 엄마라면…… 아하~ 그래~! 오케이~! 기다리고 있었어요~! 실은 말이지~. 당신이 참가할 수 있는 보너스 챌린지가 있어~. 금방 준비할 테니까 기다려~. 으흐흐~."

소레라는 진심으로 만족한 듯한 웃음을 흘렸다. 정말 즐거워하고 있는 것 같았다.

"……시라아세 씨."

"예……. 나쁜 느낌이 드는 군요……."

불길한 예감만 들지만, 빈손으로 울타리 안에 갇혀 있는 마마코와 시라아세는 그저 지켜볼 수밖에 없다.

마사토와 포타는 자신의 그림자에 잡힌 채, 통로를 따라 질질 끌려갔다.

"젠장! 이제 그만 놔! 제발 부탁이니까 놔달라고!"

"으으윽~! ……으으으…… 꼼짝도 못하겠어요……."

두 사람은 필사적으로 저항해봤지만, 부질없이 그대로 끌려갔고…….

다음 순간, 두 사람은 실내로 옮겨졌다.

"어, 어라? 이동을 멈추더니, 방 안으로…… 이봐?! 갇힌 거야?!"

"아앗! 마사토 씨! 주위를 보세요! 아이들이 잔뜩 있어요!"

"뭐? 아이들?"

마사토가 그림자에 잡힌 채 고개만 움직여서 주위를 둘러보니…….

다양한 크기의 봉제인형들이 가득 있는 실내에는 얼추 열 명 정도 되는 아이들이 있었다.

하나같이 포타보다 어린 아이들이었다.

그 중 한 남자애가 두 사람에게 다가왔다. 그리고 동그란 눈동자로 마사토의 얼굴을 쳐다보며 입을 열었다.

"형은 누구야~?"

"이 형은 말이지……. 으음, 저기…… 이런 꼬락서니로 용사를 자처하고 싶지는 않아……."

"으음~ 잘은 모르겠지만…… 뭘 하고 있는 거야?"

"뭘 하냐니……. 그, 그러는 너야말로 뭘 하고 있는 거야? 왜 이런 곳에 있는 건데?"

"그게 말이야. 집밖에서 놀고 있는데, 검은 옷을 입은 사람이 찾아와서 엄마가 기다리고 있으니 같이 가자고 했어. 그래서 잘은 모르겠지만 여기에 온 거야. 딴 애들도 다 비슷해."

"잘은 모르겠지만…… 아, 그래. 어쩌면 행동을 조종당해서…… 그것보다, 이런 곳에 어린애…… 그것도 엄마가 기다리고 있다는 말로……."

검은 옷을 입은 사람들이라면, 이 카지노의 경호원들일까. 그것만으로는 단정 지을 수 없을 것 같았다.

이 방에 있는 아이들은 투기장에 있는 어머니들의 아이일 가능성이 클 것 같았다.

"일부러 이런 곳에 끌고 온 걸 보면, 이용가치가 있다고 여기는 거겠지……. 분명 빌어먹을 짓거리에 이용할 게 뻔해……."

그렇다면, 당연히 막아야 한다.

그러기 위해서라도, 이렇게 그림자에 잡혀 있을 수는 없다. 그것이 최우선적으로 해결해야 할 일이지만…….

바로 그때, 이 방의 문 쪽에서 목소리가 들렸다.

……아이들이 감금되어 있는 방은 여기가 틀림없어! 가자! 확 걷어차서 부숴……!

……안 돼요! 문 앞에 어린아이가 있을지도 모르잖아요……!

……아, 맞아……. 다치거나 겁을 먹게 하면 안 되지……. 그럼…….

잠시 후에 문이 살며시 열리더니, 문틈으로 들어온 토끼귀가 흔들렸다.

그리고 어린이용 방송에 나오는 누나 같은 미소를 머금은 와이즈와 메디가 안으로 쏙 튀어 들어왔다.

"얘들아~ 무서워하지 마, 깡총~. 우리는 귀여운 토끼 누나들이야, 깡……총…… 어?"

"무서워하지 말아요, 깡총. 그리고 우선 이 누나들의 이야기를 들어…… 어머?"

두 사람은 화들짝 놀랐다. 아는 이가 이 방안에 있다는 사실을 알고 말이다.

마사토는 고개를 슬며시 돌렸다.

"신경 쓰지 마. 못 본 걸로 해줄 테니까 계속해."

"완전 무리거든?! 엄청 부끄럽단 말이야! 그것보다, 마사토가 왜 여기에…… 앗, 포타도 있네!"

"예! 저도 있어요! 저도 못 본 걸로 하면 될까요?!"

"가, 가능하면 그렇게 해줬으면 좋겠네요……. 그것보다, 두 사람은 어떻게 된 거죠? 그림자 같은 것에 잡혀 있는 것 같은데…… 아, 이건 언데드 계열의 몬스터인가요……. 그렇다면……."

메디는 마사토와 포타를 잡고 있는 그림자를 향해 손을 뻗더니 마법을 영창했다.

"……스파라 라 마지아 펠 미라레…… 정화(프리피카레)!"

메디의 손에서 정화의 빛이 응축되더니, 죽은 후에도 방황하고 있는 자들을 비췄다.

그림자는 그 빛을 쬐자마자 사라졌고, 마사토와 포타는 그제야 해방됐다.

"오오! 잘했어!"

"메디 씨, 고마워요! 덕분에 살았어요!"

"별말씀을요. 도움이 되어서 저도 기뻐요."

"이야~ 진짜로 살았네. ……어라? 메디는 마법을 쓸 수 없었는데……."

"겉모습은 여전히 바니걸 상태지만, 빚을 다 갚은 덕분에 직업이 원래대로 되돌아왔어요. 그래서 마법을 쓸 수 있는 거죠. ……참고로, 지팡이가 없어도 얼마든지 마법을 쓸 수 있어요."

"랜덤으로 마법이 발동되는 편리한 물건이지만, 요즘에는 타격용 무기로만 썼잖아."

"그것보다, 지금은 그런 이야기나 할 때가 아니잖아. 나는 너희 상황을 알고 싶거든? 마사토, 빨리 말해봐."

"아, 응. 그래. 알았어, 깡총."

"좋아. 죽여줄게."

마법을 쓸 수 있게 된 와이즈가 연속마법을 「마법은 안 돼!」, 「그럼 물리공격을 하면 되겠네!」 역시 마사토의 앞에서 『깡총』 소리를 한 게 부끄러운 건지, 얼굴이 약간 빨개진 와이즈가 마법서로 마사토를 두들겨 팼다.

그리고 메디가 회복 마법을 걸어준 후, 그들은 정보 교환을 했다.

뭐가 어떻게 되고 있는 건지 몰라 어리둥절하고 있는 아이들은 포타가 맡았다. 그리고 마사토는 와이즈와 메디에게 현재 상황을 설명했다. 두 사람 또한 어떻게 여기까지 왔는지 설명했다.

정보 공유는 완료했다.

"별의별 정보를 다 알고 있는 부지배인이라는 사람도 신경 쓰이지만…… 일단 우리가 해야 할 일은 세 개네."

"아이들을 안전하게 대피시킬 것. 투기장에 있는 마마코 씨와 시라아세 씨를 도울 것. 알자레라는 보물을 회수할 것. 이 세 개 맞지?"

"하나씩 해결하는 게 무난할 거라고 생각하지만…… 서로에게 영향을 끼칠 가능성이 있으니, 가능하면 한꺼번에 처리하고 싶군요."

"맞아. ……흐음……."

느긋하게 생각이나 하고 있을 대가 아니다. 그것은 마사토도 알고 있다.

와이즈와 메디의 얼굴을 보니 문뜩 생각이 났다. ……셋이서 무릎을 끌어안고 멍하니 앉아서, 간단히 적들을 쓸어버리고 있는 마마코를 지켜보기만 했던 때가 말이다.

'이번에야말로 활약을 하고 싶어……. 우리의 자존심을 걸고 말이야.'

그런 마사토의 마음을 눈치챈 것인지, 와이즈와 메디가 기대에 찬 눈길로 그를 쳐다보았다.

그렇다면…….

"우리, 이참에 활약 좀 해볼까?"

"당연히 그래야지."

"물론이에요."

마사토가 주먹을 내밀자, 와이즈와 메디도 주먹을 맞댔다.

세 방면 동시 작전, 개시.

"느긋하게 상의나 할 시간은 없어. 작전을 서둘러 짜자."

"아이들은 카지노까지 대피시키면 될 거야. 그 후에는 부지배인 씨가 손을 써줄 것 같거든. 거기까지 안전하게 이동하기만 하면 돼."

"알자레가 어디 있는지는 이미 알고 있어요. 부지배인 씨가 지도를 줬으니, 최단 루트로 갈 수 있어요."

"엄마와 시라아세 씨를 돕는 건…… 애들은 필요 없다면서 쫓겨났는데 말이야. ……어떻게든 무대에 접근할 방법을 찾아야……. 응?"

머리를 굴리고 있을 때, 또 이 방의 문이 열렸다.

토끼 모양 인형탈을 입은 스켈레톤이 안으로 들어왔다. 몸은 사랑스러운 토끼 모양이지만, 얼굴은 해골이었다. 「귀신이다~!」, 「우엥~!」 아이들은 울음을 터뜨렸다. 울 만도 했다.

마사토 일행은 반사적으로 전투태세를 취했지만…….

"읏?! 무섭네?! 일단 격퇴…… 어라? 덤벼들지 않잖아?"

인형탈 스켈레톤은 공격을 할 의사가 없는 건지 입구에 멀뚱히 서있었다.

그렇게 멍하니 서서 마사토 일행과 아이들을 몇 번이나 둘러본 후, 불쑥 입을 열었다.

"……**상업구, 외곽의, 잡화점집 애…… 투기장까지, 따라, 와라……**."

아무래도 어떤 애를 데리러 온 것 같았다.

하지만 그 애가 누구인지는 판별하지 못하는 것 같았다. 계속 주위를 둘러보면서 같은 대사를 반복하고 있었다. ……혹시 저 인형탈은 아이들에게 겁을 주지 않으려고 입은 걸까. 왠지 역효과라는 생각이 드는데…….

바로 그때였다.

"……형……."

"으, 응?"

아까 마사토 일행에게 말을 걸었던 애가 마사토의 다리에 매달렸다. 인형탈 스켈레톤에게 들키지 않으려는 듯이 마사토의 다리를 방패삼으며 숨은 것처럼 보였는데…….

"아…… 혹시 네가 잡화점집 애니……?"

마사토가 그렇게 묻자, 그 애는 울먹거리면서 고개를 끄덕였다.

그 말을 들은 순간, 마사토의 머릿속에 좋은 아이디어가 떠올랐다.

"……저기, 와이즈. 너, 변화 마법을 쓸 수 있지?"

"아~. 뭐, 쓸 수는 있어."

"그럼 좋아. 잠깐 귀 좀 줘봐."

마사토가 끝내주는 아이디어를 알려주려고 하자, 「자, 받아~」 와이즈는 머리에 쓰고 있던 토끼 귀를 건네줬다. 「그래. 바로 이거야. 내가 이걸 장비하고…… 이, 이게 아니라고~!」, 「응, 알아」 농담이나 주고받을 때가 아니다.

마사토는 이 기회를 이용해, 행동을 개시했다.

한편, 투기장에서는…….

소레라가 불온한 선언을 하고, 약간의 시간이 흘렀다.

무대 위에 사로잡혀 있는 마마코와 시라아세는 막연한 불안을 느끼면서 주위를 둘러보고 있었다.

"뭘 하려는 걸까……. 좀 시간이 걸리는 것 같은데……."

"이대로 아무 일도 없으면 좋겠습니다만…… 어머? 저건……."

출입구를 통해 누군가가 나왔다. 아까 소레라에게 말을 걸었던 잡화점 어머니와 한 남자애였다. 토끼 인형탈을 걸친 스켈레톤과 함께, 마마코와 시라아세의 곁으로 왔다.

귀빈석에 있는 소레라가 환희에 찬 목소리로 외쳤다.

"준비가 끝났나 보네~! 기다리고 있었어요~! 그럼 보너스 챌린지를 시작할게요~! ……이제부터 잡화점 어머님은~……."

"어머니라는 자리를 걸고 싸워주세요~!"

마마코도, 시라아세도, 당사자인 잡화점 어머니도, 그리고 관객석에 있는 모든 어머니들도, 무심코 숨을 삼켰다.

그리고 소레라만이 진심으로 기뻐하며 웃고 있었다.

"대전 상대는 마마코 씨로 지정할게~. 그리고 마마코 씨에게 이긴다면~, 지금까지 건 것들을 전부 돌려주겠어~. 와우~ 엄청난 보너스네~. 하지만 졌을 경우~ 어머니를 관둬줘야겠어요~. ……자, 어떻게 할래~? 잡화점 어머님~?"

"저, 저기, 어머니를 관두라는 게 무슨 소리죠……?"

"말 그대로의 의미야~. ……이 위에 있는 카지노에는 직업을 일시적으로 변경할 수 있는 특수한 시스템이 있는데~. 그것과 알자레의 기능을 합쳐서 쓰면~ 당신을 어머니가 아니게 만들 수 있어~. 뭐, 본인의 동의가 필요하지만 말이야~."

마마코는 그 말을 듣자마자 반사적으로 이렇게 외쳤다.

"잠깐만 있어봐! 그러면 안 돼! 엄마라는 건 함부로 관둘 수 있는 게 아냐!"

"자~ 마마코 씨는 좀 진정해~. 딱히 누군가가 괴로워하는 것도 아니잖아~. 설정 상으로 완전히 엄마가 아니게 될 뿐이야~. 엄마도 자식도~ 서로를 부모자식으로 인식 못하게 되어서~ 지극히 자연스럽게 이별할 뿐이지~. 슬픔도 느끼지 않아~. 왜냐하면 이건 게임이거든~."

"그런 문제가 아니잖니! 그런 게 아니라……!"

"아무 문제없거든~? 나로서는~ 엄마라는 자리까지 걸면서 도박을 하는 엄마를 비웃고 싶거든~. ……우리 조직으로서도~ 이 세상에서 한 명이라도 더 많은 엄마가 사라져주면, 그걸로 만족해~. ……그럼, 시작할게요~."

"안 돼! 그런 짓을 하면 안 돼!"

"자, 그럼 관객들에게 내기를 해보라고 할까~? 잡화점집 어머님이 보너스 챌린지를 할지, 안 할지를 가지고 말이야~."

마마코가 울타리 안에서 절규를 토하는 가운데, 관객석에서는 투표권의 교환이 시작됐다.

어머니들은 당혹스러워하면서도 내기에 참가했다. 「……한다는 쪽에 걸래」, 「나, 나도……」 잡화점 어머니가 어머니라는 자리를 걸고 내기를 할 거라고 생각하는 사람이 많았다.

소레라는 즐거워 죽겠다는 듯한 반응을 보였다.

"와우~! 다들 할 거라고 생각하나 보네~! 다들 쓰레기 같은 엄마라 저 엄마의 심정을 이해하나 봐~! ……자, 마마코 씨~. 어때~?"
"……뭐가 말이니?"
"마마코 씨는~ NPC 엄마들에게도 모성이 있다고 여기나 본데~. 실은 요 모양 요 꼴인 거잖아~. 진짜 눈뜨고 볼 수가 없다니깐~. 역시 엄마란 족속은……."
"그래도 나는 어머니의 강한 마음을 믿을 거야."
마마코는 흔들림 없는 목소리로 그렇게 말했다.
그리고 잡화점 어머니를 지그시 응시했다.
"잘못된 선택을 하지 마세요. 부디 돌이킬 수 없는 짓을 벌이지 마세요."
"그, 그게…… 저도 이런 짓을 하면 안 된다고 생각하지만…… 그래도, 만약 지더라도, 그건 그것대로 나쁘지 않을 것 같다는 생각이……."
"왜 그렇게 생각하는 거죠……?!"
"그게 저는, 쓰레기 같은 엄마예요……. 도박을 관두지 못하는 데다…… 애초에 저는 요리도, 청소도, 빨래도 잘 못해요……. 그러니까, 우리 애도 분명, 이런 엄마를 싫어할 테죠……. 그렇다면, 차라리 이딴 엄마가 없는 편이……."
"그렇지 않아요! 아이는 언제나 어머니를 갈구해요! 그리고 어머니인 당신 또한, 아이를 갈구하는 마음을 가지고 있을 거예요!"
"그건…… 그, 래요……. 이런 저도, 그, 마음만은……."
마마코의 말을 곱씹던 잡화점 어머니는 표정이 약간 밝아

졌지만…….

"쓰레기 엄마한테는 무슨 말을 해봤자 소용없어~. 결의를 방해하면 안 되지~."

두 사람의 대화를 끊은 소레라가 인형탈 스켈레톤에게 눈짓을 보냈다. 그러자 인형탈 스켈레톤은 마마코와 잡화점 어머니 사이에 끼어들며 몸으로 대화를 방해했다.

"빨리 대결이나 진행하자~. ……그럼 잡화점 어머님~ 혹시 모르니 자기 자식과 작별 인사를 나눠~. 지면 그대로 남남이 되어버리거든~. 한심하고 꼴사나운 표정을 지어서 나를 즐겁게 해줘~. 자, 빨리 해~. ……안 그러면 스켈레톤이 해코지를 할 거야~."

"그, 그건……!"

잡화점 어머니는 공포에 사로잡히더니, 멍하니 서있는 남자애와 마주했다.

"으, 으음…… 저기…… 엄마는…… 엄마는 말이지……!"

인형탈 스켈레톤 때문에 겁을 먹은 어머니가 얼이 나간 상태에서 말을 이으려던 바로 그 순간…….

"응."

남자애는 아무것도 모른다는 표정을 지은 채, 어머니의 옷자락을 꽉 움켜쥐었다.

그런 별것 아닌 행동이…….

그런 별것 아닌 행동이, 그 무엇보다도 강렬하게 어머니의 마음을 뒤흔들었다.

"여…… 역시 무리야! 엄마는, 네 엄마이고 싶어! 아무 짝에도 쓸모없는 엄마지만, 그래도, 가능하다면, 앞으로도 네 엄마이고 싶어!"

어머니는 남자애를 꼭 끌어안았다. 다시는 떨어지지 않겠다는 듯이…….

그 모습을 본 많은 이들의 눈가에 눈물이 어렸다.

관객석에 있는 어머니들이 예상이 빗나갔는데도 저 모자에게서 눈을 떼지 못했다.「가능하다면, 나도 저렇게……」,「이런 나라도, 어쩌면……」모자의 모습에 감화된 나머지, 자신의 내면에 존재하는 마음을 눈치채기 시작한 것 같았다.

옆에서 지켜보고 있던 마마코 또한 깊이 안도하더니, 시라아세와 시선을 교환하며 고개를 끄덕였다.

소레라만은 불쾌함이 극에 달했는지, 독설을 퍼붓기 위해 입을 열었지만…….

그보다 먼저…….

"저, 안심했어요! 역시 엄마는 엄마네요!"

남자애가 갑자기 입을 열었다. 겉모습에 걸맞지 않은, 또렷한 어조로 말이다.

"어? ……목소리가, 우리 애와 다른데…… 너, 너는……?"

"죄송해요! 사실 저는 잡화점집 애가 아니에요! 저는……!"

변화 마법의 시간제한이 끝났다.

그 아이는 안개에 휩싸이더니…… 트레이드마크인 숄더백을 들고 있는 여자 여행상인이 모습을 드러냈다.

잡화점 어머니는 아연실색했지만, 몇몇은 알아보았다. 저 여자애는…….

“어머나! 포타 양이구나!”

“포타 양이었군요!”

“예! 저예요! 와이즈 씨가 변화 마법을 걸어줬어요!”

“와이즈 양이 이곳에 온 거니? 그럼 메디 양도……?”

“예! 빚을 다 갚고 와줬어요! 그리고 마사토 씨와 저를 구해줬어요! 잡혀 있던 애들도 무사해요! 다들 건강해요!”

“마사토 군을 비롯해, 모든 아이들의 안전이 확보된 것 같군요……. 그렇다면…….”

“아무 걱정도 할 필요가 없어요! 그러니까……!”

포타는 달렸다. 「**잡는다**」, 「이제 안 잡힐 거예요!」 움직임이 둔하고 느릿느릿한 인형탈 스켈레톤을 잽싸게 돌파했다.

무대로 뛰어온 포타는 숄더백에서 성검 두 자루를 꺼내더니, 울타리의 틈 사이로 내밀었다.

“마마 씨! 부탁드려요!”

“알았어! 나만 믿어!”

오른손에 대지의 성검 테라디마도레를, 왼손에는 바다의 성검 알투라를…….

두 자루의 검을 양손에 쥔 마마코는 화려하게 검을 휘둘렀다.

지면에서 튀어나온 바위 칼날에 의해 울타리가 전부 절단됐다. 그 뒤를 이어 허공에 생겨난 물방울 탄환이 이쪽으로 뛰어오던 인형탈 스켈레톤을 인정사정없이 꿰뚫으며 완전히 분쇄했다.

반격을 할 준비가 끝났다.

“소레라 양, 각오는 됐지? ……설교를 들을 시간이란다.”

마마코는 날카로운 눈길로 귀빈석을 쳐다보았다.

분한지 이를 갈고 있던 소레라는 마마코를 마주 노려보더니, 곧 표정을 누그러뜨렸다.

“흐흥~. 엄마의 설교 따위 사양할래~. ……마마코 씨를 막을 방법이라면 더 있거든~. 실력행사는 내 방식이 아니지만~ 날려버려야지~.”

소레라는 가볍게 손을 들어올렸다. 그러자 소레라의 머리 위편에 다다미 한 개 크기의 마법서가 출현했다.

공중에 떠있는 거대한 마법서가 자동으로 펼쳐지더니, 탁한 빛을 뿜기 시작했다. 무대도, 관객석도, 그 빛에 휩싸이더니…… 다음 순간, 사방에서 조그마한 물체가 일제히 모습을 드러냈다.

돌로 된 칩이다. 구름처럼 모여든 수많은 칩이 날벌레처럼 날아다녔다. 마마코의 얼굴 앞을 윙윙~ 거리며 날아다녔고, 시라아세의 귓가를 부웅~ 거리며 스치고 지나갔다.

“어머나! 꺄아! 큰일 났네!”

“마치 벌레나 나방 같은…… 살의마저 느껴지는 수준이군요.”

“으흐흐~. 아무것도 못하겠지~? 꼴좋다~.”

손으로 쳐내도 계속 몰려들었다. 그야말로 한여름에 부엌에서 출몰하는 해충 그 자체다. 아마 이 세상에서 가장 짜증나는 존재일 것이다.

관객석의 어머니들도 야단법석이었다. 「으으, 정말!」, 「성가시네!」 팔을 휘두르며 쳐내거나, 손바닥으로 쳐서 잡는 등, 필사적으로 응전하고 있었다. 하지만 칩은 어머니들의 손을 피해 날아다니며, 사람을 짜증나게 만들고 있었다.

그 뿐만이 아니라…….

"아하하~! 되게 필사적이지만, 제대로 잡지도 못하네~! 쓰레기 엄마는 제대로 할 줄 아는 게 없다니깐~! 완전~ 웃겨~! 푸풉~!"

소레라가 조롱을 해대고 있었다.

어머니들은 그 말을 듣고 제대로 열 받은 것 같았다. 다들 분통을 터뜨리며 주먹을 말아 쥐었다. 거듭된 모멸 때문에, 맞서야겠다는 마음이 생겨나고 있었다.

바로 그때…….

"여러분, 제 말을 들어주세요!"

마마코의 힘찬 목소리가 울려 퍼졌다.

"어머니란 뭘까요? 요리를 잘 하고, 청소를 잘하고, 빨래를 잘하는 게, 어머니의 조건일까요? 실수로 도박에 빠진다면, 어머니로서 실격인 걸까요?! ……아뇨, 그렇지 않아요! 어머니란 존재를 규정짓는 건 그런 게 아니랍니다!"

마마코는 자신의 목소리를 다른 어머니들에게 전하기 위해, 손에 쥔 두 자루의 성검을 힘껏 휘둘렀다.

대지의 성검 테라디마도레의 공격에 의해 생겨난 수많은 바위 칼날이 지면에서 튀어나오더니, 밀집되어 있던 돌로 된 칩들이 갈가리 찢겨졌다.

바다의 성검 알투라의 공격에 의해 생겨난 대량의 물방울 탄환 또한 일제히 발사되면서 방해되는 것들을 쳐냈다.

그리고, 마마코는 소중한 말을 어머니들에게 건넸다.

"어머니란, 마음이에요! 소중한 가족을 향한 마음이, 저희를 어머니로 만드는 거예요! 그 마음이, 저희에게 힘을 준답니다! 그러니 마음속에 그려 보세요! ……가족들과의 단란한 한 때, 행복으로 가득한 식사를 방해하는 무언가가 눈에 들어온다면, 저희가 어떻게 할까요? 방 안을 날아다니는 조그마한 무언가를 아이들이 무서워하면서 도움을 청한다면, 어머니는 어떻게 해야 할까요!"

관객석의 어머니들은 그 말을 듣더니, 천천히 움직이기 시작했다.

어머니들은 각자가 들고 있던 시장바구니에 손을 집어넣더니, 식료품 가게나 일용품 가게의 전단지를 꺼내, 동그랗게 말았다. ……그것은 바로 무기다.

"저도 한 사람의 어머니로서, 이 싸움에 참가해야겠군요."

시라아세도 단상에 놓여 있던 뜨개질바늘을 쥐며 임전 태세를 취했다.

그리고 포타 또한 숄더백에서 막대기와 판자를 꺼내더니…….

"괜찮은 게 만들어질까? 괜찮은 게 만들어질 거야! 괜찮은

게…… 만들어졌어~!"

포타가 아이템 크리에이션으로 만든 것은 바로 파리채였다.

포타는 멍하니 서있는 잡화점 어머니에게 뛰어가더니, 그 파리채를 내밀었다.

"지금이야말로 한 사람의 어머니로서 싸울 때예요! 자, 받으세요!"

"응, 그래! 이런 얼간이 같은 나도 엄마야! 내가 할 수 있는 일이 있다면, 온힘을 다해 하겠어!"

잡화점 어머니는 건네받은 파리채를 힘껏 움켜쥐었다.

어머니이기 위해서 싸운다. 그런 어머니들을 믿음직하다는 듯이 둘러본 마마코가 성검을 치켜들었다.

"만물의 어머니되는 대지여, 만물의 어머니 되는 바다여……. 당신도 어머니라면, 우리의 마음을 이해할 거야……. 무언가를 해낸다면, 새로운 한 걸음을 내디딜 수 있을 것 같은 느낌이 들어……. 그런 어머니가 이곳에 있어……. 싸우기로 결심한 어머니들에게, 힘을 빌려줘!"

그 소망을 받아들인 두 자루의 성검이 포근한 빛을 뿜었다.

뿜어진 빛이 유성처럼 사방에 흩뿌려지더니, 어머니들이 손에 쥔 무기에 깃들었다. 전단지를 말아서 만든 막대가, 뜨개질바늘이, 파리채가, 눈부신 빛에 감싸이며…….

전단지 막대는 【만물의 어머니되는 전단지 막대】가 되었다! 뜨개질바늘은 【만물의 어머니되는 뜨개질바늘】이 되었다! 파리채는 【만물의 어머니되는 파리채】가 되었다!

겉보기에는 별반 차이가 없었다. 하지만 어마어마하게 강화됐다!

"자, 여러분! 어머니의 진정한 힘을 보여주죠!"

마마코가 그렇게 외치자, 어머니들은 힘찬 함성을 지르며 자신들의 진심이 어린 무기를 치켜들었다.

그런 어머니들의 적은 자신만만한 미소를 지었다.

"어머니란 작자들이 힘내봤자~ 어차피 무의미한데 말이야~. ……뭐, 좋아~. 놀아줄게~."

어머니를 깔보고 업신여기는 자와의 결전이, 드디어 시작……「앗! 시라아세 씨! 조심해!」, 「어머?」 돌로 된 칩이 머리에 닿은 바람에 그대로 관에 들어가고 만 어머니가 있었지만, 아무튼 결전은 드디어 시작되었다.

엄마 주사위놀이 4

출발하자

①엄마에게 인사하자! "다녀오겠습니다!"

②엄마와 산책. 4칸 전진.

③엄마의 설교. 무릎 꿇기.

④마을에 갔다가 지갑을 분실했다! 출발 지점으로 돌아갈 것.

⑤엄마에게 안아달라고 하자!

⑥엄마와 함께 하기! 엄마가 있는 칸으로 이동!

⑦엄마와 낮잠. 1회 쉬기.

마마코 포타

⑧엄마에게서 용돈 받기! 100만 맘!

메디

⑨엄마가 된 심정으로, 한 말씀.

마사토 와이즈

⑩집안일 돕기! 중노동인 만큼, 팔굽혀펴기 20회

⑪"문단속을……." 확인을 위해, 4칸 후퇴.

⑫엄마와 요리 중♪ 주사위를 굴려서, 1이 나올 때까지 대기.

골인이야. 수고했어.

※골에 딱 도착하지 못했을 경우, 남는 칸수만큼 후퇴할 것.

"마마코 씨는 이번에 쉬니까 내 차례네. 에잇! 1! ……팔굽혀펴기네……. 뭐, 좋아."

"흉근을 단련해서 가슴둘레를 키우려는 거군요……."

"그런 소리 안 했거든?! 뭐, 그렇게 되어도 나쁠 건 없지만 말이야!"

"저는 3이니까, 3칸 전진한 다음, 4칸 후퇴했으니까, 1회 쉬네요."

"저도 쉬니까, 마사토 씨 차례예요!"

"응! 나는…… 3이야! 3칸 전진했으니 이제 골이 코앞인데 요리 나올 때까지 기다려야 하는 거냐!"

"오늘 저녁은 뭐가 좋을까……. 아니지, 엄마 차례네. 어머, 5가 나왔어. 마 군과 같은 칸이야."

제5장
매력적인 것일수록 위험하다. 도박도 그렇지만, 가까운 이를 보며 그런 생각이 들었다.

현재, 어린이 구출 팀은…….

“자, 가자! 이 누나를 따라오렴! 누나들과 함께 있으면 안전해!”

“와이즈 누나는 안쓰러운 누나지만, 저는 상냥하고 똑 부러지는 누나예요. 그런 제가 곁에 있으니 안심해도 돼요.”

“메디! 좀 순순히 협력해주면 안 돼?! 음흉한 본성은 봉인하란 말이야!”

와이즈와 메디는 열 명이 넘는 아이들을 데리고 유적에서 탈출하기 위해 이동하고 있었다.

하지만 아이들을 데리고 있었기 때문에 이동속도가 느렸다. 조급해지는 마음을 억누르며, 아이들의 걸음걸이에 맞춰 계속 이동했다.

바로 그때, 통로 저편에 스켈레톤 집단이 나타났다. 어떻게 할 것인가?

“와이즈 양! 맡겨도 될까요?!”

“오케이~! 나만 믿어!”

와이즈는 마법서를 꺼내들더니 그대로 앞으로 나섰다.

"이제 마법을 쓸 수 있으니까, 저딴 졸개는 간단히……!"

"와이즈는 마법을 봉인 당했다." 중얼.

"뭐, 어……. 하아, 진짜 못해먹겠네……." 꿍얼꿍얼.

"아~. 저기, 와이즈 씨. 방금 그건 농담이니까 믿지 마세요."

"메디이이이이잇! 이런 상황에서 장난치지 마! 하아, 정말! ……스파라 라 마지아 펠 미라레…… 정화(프리피카레)! 그리고! 정화(프리피카레)!"

와이즈의 연속마법이 발동했다. 더블 정화 마법의 빛이 통로를 가득 채웠다.

스켈레톤 집단은 그 빛에 휩싸이더니 눈 깜짝할 사이에 소멸됐다. 다들 한꺼번에 강제로 승천된 것이다.

몬스터 무리를 해치웠다!

"흐흥~. 이게 내 실력이야. 「와이즈 누나, 대단해!」, 「와이즈 언니는 완전 미소녀 마법사야!」 하고 칭찬해도 돼!"

멋진 활약을 선보인 와이즈에게 아이들의 찬사가 쏟아졌…….

"우엥~! 괴물이 나타났어~! 무서워~!"

"엄마~! 엄마아~! 우에에에에엥!"

"어, 아이들이 울음을 터뜨렸어?!"

"괘, 괜찮아요! 괴물은 전부 사라졌어요! ……와이즈 양! 마음 단단히 먹으세요! 저희의 진정한 싸움은 이제부터 시작될 거예요!"

"아, 알았어! 해볼게!"

엉엉 우는 아이들이 나타났다. 어떻게 할 것인가?

와이즈가 공격을 펼쳤다.

“으음, 으음…… 저, 저기~. 누나토끼야, 깡총! 울음그쳐, 깡총! 같이 즐겁게 놀자, 깡총!” 깡총깡총!

와이즈는 이런 걸 부끄럽게 여길 나이지만, 자존심을 내팽개쳤다! 그리고 와이즈 사상 가장 귀여운 목소리와 액션을 선보였다!

엉엉 울던 아이들이 갑자기 울음을 멈추더니, 와이즈를 지그시 쳐다본 후…….

“우에에에엥! 우리를 대충 어르려고 해~!”

“엄청 무리하는 게 뻔히 느껴져~! 우에에에에엥!”

“애들답지 않게 엄청 눈치가 좋네! 『어른다』 같은 말은 대체 어디서 배운 거니?!”

“하아, 역시 와이즈 양에게는 무리였군요……. 좋아요. 저한테 맡겨주세요.”

메디가 공격을 펼쳤다.

“여러분, 울지 마세요. 이 메디 누나가 곁에 있잖아요. 여러분을 우선적으로 생각하는, 상냥한 누나랍니다.” 빙긋.

메디는 마치 성모 같은 미소를 지었다!

엉엉 울던 아이들이 갑자기 울음을 멈추더니, 와이즈를 지그시 쳐다본 후…….

“우에에에엥! 왠지 불길한 느낌이 들어~!”

“속으로는 다르게 생각하고 있는 게 틀림없어~! 우에에에엥!”

“아, 아뇨?! 그렇지 않아요! 저는 겉과 속이 똑같은 누나예요!”

“메디의 음흉한 면을 순식간에 꿰뚫어봤네. 역시 아이들은 예리해……. 그것보다, 이대로는 답이 안 나오네. ……확 마법으로……!"

와이즈는 난폭한 방법이라는 걸 알면서도, 마법으로 어떻게든 해보려……!

하지만 바로 그때, 엉엉 울고 있는 아이들이 공격을 펼쳤다.

"훌쩍, 훌쩍…… 아, 누나. 저기, 나, 오줌 누고 싶어."

"뭐? 오줌? 그건…… 아, 그래. 화장실에 가고 싶구나……. 느닷없이 그런 소리를 하면 곤란한데……."

"나도 화장실 갈래~!"

"당신도 볼일이 보고 싶은 건가요? ……어, 어쩌죠……. 일단 방으로 돌아가서 볼일을 본 다음에…… 아, 카지노의 화장실이 여기서 더 가까울지도……."

"간식 먹고 싶어~! 우에에에에엥!"

"가, 간식?! 자, 잠깐만 있어봐! 먼저 화장실에……!"

"앗! 저쪽에서 뭔가가 움직였어! 보고 올게~!"

"기, 기기기, 기다리세요?! 혼자서 행동하면 안 돼요!"

허둥지둥 쫓아가려던 순간, 다른 애가 「오줌 쌀 것 같아~!」, 「뭐어?!」, 「이, 일단 이쪽에서……!」 볼일을 보는 것을 도와주고 있을 때, 「저기~ 간식은~?」, 「자, 잠시만 기다려줘!」 상황 같은 건 전혀 개의치 않으며 재촉을 해댔고, 「앗! 뭔가 있어!」, 「저쪽에도 있네~!」, 「가면 안 된단 말이야!」 아이들은 사방팔방에서 멋대로 행동했다.

아이들의 순진무구한 연속 공격이 작렬한 결과…….

““……아이들을 상대하는 건…… 정말 버거워…….””
와이즈와 메디는 힘이 바닥났는지 풀썩 쓰러졌다.
GAME OVER……. 그 후, 두 사람을 본 사람은 없다…….

농담은 이쯤에서 끝내기로 하고…….
“아, 아무튼 말이지? 위로 올라가면 화장실도 있고, 간식도 있고, 놀 곳도 잔뜩 있어! 그러니까 지금은 이 누나들의 말에 따라줘!”
“거의 다 왔으니까, 조금만 참아 주세요. 제발 부탁이에요. 이대로 있다간 이 누나들도 울음을 터뜨릴 것 같아요. 그러니 좀 봐줘요.”
“““응, 알았어~. 어쩔 수 없으니까, 봐줄게~.”””
“그럼 옆에 있는 친구와 손을 잡으세요. 절대 놓으면 안 돼요.”
와이즈가 선두를 맡았고, 최후미에는 메디가 섰다. 그리고 손을 맞잡은 아이들이 그 사이에 있었다. 그렇게 토끼 열차가 출발했다. 「출발할게. 칙칙폭폭……」, 「토끼는 『깡총깡총』 뛰면서 이동해~」, 「『깡총깡총』이야~」, 「크…… 까, 깡총깡총!」 부끄러운 효과음을 억지로 내면서 쭉쭉 나아갔다. 언제까지나…….
와이즈와 메디는 몸도 마음도 지칠 대로 지쳐 버렸다.
“하아……. 아이들을 상대하는 건 진짜 힘드네……. 차라리 몬스터와 싸우는 게 편할 것 같아.”
“맞아요……. 어린 아이를 둔 어머님들은 매일같이 이런 일을 하는 거군요……. 저의 어머니도 이렇게 고생하셨을까요……."

"아마 그랬을 거야. 우리 엄마는 진짜 문제가 많은 사람이지만, 그래도 내가 어릴 적에는 잘 돌봐줬거든……. 으음, 아주 약간 존경심이 샘솟네……. 아…… 어라?"

앞쪽에 무언가가 나타났다. 또 몬스터일 거라고 생각했지만…….

그 무언가는 바로 검은색 옷을 말쑥하게 차려입은 노인이었다. 바로 카지노의 부지배인이다.

"와이즈 양, 메디 양, 수고 많았습니다. 아이들을 무사히 구출했군요. 대단해요."

"마중 와줘서 고마워~. 우리한테 이 정도는 식은 죽 먹기거든."

"부지배인님이 제공해주신 정보 덕분이에요. 정말 감사합니다."

"아, 고맙다는 말을 할 사람은 바로 저희입니다. 그럼 아이들은 저희가 맡도록 하죠. ……여러분, 잘 부탁합니다."

부지배인이 자신의 뒤편을 향해 그렇게 말하자, 바니걸 몇 명이 뛰어와서 아이들을 데려갔다. 「누나들, 잘 있어!」, 「다음에 또 같이 놀자~!」, 「으, 응……」, 「기회가 된다면, 또……」 싫다고 말하지는 않았지만, 두 사람의 얼굴에는 그렇게 적혀 있었다.

"흠, 아이들을 상대하는 게 꽤 힘들었나 보군요."

"그, 그게, 우리한테는 조금 이른 것 같아."

"마, 맞아요. 저희에게는 아직 훗날의 일이니까……."

"그럼 이참에 배워두실 것을 권하죠. 두 분이 어머니란 어떤 존재인지 배울 수 있는 퀘스트도 있으니, 기회가 되면 참가해주셨으면 합니다."

"으으…… 육아 퀘스트는 이제 사양하고 싶어어어어……."

"어머니 관련으로 고생하는 건 마사토 군만으로 충분하다고 생각해요. 저희는 사양하죠." 단호.

"일언지하에 거절하지 마시고, 한 번 생각해 보시죠. 나쁜 이야기는 아닐 겁니다. ……뭐, 그것보다 이곳에서 벌어지고 있는 사건을 우선 해결해야 하겠군요."

"응. 그래. 맞아."

"그래요. 먼저 해야 할 일부터 하도록 하죠."

부지배인에게 아이들을 맡겼다. 이것으로 구출작전은 끝났다.

와이즈와 메디의 다음 임무는 투기장에 있을 마마코와 시라아세를 돕는 것이다. 두 사람은 서로를 쳐다보며 고개를 끄덕인 후, 투기장을 향해 뛰어…….

……가려던 순간, 부지배인이 두 사람에게 말을 걸었다.

"저기, 서두르고 계신 건 알지만 잠시 시간을 내주시겠습니까? 아까 말씀을 드린다는 걸 깜빡한 게 있어서 말이죠."

"예~ 예~. 그게 뭔데?"

"사실 이 아래에 있는 투기장에는 특이한 기능이 갖춰져 있습니다.

"특이한 기능이라고요……?"

"소레라라는 소녀의 의표를 찔러, 그녀가 벌인 악행을 역이용해 승리하는, 그런 피날레를 약속해주는 기능이죠. ……간략하게 설명하자면……."

그 기능은, 머지않아 밝혀지게 된다.

한편, 알자레 탈환 팀은…….

정확하게는 팀이라 말할 수 없다. 마사토 한 명 뿐이니까 말이다.

"중요한 사명을 맡고, 고독한 싸움을 펼치는 나……. 훗…… 나는 지금, 진정한 용사야!"

혼자지만 정말 즐거웠다. 텐션이 하늘을 꿰뚫을 것만 같았다.

마사토는 메디가 넘겨준 지도를 한손에 쥔 채 통로를 하염없이 달렸다.

그런 마사토를 스켈레톤 집단이 막아섰다.

"크크크…… 살아있는 자여……. 우리와 함께, 이곳을 영원이 헤매자……."

"그 말, 나한테 한 거지?! 다른 누구도 아니라, 나 개인에게, 나만을 적대시하면서 한 말이지?! 틀림없지?!"

"어? 그, 그렇다. 자, 공포에 떨어라……."

"크으~! 엄마나 다른 애들이 아니라, 바로 나를 타게팅해준 거구나! 감격하겠네! 끼얏호~!"

"어라? 엄청 기뻐하네?"

그러고 보니, 이런 상황은 거의 경험해본 적이 없다.

일행의 선두에는 항상 마마코가 서 있었으며, 적인 사천왕조차도 마마코에게만 적의를 보였다. 마사토는 용사인데도 그들의 안중에 없었던 것이다. 그런 나날을 살아야만 했다.

'하지만 지금은 달라……. 내가, 내가 바로 주역이라고!'

그게 너무 기쁜 나머지…….

"우오오오오! 경축! 아이덴티티 확립 슬래셔어어어어어엇!"

"히이이이이이익?!"

기술명은 머릿속에 대충 떠오른 걸로 지었지만…….

마사토는 감동의 눈물을 흘리면서, 스켈레톤들을 전부 베어 넘겼다.

마사토가 손에 쥔 성검 필마멘트는 하늘에 떠있는 적에게 효과적인 무기이며, 기본적으로 지상에 있는 적과는 상성이 좋지 않았다.

하지만 지금은 그런 건 아무래도 상관없다. 기쁨이라는 올바른 힘으로 가득 찬 마사토의 성검은 그릇된 힘에 의해 존재하는 언데드 계열 몬스터에게 매우 효과적이었다! 덕분에 더욱 즐거웠다!

"자! 더 덤벼봐! 덤벼보라고오오오오!" 하아하아!

"이 인간은 대체 뭐야?! 무, 무서워!"

"나는 더 싸우고 싶단 말이다아아아앗! 내 독무대를 더욱 즐기게 해달라고오오오!"

완전히 겁을 먹은 스켈레톤들을 인정사정없이 해치운 후,

「거기에도 있구나!」, 「이쪽으로 왔어어어어어?!」 슬며시 모습을 감추며 도망치려고 하는 유령도 전부 쓰러뜨렸습니다. 해피 제노사이드.

"즐거워! 너무 즐겁다고! 즐거워 미치겠네! 이제까지 살아있기를 잘했어어어어엇!"

"이렇게 무서운 일을 겪을 줄 알았으면, 죽고 나서 몬스터가 되지 않았을 거야아아아아앗!"

몰래 도망치려 하는 몬스터를 잡아서 해치운 마사토는 산더미처럼 쌓여 있는 젬에는 눈길도 주지 않으며 곧장 나아갔다.

한동안 그렇게 이동하자…….

"우하하하~. ……어라……. 왠지 그럴 듯해 보이는 문을 발견했어!"

통로 끝에는 돌로 된 문이 있었다. 조각까지도 되어 있어서, 여기가 중요한 장소라는 걸 마음껏 어필하고 있었다.

지도를 확인해보니, 알자레가 숨겨져 있는 장소는 바로 이곳이다. 틀림없다.

"하아, 벌써 종점이구나……. 가능하면, 이 길을 한 열 번 정도 왕복하고 싶지만…… 볼일을 마친 후에 빨리 투기장으로 가야만 해."

마사토는 유혹을 떨쳐내며 그 문에 손을 댔다. 「……혹시 열리지 않는다면, 왔던 길로 돌아가도 되겠지?」 하지만 문은 간단히 열렸다. 정말 유감이다.

그곳은 거대한 홀이었다. 돌로 된 그 살풍경한 홀에는 낡은 황금 촛대가 줄지어 놓여 있었다.

마사토가 안으로 들어가자, 그 촛대가 차례차례 켜지더니…… 홀의 중앙에 있는 제왕의 모습이 드러났다.

"호오…… 혼자서 여기까지 올 줄이야……. 그 용기는 칭송해주지."

흔들리는 불빛에 비친 것은 황금색 갑옷을 걸친 황금기사 스켈레톤이었다.

"……그러는 넌 이 방의 파수꾼인 걸로 알면 오케이?"

"그렇다. 이 방에 안치되어 있는 알자레라 불리는 보물의 수호자가 바로 나다."

"좋아. 여기가 틀림없구나. ……그럼, 시작해볼까?"

"음. 전심전력을 다해 덤벼봐라. 용감한 소년이여."

황금기사 스켈레톤은 왼손에 방패를, 오른손에 검을 들더니 기사의 예를 다하며 싸울 준비를 했다.

마사토도 검을 치켜들었지만…… 검 끝이 떨리고 있었다.

"왜 그러지? 소년이여, 겁을 먹은 거냐?

"그, 그런 게 아냐."

"그럼 왜 그렇게 떠는 건지 말해봐라……."

"그야 물론 기쁘기 때문이야! 너무 기뻐서 눈물이 날 것만 같다고!"

"뭐?"

"나는 말이야! 예전부터 이런 걸 기다렸어! 내가 활약하고, 용감한 소년이라는 소리를 들은 데다, 너 같은 녀석과 1대 1

로 배틀을 하게 됐잖아! 이거야말로 내가 간절히 바란 모험이야! 그게 너무 기뻐서…… 크윽!"

눈물 때문에 앞이 보이지 않았다. 콧물도 계속 흘러나왔다. 몸 안의 수분이 전부 흘러나오는 것만 같았다.

"그, 그렇게 울 일은…… 여기까지 오면서 고생을 많이 했나 보군."

"맞아! 진짜 눈물 없이는 들을 수 없는 여정이었어!"

"그런가……. 흠……. 들어주고 싶은 마음도 없는 건 아니다만……."

"그럼 들어줘! 아니, 이렇게 됐으니 확 이야기해버릴래!"

"음. 들어주마……. 그대가 죽어서, 내 수하가 된 후에 말이다!"

그 말이 들린 순간, 황금기사 스켈레톤이 순식간에 마사토에게 쇄도했다. 그리고 녹슨 검을 그대로 휘둘렀다.

머리부터 두 동강을 내려는 그 일격을, 「큭!」 마사토는 필마멘트를 치켜들어서 막아낸 후, 그대로 검의 옆면으로 흘려냈다. 그리고 어찌어찌 공격을 회피하며 거리를 벌렸다.

"죽을 뻔했네! ……너, 진짜 인정사정없구나!"

"이건 엄연한 승부다. 봐줄 리가 없지 않느냐."

"그건 그래! 하지만 그런 것도 나는 대환영이라고!"

마사토는 방금 느낀 오한을 떨쳐내려는 듯이 그렇게 외치면서 공세에 나섰다. 당한 만큼 갚아주기 위해서 말이다.

마사토는 황금기사 스켈레톤에게 쇄도하더니, 정면에서 돌격하는 척 하다 좌우로 스텝을 밟으며 파고들었다. 「하앗!」 그리고 마사토가 검을 지면과 수평으로 휘두르며 날린 일격은 상대의 방패에 막혔지만…….

공격은 끝나지 않았다. 검이 튕겨나는 기세를 이용해 몸을 반대쪽으로 회전시킨 후, 그대로 반대방향에서 횡베기를…….

"몸의 회전이 느리군!"

"아닛……?!"

황금기사 스켈레톤이 방패를 내밀었다.

방패는 기묘한 빛을 뿜고 있었다. 이건…….

'쳇! 뭔지 모르겠지만, 정통으로 맞으면 위험할 것 같아!'

마사토는 공격을 중지하면서 왼손을 내밀었다.

방어장벽을 전개해 막아낼 생각이었지만…… 방패와 장벽이 격돌한 순간, 마사토의 왼팔이 그대로 튕겨져 나갔다.

"크윽?! 어깨가……!"

"걱정하지 마라. 통각 같은 건 곧 없어질 거다……. 지금 바로 말이다!"

"죽어서 아무것도 느끼지 못하게 되는 건 사양하겠어! 하앗!"

마사토는 자신의 목을 향해 날아오는 공격을 혼신의 힘을 다해 검을 휘둘러 쳐냈다.

그리고 황금기사 스켈레톤과 거리를 두기 위해 크게 후퇴했다.

'큰일 났어……. 왼팔이 저려서 움직이지를 않아…….'

아까 황금기사 스켈레톤이 방패로 날린 일격에는 명중한 상대의 행동을 저하시키는 스턴 효과가 부여되어 있었던 것 같았다. 정통으로 맞지는 않았지만, 완벽하게 막아내지는 못한 것 같았다.

마사토는 오른손으로 검을 쥐고 있었으나 왼손은 축 늘어져 있었다. 방어가 힘들어진 것이다.

아직 자신만만한 표정을 짓고 있지만, 식은땀이 쉴 새 없이 흘러나왔다.

'젠장! 스턴 효과는 시간 경과를 통해 회복돼! 그때까지 버티는 거야!'

마사토는 서서히 물러서며 황금기사 스켈레톤과의 간격을 벌려서 어떻게든 시간을 벌어보려 했지만…….

상대는 그것을 허용할 생각이 없었다.

"결판이 났군! 각오해라! 이야아아아아압!"

"자, 잠깐만! 서두르지 말라고!"

황금기사 스켈레톤은 순식간에 마사토의 코앞까지 접근하더니, 필살의 일격을 날렸다. 시간을 버는데 정신이 팔려 있었던 마사토는 그 공격을 받아낼 수도 없었고, 그대로…….

하지만 바로 그 순간, 마사토의 어깻죽지에 꽂혀야 할 검이 갑자기 못 박힌 듯 꼼짝도 하지 않았다.

"어……?"

왜 공격을 멈춘 건지는 알 수 없다. 해골의 표정에서는 아무것도 읽을 수가 없었지만…….

이것은 천재일우의 기회다.

마사토는 다짜고짜 검을 치켜들더니, 온힘을 다해 그대로 휘둘렀다.

"오오오오오오오오오오오오오오오!"

성검 필마멘트의 일격이 그대로 작렬했다.

투명한 검이 공격을 막아내려 하는 녹슨 검을 자르더니, 그대로 황금기사 스켈레톤의 목을 쳤다.

"푸핫! ……허억! 허억! ……좋았어어어어어어엇!"

온몸을 가득 채우고 있던 숨과 공포를 단숨에 토한 마사토는 승리의 포효를 내질렀다.

그런 그의 옆에서는 황금기사 스켈레톤의 머리가 굴러다니고 있었다.

"하아, 목이 잘리고 말았군."

"우왓?! 아직도 말을 할 수 있는 거야?! ……서, 설마 부활을 하는 건……."

"안심해라. 패배자인 나는 곧 사라질 것이다……. 승자인 소년이여. 알자레를 손에 넣어라."

"그래……. 알았어."

싸움은 끝났다. 마사토는 필마멘트를 검집에 넣은 후, 홀 안쪽으로 향했다.

그곳에는 제단 같은 단상이 있으며, 그곳에는 조그마한 보물 상자가 놓여 있었다.

혹시나 싶어 함정을 경계하면서 열어보니 안에는 책 한 권이 놓여 있었다.

"이게 알자레인 거야……?"

제목이 없었다. 일단 그 책을 열어보니, 알파벳이 가득 「아

～응. 이게 맞는 것 같네」 알자레란 게임에서 부당하게 추출된 NPC 설정용 프로그램이 아이템화된 것이다. 아마 이게 틀림없으리라.

하다못해 상형문자 같은 걸로 해두라고, 세계관을 배려하란 말이야, 같은 불평은 나중에 늘어놓기로 하고…….

아무튼, 목적은 달성했다.

"해냈어……. 내 힘으로…… 나만의 힘으로, 해냈다고……. 그래. 나도, 마음만 먹으면 이 정도는 얼마든지 해낼 수 있어! 나는 역시 대단한 녀석이라고오오오오오오오오오오오오!"

동료들이 곁에 없기에, 듣는 사람이 아무도 없는 지금만 할 수 있기에…….

마사토는 마음껏 으스대며, 평소에 못할 말을 마음껏 외쳤 「젊군」, 「아직 있었어?!」 황금기사 스켈레톤이 그 말을 듣고 있다는 걸 안 마사토는 부끄러워 죽을 것 같았다.

마사토는 도망치듯 이 자리를 벗어나려다…….

"……이봐, 하나만 물어도 돼? 아까, 왜 공격을 멈춘 거야? 혹시 이유라도 있어?"

황금기사 스켈레톤이 공격을 멈추지 않았다만, 마사토는 그대로 당하고 말았을 것이다. 상대방이 명백하게 이길 상황이었는데…….

마사토가 질문을 하자, 서서히 사라지고 있던 두개골이 말했다.

"……**소년이 입고 있던 셔츠 말인데…….**"

"내 셔츠? ……엄마와 함께 쇼핑을 하러 갔을 때, 엄마가 사준 건데…… 그게 왜?"

"어머님의 선물이었나……. 그래……. 그 순간, 그 셔츠에 담긴 강렬한 마음이, 자식을 지키려 하는 힘이 되어 뿜어지면서…… 나의 일격을 막아냈던 것이다."

마사토의 셔츠에는 어머니의 특수 스킬 【어머니의 애정 가공】에 의해, 온갖 공격을 딱 한 번 무효화시키는 기능이 부여되어 있었다.

셔츠를 구입했을 때, 마마코가 진심을 담아 꼭 안아준 결과다.

"소년의 눈에는 아무것도 보이지 않았던 것이냐? 뭐, 그럴만도 하지. 『자식은 부모 마음을 모른다』라는 말도 있으니까 말이야……. 어머님에게 감사드려라."

황금기사 스켈레톤은 그 말을 끝으로 완전히 소멸되었다.

"……이봐…… 결국, 엄마 덕분에 이긴 거였냐……."

마사토는 쉴 새 없이 쏟아져 나오는 눈물 때문에 앞이 보이지 않았기에, 한동안 그 자리에 멍하니 서있었다.

마사토는 홀을 벗어난 후, 서둘러 투기장으로 향했다. 투기장으로 향하는 건 매우 순조로웠다. 길을 알고 있는데다, 몬스터도 「무서운 인간이 나타났다~!」 하고 외치며 도망쳤기 때문이다.

하지만 당사자의 마음은 상처로 범벅이 되어 있었다.

"아무튼 알자레는 무사히 회수했어! 와이즈와 메디도 지금쯤이면 아이들을 무사히 대피시켰겠지! 하지만 그 녀석들이 합류하기 전에, 내가, 내가 먼저 투기장에 가서…… 이번에야말로, 꼭, 나 자신의 힘으로 뭔가를! 뭔가를 해내고 말겠어! 크흑!"

마사토는 눈물을 닦으며 통로를 뛰어갔다.

잠시 후, 눈에 익은 아치형 문이 보였다. 저 문 너머에 투기장의 무대가 존재한다.

마사토는 필마멘트를 뽑아들더니 바람처럼 단숨에 돌격했다.

"제발! 부탁이야! 부디 내가 활약할 여지가 남아있기를! ……어, 어라? 뭔가 이상한데…… 바람이…… 우왓?!"

느닷없이 몸이 떠오르는 느낌이 들자, 마사토는 반사적으로 몸에 힘을 주며 버텼다. ……등 뒤에서 바람이 휘몰아친 줄 알았는데, 아무래도 아치형 문 쪽으로 빨려 들어가고 있는 것 같았다.

문 너머를 보니 무대를 중심으로 소용돌이가 존재했다. 집과 비슷한 크기의 돌이 대량으로 그 소용돌이에 휘말려…….

아니, 그렇지 않았다. 돌로 된 집이 스스로 날면서 소용돌이를 발생시킨 것 같았다.

"이봐! 이게 뭐야?! 뭐가 어떻게 되고 있는 거냐고! ……큭, 아무도 없는 거야?! 포타! 시라아세 씨! ……엄마!"

"앗! 마사토 씨의 목소리가 들렸어요! 마사토 씨가 와준 것 같아요!"

"이건 포타의 목소리야! 대체 어디에…… 아, 찾았다! 시라아세 씨도 있네!"

소용돌이에서 조금 떨어진 곳에 관이 세워져 있었으며, 포타가 그 관 뒤편에서 몸을 웅크리고 있었다.

마사토는 서둘러 그쪽으로 뛰어갔다.

"일단 포타는 무사했구나! 다행이야!"

"예! 저는 괜찮아요! 시라아세 씨는 죽었지만, 지금도 이렇게 저를 지켜주고 있어요!"

"죽었으니까, 그 어떤 공격도 통하지 않는 거구나! 시라아세 씨에게 정말 고마워해야겠는걸!"

관의 아랫면이 왠지 의기양양한 목소리로 「별말씀을요」 하고 말한 듯한 느낌이 들었다. 정말 만족스러워하고 있는 것 같았다. 그럼 포타의 보호는 이대로 시라아세에게 맡기기로 했다.

마사토는 겸사겸사 관 뒤편에 숨으면서 현재 상황을 확인했다.

투기장 중앙에는 소용돌이가 존재했다. 관객석에 있는 어머니들은 한곳에 똘똘 뭉쳐서 바람을 견뎌내고 있었다. 마치 재해에 직면하기라도 한 듯한 광경이었다.

"그런데, 저 소용돌이는 대체 뭐야? ……그리고 엄마는 어디 있어?"
"그, 그게 말이죠……!"
"정 궁금하면~ 내가 가르쳐줄까~?"
폭풍 속에서 느긋~하면서도 느릿느릿~한 목소리가 흘러나왔다.
소레라다. 다다미만한 거대한 마법서 위에 탄 그녀는 바람을 타고 날아다니고 있었다.
"뭐부터 설명해줄까~. 으음~ 실은~."
"이야기는 스무스하게! 요점만! 간략하게!"
"그럼 간단히 말하자면~ 현재 나와 마마코 씨는 한창 싸우고 있어~. 마마코 씨가 나에게~ 설교를 한다니까~. 확 짜증이 치솟아서~ 그냥 해치워버리기로 했어~."
"아, 예~. 그래서 어떻게 했는데?!"
"그래서 말이지~? 내가 이기면~ 마마코 씨도~ 관객석에 있는 엄마들도~ 전부~ 엄마를 관두기로 했거든~. 그러니까 기대해~."
"엄마를 관둬? 영문 모를 소리 좀 작작하라고! ……아무튼 그딴 승부라면, 엄마가 이기고 해피엔딩으로 끝나겠네! 틀림없다고!"
"으음~ 과연 그럴까~. 무대를 유심히 봐줄래~? ……마마코 씨가 엄청 고전하고 있는 것 같지 않아~?"
"이봐, 말도 안 되거든? 우리 엄마가 고전할 리가……."

마사토가 소용돌이의 중심부분에 있는 무대를 유심히 쳐다보니…….

무대에 선 마마코의 모습이 어렴풋이 보였다. 양손에 쥔 두 자루의 검을 몇 번이나 휘두르고 있는 것 같지만…….

주위의 소용돌이에는 아무런 변화도 발생하지 않았다.

"이, 이상하네……. 엄마가 공격을 했으니까, 뭔가 심상치 않은 일어나야 정상인데…… 소용돌이를 부술 수 없는 거야?"

"그래~. 마마코 씨는 소용돌이를 부수지 못하는 것 같네~. 이유가 뭘까~. ……그 비밀은~ ……바로 이거랍니다~!"

소레라는 품속에서 돌로 된 칩 하나를 꺼내서 마사토를 향해 던졌다.

마사토가 반사적으로 그 칩을 받자, 그것은 멋대로 날아올랐다. 「어어…… 으윽?!」 마사토의 턱을 강타한 그 칩은 다시 소용돌이 속으로 빨려 들어갔다.

"바, 방금 그건 뭐야?! 멋대로 움직이면서 공격을 했다고!"

"공격이야 당연히 하지~. 몬스터거든~. ……그 정체는 바로~ 이 투기장에서 쓰이던 낡은 칩이자~ 져서 인생을 망쳐버린 인간들의 원념에 의해 멋대로 움직이는 언데드 계열 몬스터인데~ ……으음~ ……소용돌이를 일으키고 있는 걸 전부 합치면~ ……백만 개 정도 되려나~."

"백만 개…… 그, 그럼, 몬스터가 백만 마리나……?!"

"그리고~ 마마코 씨의 공격은~ 머릿수별 대미지 방식의 전체공격이잖아~. 그렇다면 말이야~? 한 번의 공격으로 백 만 정도의 대미지를 가하는 위력을 발휘하더라도~ 공격 대상이 백만 개나 되면 어떻게 될까~?"

적 하나에 2회 공격을 가하니, 합계 2대미지만 가하는 것이 된다.

"쳇! 그렇게 된 거냐!"

"그렇게 된 거야~. 으흐흐~. 이제 결판이 난 거나 다름없네~."

마마코는 압도적인 화력을 자랑하지만, 압도적인 숫자를 상대할 때는 불리했다. 위력이 지나치게 분산되고 마는 탓에 상대를 쓰러뜨릴 수가 없는 것이다.

공격의 기세가 꺾인 순간, 일제히 공격을 당해서 패배할 가능성 또한 있다.

관객석에 있는 어머니들은 머리를 감싸 쥐고 있었다. 최악의 선고를 기다리며 떨고 있는 것 같았다.

그 모습을 본 소레라는 어머니들의 절망을 마음껏 들이마시며 진심으로 즐거운 듯이 웃고 있었다.

하지만…….

"헛소리하지 마! 아직 멀었어! 아직 아무것도 끝나지 않았단 말이야! ……엄마가 질 리가 없어! 우리 엄마가 질 리가 없다고!"

마사토는 그렇게 외치며 내달렸다.

"어라어라~? 난입하려는 거야~? ……으음~ ……뭐, 좋아~. 마사토 군이 가세해봤자 달라질 건 없거든~. 마음대로 해~. 참가를 허락할게요~."

"거 되게 고맙네! 나를 얕본 걸 반드시 후회하게 만들어주겠어!"

허세가 아니다. 마사토는 자신이 있었다.

왜냐하면 적 몬스터인 고대의 칩은 하늘을 날아다니고 있었던 것이다.

"지금이 바로 내가 활약할 때야! 하늘의 적은, 나한테 맡겨어어어어어엇!"

지금 이 순간, 위대한 천공의 힘이 깃든 성검 필마멘트가 그 진가를 발휘했다.

전력을 다해 휘두른 투명한 칼날에서 거대한 충격파가 뿜어져 나왔다. 소용돌이마저 간단히 찢어발길 만큼 거대한 초승달 모양 충격파가 일직선으로 날아가더니…….

"가라아아아앗!"

그 충격파는 소용돌이 밖에서 날아다니고 고대의 칩 한 개에 정통으로 꽂혔다!

그와 동시에 충격파는 사라졌다.

"……어?"

마사토는 고대의 칩 한 개를 쓰러뜨렸다!

원념에서 벗어난 고대의 칩은 골동품 칩이 되어서 마사토의 손아귀에 떨어졌다. 마사토는 드랍 아이템을 획득했다!

그건 잘된 일이지만, 문제는…….

"아, 맞아요……. 제 공격은 단일 대상 공격이었죠."

"이펙트가 아무리 커도~ 딱 하나만 공격할 수 있구나~. 유감이네~. 참~ 아쉽겠네요~."

"크으으윽! 그, 그럼 99만 9999번 공격하면 돼! 좋았어! 어디 한 번 해보자고! 빌어먹으으으으으으으으으으을!"

마사토의 99만 9999번 공격이 시작됐다!

5분 후…….

"……히…… 힘들어……."

피로 때문에 떨리는 팔을 축 늘어뜨린 마사토가 자신의 전과를 확인했다.

발치에 떨어져 있는 고대의 칩은 약 백 개 정도 될 것 같았다.

소용돌이 안에서는 마마코가 여전히 분투하고 있었다. 마사토가 왔다는 걸 안 건지 때때로 그를 향해 시선을 보냈지만, 공격을 펼치느라 여전히 바빴다. 서둘러야 구해야만 하는 상황이었다.

"아, 아냐……. 나는 아직, 싸울 수 있어……. 나는, 엄마에게 어리광만 부리는 녀석이 아냐……. 할 때는 하는 애라고……. 마음만 먹으면 뭐든 할 수 있는 애란 말이야……."

"그런 것치고는~ 지칠 대로 지쳐서 항복한 느낌인데 말이야~. 아무래도 마사토 군은~ 아무것도 못하는 애였나 보네~."

"그, 그렇지 않아! 잘 봐! 나는 저 칩을 백 개 넘게 해치웠어!"

"그건 그렇지만~ 백 개 정도로는 언 발에 오줌 누기야~. 아무런 의미도 없……."

"꼭 그렇다고 단정 지을 수는 없어!"
"백 개면 충분하니까요!"

바로 그 순간, 마사토는 귀에 익은 목소리를 들었다.
"하아…… 정말…… 둘 다 왜 이렇게 늦은 거야?! 대체 어디서 농땡이를 피운 거냐고!"
반가움을 겉으로 드러내는 건 왠지 분했기에, 마사토는 퉁명스런 목소리로 그렇게 외쳤다.
그러자 와이즈와 메디가 출입구를 통해 뛰어오더니 마사토의 앞에서 고개를 푹 숙였다. 머리에 달린 토끼귀도 기운 없는 것처럼 접혀 있었다.
"그게 말이야. 내 말 좀 들어봐. ……꼬맹이들이……." 핼쑥.
"저희도 고생 많이 했어요. ……아이들이 정말……." 추욱.
"그, 그래. 농땡이를 부린 게 아니라, 너희도 나름대로 사투를 벌였구나. 수고 많았어. ……그것보다, 밀린 이야기는 나중에 하자! 지금은 그럴 때가 아냐!"
"응. 그런 것 같네. 소용돌이가 생겨났잖아. 엄청 화려해!"
"마마코 씨가 싸우고 계신 것 같군요. 정말 잘 됐어요. 딱 좋은 위치에 계시네요."
상황을 파악한 와이즈와 메디는 사태의 중차대함을 눈치챈 것 같지만, 그런데도 왠지 즐거워보였다.
소레라는 그런 두 사람의 태도가 마음에 안 드는지 불만을 드러냈다.

"부우~. 여유는 그만 부려줄래~? 그리고~ 와이즈 양과 메디 양은 종업원이잖아~? 카지노로 돌아가서 일이나 하세요~."

"어머나, 모르시나 보네요~. 빚은 이미 다 갚았답니다~. 이제 카지노의 종업원이 아니에요~. ……그리고~……."

"당신이 잡아뒀던 아이들은~ 전부 무사히 구출했어요~."

"으~! 쓸데없는 짓을 벌였네~! 나, 열 받았어~! ……그것보다~ 그 말투는 뭐야~? 장난치지 말고 제대로 이야기하란 말이야~!"

"너와 똑같은 말투를 썼을 뿐이거든?"

"나는 그렇게 멍청한 듯한 말투가 아니거든~? 그것보다~……."

"알아. 우리도 너와 사이좋게 노닥거릴 생각은 없거든."

"그럼, 이 투기장이 지닌 특별한 기능을 소개하죠."

메디는 발치에 굴러다니던 고대의 칩을 한 개 주워들더니 엄지로 튕겼다. 그리고 튕겨난 고대의 칩은 그대로 산산조각이 났다.

다음 순간, 투기장이 어두워지더니 어딘가에서 두두두두~ 하고 드럼 소리가 들려왔다.

그 뒤를 이어 스포트라이트 같은 빛을 뿜는 마법석 하나가 날아오더니, 관객석에 있는 어머니들의 머리 위에서 빙빙 돌기 시작했다. 원형 투기장 안을 날아다니고 있는 것이다.

"저, 저게 뭐야……?"

"봐도 모르겠어? 추첨 중이야."

“그리고 뽑히는 사람은 당연히…….”

마법석은 움직임을 멈추더니, 한 어머니를 비췄다. 그 빛에 비친 어머니는 영문을 모르겠다는 듯이 고개를 갸웃거리고 있었다.

“자, 저 어머니가 뽑혔네. 축하해~. 그럼…….”

“이 자리에 모이신 여러분, 무대를 봐주세요.”

두 바니걸의 안내에 따라, 마사토도, 소레라도, 관 뒤편에 숨어있던 포타도, 관객석에 있는 어머니들도, 무대를 주목했다.

바로 그때, 무대에서 빛이 뿜어져 나왔다. 소용돌이를 꿰뚫으며 허공을 수놓은 빛이 문자를 그렸다.

【스테이터스 업! 대상 : 어머니】

……라는 문자였다.

“으음…… 와이즈, 메디. 설명 좀 해봐.”

“그래~. 알았어~. ……부지배인 씨가 가르쳐준 건데, 사실 이 투기장에는 룰렛 기능이 있대. 투기장에서 싸우는 사람에게 주는 서비스라고나 할까, 찬스 같은 거야.”

“투기장에 출현한 고대의 칩을 쓰러뜨려서 사용하면, 룰렛 기능이 발동되면서 관객석 안에서 추첨으로 한 명이 선택돼요.”

“그리고, 그 선택된 사람과 동일한 직업을 지닌 이들의 능력이 상승되는 효과가 발동되는 거야.”

"예를 들어 투기장에서 검사가 싸우고 있을 때, 관객석에서 관전하고 있는 검사가 뽑히면 전투 중인 검사의 스테이터스가 일정량 상승해요. 다른 직업인 사람이 뽑히면 꽝이고, 효과가 발생하지 않죠."

담당 바니걸이 투기장 룰렛에 대한 설명을 마쳤다.

즉…….

"그런 기능이 있다는 이야기는 처음 듣는데~. ……으, 으음~…… 관객석에 있는 건~ 내가 모은 어머니들이고~ 어머니밖에 없는데다~…… 무대 위에 있는 마마코 씨는~ 당연히 어머니니까~…… 그, 그그그, 그럼~?! 어어어어어~?!"

소레라는 당황하고 말았지만, 이미 손쓰기에는 늦었다.

단순히 물러터진 설정 같은 것과는 차원이 달랐다.

마마코 강화 확률 100퍼센트인 투기장 룰렛을 마구 돌리기로 했다!

"좋아! 해보자!"

"룰렛을 돌리고 돌리고 또 돌리는 거야!"

"소레라 양은 제가 막겠어요! 두 사람은 고대의 칩을 퇴치하는데 주력해주세요! ……포타 양! 칩을 회수해서 사용하는 역할을 부탁드려도 될까요?!"

"예! 저한테 맡겨 주세요!"

"그럼 다들 열심히……!"

마사토가 힘차게 한 마디 하려고 한 바로 그때였다.

"저기! 저도 돕겠어요!"

찬란히 빛나고 있는 파리채를 쥔 어머니가 뛰어왔다.

"으음, 이 어머니는…… 그것보다, 찬란히 빛나고 있는 저 파리채는……?"

"잡화점 어머니예요! 마마 씨로부터 나눠받은 힘으로 함께 싸워주셨어요! 다른 어머니들도 마찬가지고요!"

포타의 시선이 향하고 있는 관객석을 쳐다보니, 격렬한 바람에 휘둘리면서도, 어머니들은 찬란히 빛나고 있는 전단지 막대를 치켜들었다.

"이야, 의욕이 넘치는걸. 어머니의 위대한 힘이 느껴져……. 그런데 다들 무기랍시고 들고 있는 게 동그랗게 만 전단지잖아……. 하다못해 성스러운 무기 같은 느낌으로 형태를 바꿔줬으면 좋겠지만…… 뭐, 좋아! 그럼 다함께 힘을 내보자고!"

"자자자, 잠깐만 있어봐~! 제발 부탁이니까 좀 기다려달란 말이야아아아아앗~!"

물론, 기다려줄 생각은 눈곱만큼도 없다.

칩 수집 담당은 서둘러 격파 경쟁을 시작했다.

우선 마사토와 와이즈가 나섰다.

"너는 마법으로 한꺼번에 쓸어버릴 수 있지만, 나는 개체 공격밖에 못한다고! 그러니까 배려 좀 해! 봐줘도 된다고!"

"싫어!"

"뭐 이딴 바니걸이 다 있어?! 너무 사나이다운 거 아냐?!"

"마사토는 이미 백 개 가량 해치웠잖아! 금방 따라잡아주겠어! 스파라 라 마지아 펠 미라레…… 산광탄(散光彈)(루셰 스파르나)! 그리고!

산광탄(루셰 스파르나)!”

와이즈가 연속마법을 썼다. 퇴마의 힘이 담긴 빛의 탄환이 칩 소용돌이를 향해 발사됐다.

천 개가 넘는 빛의 탄환으로, 단숨에 마사토의 획득수를 추월했다……!

“아무튼 탄수를 늘려봤어! 이걸로 내 압승…… 어, 어라?”

하지만 지나치게 욕심을 내며 공격을 분산시킨 바람에, 위력이 분산되면서 칩을 일격에 쓰러뜨리지 못한 것 같았다.

빈사상태인 고대의 칩이 마사토 쪽으로 추락했다. 「오, 재수 좋네」 마사토는 간단히 해치우며 손쉽게 획득수를 늘렸다. 「그건 내가 사냥한 거야!」 와이즈도 필사적으로 바닥에 떨어진 칩을 짓밟아대며 숨통을 끊어줬다.

하지만 그런 두 사람보다 더 순조로운 이들이 있었다.

“아이들에게 질 수야 없죠! 저희도 힘내도록 해요!”

“집안에 출몰해서, 아이들을 두려움에 떨게 하는, 그런 해충을 없애듯이 말이에요!”

“저희도 어머니잖아요! 어머니의 진정한 힘을 보여주는 거예요!”

관객석에서 어머니들이 분전하고 있었다. 파리채로, 전단지 막대로, 찰싹찰싹찰싹~! 같은 소리를 내며 고대의 칩을 차례차례 잡고 있었다. 왠지 엄청났다.

“……어머니들은 때때로 대단하다니깐.”

“해충을 잡아서 버리는 동작이 스무스하네. 저런 모습을 보니 왠지 감동할 것만 같아. 엄청 믿음직해. ……하지만 우리도 질 수야 없지!"

"아, 맞아! 내 체면을 세우기 위해서라도, 용사의 실력을 보여주겠어!"

압도당한 마사토와 와이즈도 다시 칩을 공격하기 시작했다.

그런 경쟁이 펼쳐진 가운데, 술래잡기가 시작되려 하고 있었다.

"으으으~ 어어어, 어쩌지~! ……일단~ 능력을 낮추는 스킬을 중복으로 사용해서~…… 아아~ 안 돼~! 몬스터를 백만 마리나 사역하고 있어서~ 그쪽 스킬에 돌릴 여력이 없어~!"

"그럼 고대의 칩에 대한 지배를 해제할 건가요?" 방긋방긋.

"그럴 수는 없어~! 그랬다간 마마코 씨가 바로 저기서 튀어나올 거야~! ……나는~ 능력 저하 스킬과~ 언데드 계열을 사역하는 기술은 초일류지만~ HP나 방어력은 별 볼일 없거든~! 평범한 마법사 수준이란 말이야~! 직접적으로 싸우는 건 절대 무리야~!"

"그럼 어떻게 하죠?" 방긋방긋.

"이, 일단~ 미소 짓고 있지만 전혀 웃고 있지 않은 메디 양에게서 도망쳐야만 할 것 같네~!"

소레라의 판단은 옳았다.

메디는 하이레그 슈트 차림인 온몸으로 다크 파워를 뿜으면서, 미소녀 스마일을 머금은 채 검게 물들어가고 있었다.

"실은 저, 엄청 스트레스가 쌓였어요……. 완벽을 추구하고 있는 건 아니거든요? 하지만, 역시 어머님의 가르침이 몸에 배여 있어서…… 카지노에 온 후로 제가 선보였던 한심한 꼬락서니 때문에, 엄청 스트레스를 받았죠…….”

“그, 그랬구나~! 미미미, 미안해~! 스킬로 빚더미에 앉게 한 걸 사과할게~! 하지만~ 이제 빚도 다 갚았으니까~ 화 풀렸지 않아~?!”

“빚은 갚았지만, 제 마음속을 가득 채운 암흑의 힘은 사라지지 않았어요……. 아아, 근처에 두들겨 패도 되는 물건이 없으려나요……. 걷어차기 딱 좋은 물건은 없을까요……. 이 울분을 발산할 수 있는 무언가가…….”

“그, 그럼 벽을 때리는 건 어때~?! 걷어차기에도 좋을 것 같은데~……!”

“어머, 마침 적당한 게 있군요.” 빙긋.

“시선이 마주쳤어어어어~?!”

소레라는 올라타고 있던 거대 마법서에서 굴러 떨어지더니, 매사에 느긋~한 사람치고는 최선을 다해 도망치려 했지만…… 메디는 지팡이를 허공에 휘둘러대고 허공에 발길질을 해대며 그녀를 추격했다.

그리고…….

“고대의 칩을 모았어! 포타, 잘 부탁해!”

“저한테 맡겨주세요! 제가 사용할게요! ……당첨될까? 당첨될 거야! 에잇!”

포타는 칩을 손가락으로 튕겨서, 투기장 룰렛을 돌렸다.

투기장 안이 어두워지면서 추첨이 시작됐다. 마법석이 관객석 안을 돌아다니다, 스포트라이트로 비춘 건 「어머, 나네」 이번에도 선택된 이는 물론 어머니였다.

【스테이터스 업! 대상 : 어머니】

그리고…….

“포타! 또 부탁해!”

“맡겨만 주세요! 당첨될까? 당첨될 거야! 에잇!”

다음에도 물론 「어머, 이번에는 나네?」 룰렛 당첨자는 어머니였다.

【스테이터스 업! 대상 : 어머니】

그 다음에도…….

“관객석에 모은 걸 가져왔단다. 부탁해도 되겠니?!”

“물론이죠! 어머니들의 노력을 헛되이 하지 않겠어요! 에잇!”

잔뜩 모아온 칩들을 손가락으로 튕기며 계속 룰렛을 돌렸다! 【스테이터스 업! 대상 : 어머니】 연달아 계속 했다! 【스테이터스 업! 대상 : 어머니】 계속 돌렸다! 【스테이터스 업! 대상 : 어머니】 쉴 새 없이 계속 돌렸다!

그리고, 스테이터스가 상승했다는 표시가 대량으로 뜬 후…… 그 순간이 찾아왔다.

“윽! ……곧 날아올 거야!”

“저기, 마사토. 뭐가 곧 날아오는데?”

“우리 파티의 말도 안 되는 사람의, 말도 안 되는 공격 말이야! ……와이즈! 메디! 빨리 무대에서 떨어져! 포타는 관 뒤편에 숨어!"

어째서 마사토는 그 기운을 감지한 걸까.

그건 분명 모자지간이기 때문이리라. 그래서 안 것이다.

"다들, 엎드려!"

마사토가 그렇게 외친 직후…….

고대의 칩들과 함께 소용돌이가 단숨에 팽창되며 폭발했다.

백만 개나 되는 칩이 흩뿌려진 무대 위에는 위대한 어머니가 서있었다. 그 어머니란 물론…….

"휴우……. 어떻게든 됐네. 정말 다행이야."

마마코는 이마에 맺힌 땀을 닦으면서 빙긋 미소 지었다.

그리고 바로 마사토를 록온했다. 역시 어머니답게 사랑하는 아들이 어디 있는지 바로 눈치챘다.

"마 군, 무사했구나! 다들 괜찮니?!"

"응. 덕분에 말이야. ……그러는 엄마야말로 고생 많았던 것 같네."

"응. 섣달그믐날의 대청소 때만큼 지쳤단다. 휴우."

"얼마나 지친 건지 잘 이해가 안 되거든?"

"그래도 마 군의 얼굴을 보니 피로가 싹 날아갔어! 집 열 채 정도는 더 청소할 수 있을 것 같아! 우후후!"

"그러니까 집으로 환산하니까 이해가 안…… 하아. 뭐, 됐어. ……자…… 엄마 카지노는 슬슬 폐점할 시간이야."

마사토는 메디 쪽을 힐끔 쳐다보았다. 바니걸(어둠)로 변신한 것 같지만, 메디는 마사토의 의향을 눈치챈 것 같았다.

메디는 소레라에게 압박을 가하며 무대로 몰아갔다.

"히익, 히익! ……이, 이러지 마~! 쫓아오지 말란 말이야~! ……어…… 어, 어라~?! 마마코 씨이이이잇?!"

"응, 그래. ……소레라 양. 나와 이야기 좀 나누지 않겠니?"

"나는 할 이야기 없어~! 나는 나쁜 짓 안 했거든~?! NPC 엄마나 아이들의 행동과 사고 패턴을 조작해서~ 어떤 식으로 움직이는지 실험하며~ 이곳에 모아서 웃음거리로 삼았을 뿐이야~!"

"유죄네."

"그것 말고는~ 능력 저하 스킬로~ 카지노 손님들이 절대 돈을 못 따게 했고~."

"부지배인 씨에게 이야기는 들었지만, 진짜 열 받네. 유죄."

"유죄군요. 용서 받을 수 없는 행위예요." ……고오오오…….

"그리고~ 맞아~. 빚을 진 사람을 경품으로 삼기도 했네~."

"진짜 나쁜 짓이에요!"

네 명의 재판관이 내린 판결에 따라, 유죄가 확정됐다.

그리고 형벌이 집행됐다.

"저기, 엄마. 설교를 하는 건 좋은데, 그 전에 제대로 한 소리 해둬야 말이 좀 통할 것 같아."

"어머, 그러니? ……우선 제대로 꾸짖는 편이 좋을까?"

마마코는 검지를 세우더니…….

"어어어어~?! 자자자자, 잠깐만 있어봐~?! 마마코 씨가 직접 꾸짖는 거야~? 아만테조차도 마마코 씨한테 이기지 못했다며~?!"

"아~ 그래. 온갖 공격을 반사하고, 완력과 체력도 엄청난 녀석이었지만, 우리 엄마한테 한방 맞고 하마터면 소멸될 뻔했지."

"무리무리무리무리~! 나는 절대 못 견딜 거야~! 나는 마법사 쪽이라 내구력이 거의 바닥이거든~?! 게다가 마마코 씨는 지금 엄청 강화되어 있잖아~?! 자기보다 약해빠진 애를 괴롭히는 건 나쁜 짓이거든~?!"

"그건 그렇지만…… 그래. ……소레라 양은 겁에 질린 것 같네……. 겁을 줘서 말을 따르게 하는 것도 옳은 짓은 아니니까…… 역시, 대화를 통해 내 부탁을 들어주도록, 끈기를 가지고 이야기를 나눠봐야겠네. 자……."

마마코는 소레라의 앞에 앉더니, 그녀와 눈높이를 맞추며…….

"어떠니?"

빙긋 웃으면서, 온화한 어조로 「어떠니?」 하고 말했다.

그 순간, 이 자리에 있는 이들 전원이 세계가 변했다는 것을 감지했다.

살벌한 투기장이 마치 따뜻한 햇살이 쏟아지고 있는 초원처럼 변했다. 기분 좋은 바람이 불고, 새가 지저귀고 있는, 차분하게 이야기를 나누기 딱 좋을 듯한 분위기로 가득 찬 것이다.

『어떠니?』

그것은 마마코의 부탁이다. 그 부탁을 이뤄주기 위해 주변 상황마저 완전히 뜯어고치고 마는, 공간지배 계열의 초강력한 무언가다.

그 영향을 받아 「그럼 나는 들어줄게」, 「나도 들을래~」, 「할 이야기가 뭐죠?」, 「마마 씨의 이야기를 듣고 싶어요!」 이야기의 대상자가 아닌 마사토 일행이 마마코의 주위에 앉아서 매우 자연스럽게 이야기를 들으려는 자세를 취했다. 어느새 관도 마마코의 곁에 있었다.

게다가 「어머, 할 이야기가 있나 보네」, 「나도 듣고 싶어」, 「나도 들을래」 관객석에 있는 어머니들도 우르르 몰려오더니, 마마코의 주위에 앉았다.

그 뿐만 아니라 「할 이야기가 뭐죠?」, 「들려주시죠」 유적의 통로에 있던 언데드 계열 몬스터들도 멋대로 몰려왔다.

그러자, 한사코 이야기를 거절하던 소레라도…….

"어라라~? 다들, 이야기를 들으려는 거야~? 아~ 그럼 나도 같이 이야기를~…… 마마코 씨의 이야기를~…… 들…… 들들들…… 들을…… 리가…… 없잖아아아아~!"

넘어오기 직전에 겨우겨우 버텨냈다.

몇 번이나 바닥에 박치기를 하면서 버텨낸 소레라가 고함을 질렀다.

"나는 반항조직 리벨레의, 사천왕 중 한 명이거든~?! 솔직히 말해 엄청 위험했지만~ 마마코 씨의 이상한 힘에 굴하지 않아~!"

“어머, 곤란하게 됐네……. 그럼 어떻게 할까…….”

“아무것도 하지 마~! 이딴 짓은 이제 끝내…… 아, 맞다~!”

소레라는 발치에 굴러다니던 고대의 칩을 주웠다.

“저기, 마마코 씨~! 이걸로 승부하자~! 이 칩을 던져서~ 앞면이 나오면 마마코 씨의 이긴 거고~ 뒷면이 나오면 내가 이기는 거야~! 마마코 씨가 이기면 이야기를 들어줄게~! ……하지만 나에게는 최강의 능력 저하 스킬이 있으니까~ 틀림없이 내가 이길 거야~. 으흐흐~.”

소레라의 몸이 몇 번이나 반짝였다. 스킬을 연달아 발동시킨 것 같았다. 마마코의 운을 낮춰서 이기려는 것 같은데…… 그것보다…….

“응? 어라? 잠깐만 있어봐. 그러면…….”

“승부에 기다려 주는 게 어디 있어~! 간다~!”

뭔가를 눈치챈 마사토가 소레라를 말리려고 했지만, 이미 한 발 늦었다.

소레라가 손가락으로 튕긴 칩은 바로 고대의 칩이었다.

투기장 룰렛이 발동됐다. 「어?」, 「아아~, 결국 이렇게 됐네」, 바로 추첨이 시작됐다. 드럼 소리가 울려 퍼지더니, 마법석이 어머니들의 머리 위를 날아다녔고…….

다음 순간, 마법석은 마마코의 머리 위에서 움직임을 멈추며 반짝였다. 그리고 그 빛이 문자를 형성했다.

【JP】

이게 뭐지?

"으음~……. 아연실색하고 있는 바니걸 씨~ 설명 부탁해~."
"이건?! 전설로만 내려오고 있는, 바로 그……?!"
"전설의 잭 엄마 팟이에요!"
"이봐, 메디. 【JP】라고 적혀 있잖아. 그러니 평범한 잭팟 아냐? 멋대로 중간에 엄마를 넣지 말라고."
소레라는 전설의 잭팟을 터뜨렸다! 팡파르 소리가 울려 퍼지더니, 투기장 사상 최고의 상이 수여됐다!
사방에 떨어져 있던 고대의 칩이 일제히 떠오르더니, 전부 다 1온스 금화로 바뀌며 소레라에게 쏟아졌다!
"만세~! 내가 이겼어~! 대승리&대박이야~! 전부 내꺼야~! 내가 전부 가질~……래…… 어라? 이 금화, 디자인이……?"
소레라의 손바닥에 떨어진 금화에는 【소】라는 문자가 새겨져 있었다. 그 다음에 떨어진 금화에는 【레】라는 문자가 새겨져 있었다. 그 다음은 【라】, 그리고 그 다음은 【양】이라고 새겨져 있었다.
그 뒤를 이어 【엄】, 【마】, 【를】, 【무】, 【시】, 【하】, 【지】, 【마】라고…….
"이, 이건~…… 서서서, 설마~?! 우와아아아아앗~?!"
『어떠니?』의 효과에 의해, 마마코가 전하고 싶었던 말이 적힌 금화가 소레라에게 수여됐다.
1온스 금화의 직경은 30밀리미터이며, 무게는 31.1그램이다. 그게 백만 닢이면…… 총 중량이 30톤 이상 되는, 어마어마하게 묵직한 말이 그대로 쏟아지면서 소레라를 순식간에 묻어 버렸다.

"어머, 큰일 났네! 빨리 구해야겠어!"

"에이, 이미 다 틀렸어……. 저건 다 돈이잖아……. 이미 건어물처럼 납작해졌을 거라고……."

마마코는 얼굴이 새파랗게 질린 채 허둥대고 있었지만, 이미 다 틀렸다.

마사토는 합장을 하면서, 명복을…….

"잠깐만요! 방금, 엄청 빠른 무언가가 금화 아래편으로 미끄러지듯 쏙 들어갔어요!"

눈썰미가 좋은 포타가 허둥지둥 그렇게 외친 바로 그때였다.

폭발이라도 한 것처럼, 금화의 산이 사방팔방으로 흩뿌려졌다.

그리고 금화가 치워지자…… 소레라를 옆구리에 낀 아만테가 모습을 드러냈다.

"역시 내 반사 스킬은 우수해. 물리적인 힘에 대해서는 특히 효과적이야."

"금화의 산을 다 튕겨낸 거냐……. 잠깐만, 너!"

"자, 이딴 녀석이지만 일단은 사천왕 중 한 명이니까 회수해야겠지. 그 대신은 아니지만, 이 금화는 소레라를 쓰러뜨린 용사들에게 선물할게. ……나를 쓰러뜨린 보수보다 더 많은 건 불만이지만 말이야."

아만테는 카지노 전단지에 적혀 있던 내용을 약간 신경 쓰는 것 같지만…….

아무튼, 사지가 멀쩡한 채 기절하기만 한 소레라를 어깨에 걸친 아만테는 그대로 도망쳤다.

"정말 다행이야. 소레라 양은 무사했구나." 휴우.

"엄마! 안심할 때가 아니잖아! 저 녀석들을 놓쳤다고!"

그야말로 순식간에 벌어진 일이었다.

엄마 주사위놀이 5

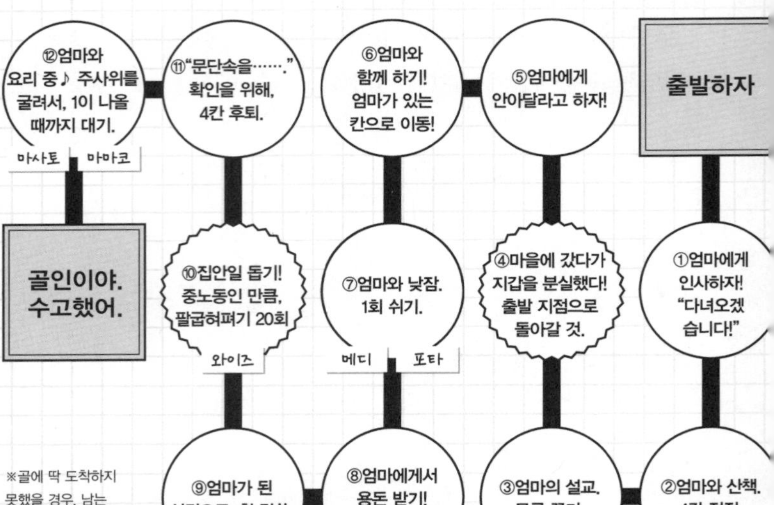

※골에 딱 도착하지 못했을 경우, 남는 칸수만큼 후퇴할 것.

"메디를 제외한 네 사람에게, 골인을 할 기회가 있네……."

"와이즈 양이 6이 나오기를 빌어드릴게요."

"사양하겠어! 에잇!! 어, 6?! 3칸 전진했다가, 3칸 후퇴해서, 또 즐거운 팔굽혀펴기를 해야 하는 거야?!"

"저는 5예요! 마마 씨의 요리가 완성될 때까지 기다려야 하네요!"

"좋아……. 1이 나오면 내 승리야! 내 모든 걸 걸고, 간닷! ……3……."

"그럼 엄마 차례네. 어머, 1이 나왔구 어머나, 엄마가 가장 먼저골에 도착했네."

"……응……. 이렇게 될 것 같았어…

에필로그

고대 유적에서 탈출한 어머니들은 길가에 있는 카지노에는 눈길도 주지 않으며, 각자의 집으로 향했다. 집에서는 가족과 아이들이 기다리고 있으리라. 어머니로서 재기하기 위한 싸움은 이제부터 본격적으로 시작되겠지만, 일단은 일단락되었다고 생각해도 될 것이다.

시라아세와도 일단 헤어지기로 했다.

"알자레를 되찾아 주셔서 정말 감사합니다. 덕분에 살았어요."

"별말씀을요. 그럼 어머니들을 재조정……해야 할 줄 알았는데, 보아하니 그럴 필요는 없을 것 같네요."

"예. 어머니로서의 마음을 되찾은 것 같고, 무엇보다 각자의 힘으로 극복하는 모습을 보고 싶군요. ……그럼 저는 이만 실례하죠. 이번에도 신세졌습니다. 부지배인에게도 안부 전해주세요."

시라아세는 그 말을 남긴 후, 서적 형태인 알자레를 들고 사라졌다.

그리고 마사토 일행은 지배인실로 향했다. 일단 보고를 해둘까 싶어 찾아가자, 부지배인인 노인은 온화한 미소를 지으며 그들을 맞이했다.

"여러분, 수고 많으셨습니다. 멋진 활약이었어요."

"아, 예. 뭐, 저희한테 이 정도는 아무것도 아니죠. 그리고 저한테 이 정도 활약을 일상다반사거든요." 에헴.

"마사토 씨는 항상 대활약을 해요! 진짜 멋져요!"

"우후후. 그래. 마 군은 항상 대활약을 한다니깐."

"으, 응……. 그래……. 그런…… 그런 꿈을, 항상 꾸고 있어……."

마사토는 갑자기 울먹거리기 시작했다. 훌쩍.

바로 그때, 와이즈가 약간 언짢은 목소리로 말했다.

"이대로 해피엔딩이면 좋겠지만…… 나는 좀 신경 쓰이는 점이 있거든……. 메디도 그렇지?"

"예, 맞아요."

"어, 그래? 너희가 신경 쓰이는 게 뭔데?"

"바로, 부지배인 씨의 정체야."

"이 곳에서 지하의 상황을 전부 파악하고 있는 분이니까요……. 가능하다면 자기소개를 부탁드려도 될까요?"

메디가 미소녀 스마일을 지으며 그렇게 말하자…….

부지배인은 온화한 노인 스마일을 머금으며 고개를 끄덕였다.

"좋습니다. 제 정체를 이야기하도록 하죠. ……저는 이 카지노의 진짜 지배인이자, 이 도시의 지하에 잠들어 있는 고대 유적의 관리자이기도 합니다."

"진짜 지배인…… 지금까지는 소레라에게 지위를 빼앗겼던 거야?"

"예. 그리고 종족으로는…… 그래요……. 고대인의 잔류사

념 같은 거라고나 할까요……. 신, 이라고 자처하는 건 좀 쑥스러울 것 같군요."

"어…… 다, 당신은 신인가요?!"

"예. 그런 설정입니다." 빙긋.

"그러니까 그런 소리 좀 하지 말라니까 그러네!"

"자제해달라고 부탁을 드렸을 텐데 말이죠……."

"하하하. 이거 실례했습니다. 일단 저는 이 카지노의 지배인이라고 여겨 주십시오. ……신이지만, 저는 무력하니까요."

약간 쓸쓸함이 묻어나는 듯한 웃음을 흘린 후…….

부지배인, 아니 지배인인 노인은 마사토 일행을 향해 천천히 이야기를 시작했다.

"……그 소레라라는 소녀가 나타난 건 얼마 전의 일입니다. 매우 느긋하게 나타나더니, 전광석화 같은 속도로 카지노와 사람들을 지배하더군요."

"알자레를 이용해 지배인 씨와 어머니들의 설정을 뜯어고친 후, 멋대로 놀아재낀 거구나."

"저를 비롯한 NPC에게는 자율의사가 있습니다. 일상행동에 예상치 못한 변화가 생겨나면, 당연히 위화감을 느끼죠. 하지만 슬프게도 설정 자체에는 저항할 수가 없기에……."

"소레라에게 이용당할 수밖에 없었던 거네. 그 녀석, 진짜 밥맛이야!"

"하지만 바로 그때, 구세주가 나타났습니다. 강하게, 상냥하며, 부드럽고, 따듯한, 마치 대지와 바다처럼 장대한 기운을 지닌 분이죠."

"즉, 마마코 씨 말이군요."

"마마 씨일 거라고 생각해요!"

"용사인 마 군을 말하는 게 틀림없어!"

"그만해, 엄마……. 아들을 더는 괴롭히지 마……."

"하하하. 전부 정답입니다. 마마코 씨의 힘은 마사토 군이 있기에 발휘되는 것이죠. 저는 용사 모자에게 도움을 청하기 위해, 두 사람을 카지노 안으로 안내한 겁니다. ……이런 식으로 말이죠."

지배인은 마법을 영창하지도 않고, 어린아이로 모습을 바꿨다.

고대의 민족의상 같아 보이는 독특한 옷을 입은 그 아이는…….

"어라, 어디서 본 것 같은…… 아, 맞아! 나와 엄마가 쫓아갔던 그 애야!"

"어머나! 카지노에 몰래 숨어들었던 애가 실은 지배인 씨였구나!"

"예. 이런 식으로 두 분을 안내한 거죠. 자……."

펑 하면서 연기가 피어오르더니, 지배인은 다시 원래 모습으로 되돌아갔다.

"저의 이야기는 이쯤에서 끝내기로 할까요. 그럼 마마코 씨에게 지불할 금액에 관해 상의하고 싶습니다만, 그래도 될까요?"

"지불할 금액? 저한테 말인가요? ……무슨 말씀이신지……."

"지하 투기장에서 획득한 잭 엄마 팟의 금화 말입니다."

"그걸 정식 명칭으로 삼지 말아주세요. 그냥 평범하게 잭팟이라고 불러요."

"아, 맞아! 소레라에게 이겨서 금화를 잔뜩 받았지!"

"금액으로 보면 억이 아니라 조는 될 것 같군요……."

"으음…… 일, 십, 백…… 조는, 0이 몇 개죠?"

"정확한 금액을 파악하기 위해서는 정산을 해봐야 합니다만…… 뻔뻔한 소리 같지만, 그 돈의 사용처에 관해 상의하고 싶습니다. 어떠신지요?"

"돈의 사용처, 말인가요?"

"예. 실은 제가 제안을 하나 드리고 싶습니다."

지배인은 여전히 미소를 머금은 채 마마코를 응시하며 질문을 던졌다.

"마마코 씨는 도박을 좋지 않게 생각하시는 것 같더군요. 그렇다면 이번에 획득한 돈으로 오칸야데의 카지노를 전부 사들인 후, 모든 카지노의 영업을 정지시키는 건 어떠신지요?"

"카지노의 영업을 정지……."

"여러분의 활약 덕분에, 카지노 의존증에 걸렸던 어머니들은 집으로 돌아갔습니다. 하지만 그들이 다시 카지노에 발을 들일 가능성은 충분히 존재하죠. 재발 자체를 원천적으로 봉쇄하는 것 또한 응당 당연한 조치라고 할 수 있지 않을까요. 카지노 의존증에 걸린 이를 늘리지 않기 위한 방법으로도 효과적일 겁니다."

"하지만, 그런 짓을 했다간 카지노에서 일하는 분들이 난처하지 않을까요? 절도를 지키며 순수하게 즐기는 분도 계실 텐데……."

"맞는 말씀입니다. 길바닥엔 나앉는 사람도 있겠죠. 오락을 빼앗겨 불만을 느끼는 이도 있을 겁니다. 경제적인 손실 또한 발생할 테죠."

"그렇겠죠……. 정말 어려운 문제군요……."

"마마코 씨. 저는 마마코 씨가 카지노에 관해 어떤 식의 판단을 내릴지 알고 싶습니다. 앞으로 카지노가 어떻게 되어야 할지, 당신의 의견을 들려주시죠."

"저는……."

다들 지그시 지켜보는 가운데, 마마코는 생각에 생각을 거듭한 끝에…….

답을, 내놓았다.

상업도시 오칸야데.

이 도시의 핵심 산업을 바로 카지노다. 도시의 한 구획 전체가 통째로 카지노로 꾸며져 있으며, 길을 따라 【신장개점】이라는 간판이 걸린 카지노가 줄지어 있었다.

종업원들이 공손히 손님들에게 호객을 하고 있으며, 화려하게 꾸며진 가게 안으로 발을 들이자, 현기증이 날 만큼 수많은 즐길 거리가 사람들을 맞이했다.

소망을 담아 칩을 교환한 후, 포커 테이블에 앉아서, 심호흡을 하는 것으로 준비가 완료됐다.

손님들은 미소를 짓고 있는 바니걸(?)에게 축복을 받으며 승부에 임했…….

"이봐, 너. 칩을 너무 많이 거는 거 아냐?"

"어이, 바니걸 따위가 갑자기 무슨 소리를…… 어…… 엄마?!"

"그래. 네 엄마란다. 네가 직접 번 돈으로 뭘 하며 놀든, 엄마는 간섭할 생각이 없단다. 하지만 도박에 너무 빠져들지는 마렴. 알았지?"

"으, 응. 알았…… 자, 잠깐만! 왜 엄마가 바니걸 차림으로 여기에 있는 거야?! 엄마가 바니걸…… 혀, 현기증이…… 으으으으……."

그리고 이런 깜짝 서프라이즈 또한 카지노의 묘미 중 하나다.

분위기에 취한 건지, 업무 시간인데도 불구하고 슬롯머신을 즐기고 있는 바니걸(?)도 있지만, 그 정도는 애교로 여겨줬으면 한다.

"어? 내가 왜 이런 곳에…… 잠깐만…… 엄마?! 뭐하고 있는 거야?!"

"어? 꺄아! 내가 업무 시간에 뭘 하고 있는 거야?! 이제 도박은 안 하기로 그렇게 맹세했으면서…… 고맙구나. 네가 말을 걸어준 덕분에 제정신을 차렸단다. 그럼 다시 아르바이트를 하러 가볼게."

"으, 응. 엄마에게 도움이 되었다니 기쁘기는 한데…… 잠깐만 있어봐! 왜 그런 복장을 하고 있는 거야?! 보는 내가 다 부끄럽거든?!"

소중한 자식과 이야기를 나눈 덕분에 정신을 차린 바니걸(?)이 깡총깡총 뛰면서 열심히 일을 했다.

종업원들을 지켜보고 있는 지배인 동안 미소를 지었다.

"부모는 자식을 배려하고, 자식은 부모를 배려하며, 부모자식간의 유대로 서로의 버팀목이 되어주는, 그런 즐겁고 안전한 카지노…… 후훗…… 역시 마마코 씨는 대단하군요."

오칸야데의 카지노는 어디든 사람들로 북적이며 대성황이었다. 천객만래(千客萬來). 누구나 편안한 마음으로 가볍게 들러주시길.

……라고 말하고 싶지만…….

카지노를 나선 마사토 일행은 그대로 걸음을 옮겼다.

일단 마마코는 만족한 것 같았다.

"어머니는 자식이 곁에 있어서 안심이 되고, 자식도 어머니가 곁에 있어서 안심이 되겠네. 바니 엄마와 아이가 함께 즐기는 부모자식 카지노……. 우후후. 정말 멋져."

정말 만족한 것 같지만…….

마사토 일행은 어딘가 이상했다.

"큰일 났어……. 지배인 씨가 손을 써서 엄마의 아이디어를 모든 카지노에서 도입한 것 같아……. 빨리 도망치지 않으면, 카지노 손님한테 잡혀서 혼쭐이 날지도 모른다고……."

"카지노에서 자식이 무모한 도박을 하려고 하면 어머니가 바니걸 차림으로 소환되고, 어머니가 바보 같은 짓을 하려고 해도 자식이 소환되는 거구나……. 그래서야 도박에 중독되는 건 절대 무리일 거야."

"부모자식을 전송하는 장치를 모든 가게에 설치하는 비용도, 아르바이트를 하는 어머니들에게 지급하는 수당도, 전부 마마코 씨가 번 돈으로 처리되는 거군요……. 그 모든 돈을 무상으로 지불하다니…… 마마코 씨는 좀 더 욕심을 부려도 된다고 생각하는데 말이죠……."

"마마 씨의 아이디어는 정말 엄청나요! 그 어떤 부모자식도 전부 행복해질 거예요!"

한 사람은 식은땀을 줄줄 흘리고 있고, 다른 한 사람은 어이없어 했으며, 또 다른 사람은 감탄사를 연이어 토하고 있었다. 다들 다른 반응을 보이고 있었다. ……뭐, 이제 와서 무슨 소리를 한들 소용은 없다.

일단 마음을 긍정적으로 먹기로 했다.

"하아……. 그럼 우리는 새로운 모험을 떠나도록 할까."

마사토는 바람을 맞으며, 도망치듯 새로운 여행을 위한 첫 걸음을 내디뎠…….

바로 그때, 마마코가 마사토와 팔짱을 꼈다. 지극히 자연스럽게 말이다.

"우후후. 저기, 마 군. 모자간의 멋진 추억이 잔뜩 생겼네. 엄마는 정말 감격했어. 우후후."

"아, 예~. 그거 참 좋으시겠네요."
"그게 무슨 소리야? 좀 자세하게 말해봐."
"저도 듣고 싶어요! 마마 씨와 마사토 씨는 뭘 했나요?!"
"우후후. 그게 말이지. 마 군과 팔짱을 끼고 데이트도 했고, 멋진 카페에도 갔고, 머리도 감겨줬고, 쇼핑도 했고…… 어머니에게 어리광을 부리는 법도 엄청 공부했어."
"전부 머릿속에서 지우고 싶은 추억이야."
"너무 그러지 마세요. 멋진 추억이라고 생각해요. 이곳에서 일어난 일을 영원히 잊지 못하게 해야겠군요. 후후훗."
"하아. 그만 좀 놀려…… 어?"
마사토는 문뜩 생각했다.
이 오칸야데에서 이런저런 일이 일어났지만, 처음에는 분명…….
'와이즈와 메디가 나에게 억지로 엄마를 떠넘기고 카지노에 갔었지.'
게다가 포타를 감언이설로 꼬드겨서 악행에 가담시키기까지 했다.
그걸 유야무야 넘어갈 수는 없다.
"……저기, 엄마. 와이즈와 메디가 엄마를 속이고 카지노에 간 것에 대해, 엄마가 한 마디 해야 한다고 나는 생각하는데 말이야."
"아, 그랬지. 엄마한테도 잘못은 있지만, 옳지 않은 짓을 한 저 두 사람도 따끔하게 꾸짖어줘야겠네."

마마코가 꾸짖는다…… 그것은『때찌』빔을 날린다는 건가?

와이즈와 메디는 온몸을 부르르 떨더니 얼굴이 새파랗게 질렸다.

"으, 으음…… 메디! 도망치자!"

"물론이죠! ……아, 포타 양도 같이 갈 거죠?!"

"예! 뭐가 어떻게 된 건지는 모르겠지만, 저도 같이 갈게요!"

와이즈와 메디는 포타를 방패삼으면서 헐레벌떡 도망쳤다.

"저 녀석들은 정말……."

"어머나, 도망쳤네. ……그럼 우선 마 군부터 꾸짖어야겠구나. 마 군도 엄마 몰래 작전에 관여했지?"

"윽, 부메랑이 날아왔어……. 엄마 몰래 카지노 작전은 내가 제안한 게 맞기는 하지만…… 아, 맞다!"

지금이야말로 경험을 활용할 때다.

"저기~ 엄마~. 이번 일은 그냥 웃으면서 용서해줘~. 응~?"

마사토는 어리광을 부리는 듯한 어조로 부탁했다. 자, 이걸로 오케이. 물러진 마마코는 순순히 용서…….

"우후후. 그럴 수는 없단다." 방긋.

"어라. 물러지지 않았어?!"

"하지만「다음에는 엄마도 같이 가자!」하고 말해준다면, 확 용서해버릴지도 몰라."

"응? 역시 물러졌어? ……어떻게 된 거야?"

아들 용사가 어리광과 오냐오냐를 정확하게 이해하기 위해서는 좀 더 수행을 해야 할 것 같았다.

■작가 후기

신세 많이 지고 있습니다. 이나카 다치마라고 합니다.

독자 여러분의 두터운 성원 덕분에, 4권이 발간되었습니다. 진심으로 감사드립니다.

덕분에 이 작품도 호조입니다. 동일 발매된 드래곤매거진 30주년 기념호에서는 표지&권두 특집으로 발탁되었으며, 그 외에도 행복한 일의 온퍼레이드 중입니다. 감사합니다. 정말 감사합니다.

하지만 권수가 늘어날수록, 엄마 라이트노벨을 쓰는 게 점점 더 어려워지고 있습니다.

담당편집자이신 K씨의 말에 따르면 「전인미답의 설원을 걷고 있는 것이나 마찬가지」라고 합니다. 마음껏 개척할 수 있는 신천지가 눈앞에 펼쳐져 있습니다만, 어느 방향으로 나아가야 할지 모르기에 걷기 힘든 거나 다름없는 상황이랄까요.

조난 확률이 높고 무모한 모험을 하고 있다는 걸 절실하게 실감하고 있습니다만…….

걸음을 내딛기 시작했으니 앞으로 나아갈 수밖에 없습니다. 여러분의 응원을 원동력 삼아, 앞으로도 정진하겠습니다. 변함없는 성원을 부탁드립니다.

이 자리를 빌려, 관계자 여러분에게 인사를 드릴까 합니다.

이이다 포치 씨, 담당편집자이신 K씨, 출판에 관여해주신 여러분, 판매점 분들, 그리고 마마코 코스프레로 신세를 진 여러분. 정말 감사드립니다.

그리고, Web코믹 사이트 영에이스UP에서 코미컬라이즈로 신세를 지게 된, 메이챠 씨. 오랫동안 함께 할 수 있도록, 잘 부탁드립니다.

여담입니다만…….

제 어머니도 코미컬라이즈 판의 독자입니다.

포크리프트를 모는 일을 하다, 점심 식사 후의 휴식 시간에 라이트노벨과 코미컬라이즈 작품을 읽으시며, 또한 각 편집부가 아니라 원작자에게 직접 메일로 다음 권 발매 및 다음 편 갱신 재촉을 하시는, 지나칠 정도로 활발한 팬이시죠.

마마코 못지않게, 아들을 가볍게 압도하는 기세를 지닌 분이라고나 할까요…….

어쩌면 저는 엄마 라이트노벨을 쓸 운명을 타고 났던 걸지도 모릅니다.

2017년 중동(仲冬) 이나카 다치마

다음 권 예고

"천하제일 모(母)도회에 참가하기로 했어.
저녁 식사 때까지는 돌아올게."

세계제일의 엄마를 결정하는 토너먼트 대회에 참가하게 된 오오스키 마마코.
다양한 종족의 엄마들이 참가한 가운데,
마마코는 세계 제일이 될 수 있을 것인가! 주인공, 마사토도 드디어 하렘 전개에 돌입?
엄마들의 인기를 독차지하는데―.

신감각 엄마 동반 모험 코미디!
토너먼트 편!

일반공격이 전체공격에 2회 공격인
엄마는 좋아하세요? 5

VOLUME 5

내용이 변경될 수도
있다고 하네요.

2019년 봄 발매 예정

IT IS GOING TO
RELEASE IT IN THE SPRING 2019

■역자 후기

안녕하십니까. 근로청년 번역가 이승원입니다.

『일반공격이 전체공격에 2회공격인 엄마를 좋아하세요?』 4권을 구매해주셔서 진심으로 감사드립니다.

2018년이 끝나기 이틀 전에 이 후기를 작성하고 있습니다.

올해 마지막 작품이 『일반공격이 전체공격에 2회공격인 엄마를 좋아하세요?』가 될 줄은 생각도 못했군요.^^

추위도 본격적으로 시작되어서, 작업실에서 타이핑을 하다 보면 손가락이 굳어가는 게 느껴집니다. 일단 스토브는 틀어놨습니다만, 워낙 춥다보니 효과적이지 않네요. 이렇게 되면 드디어 가스보일러의 봉인을 풀어야 할지도 모르겠습니다……. 원래 손님이 오셨을 때만 트는 비장의 무기지만, 더는 버틸 수가 없습니다. 건강 해치는 것보다야 보일러 트는 게 낫다! 라는 마인드로 올해 겨울에는 봉인을 해제해야겠습니다, AHAHA.

독자 여러분도 무사히 올해 겨울을 보내시길 진심으로 빕니다!

그럼 『일반공격이 전체공격에 2회 공격인 엄마는 좋아하세요?』 4권에 대해 조금 이야기해볼까 합니다.

스포일러가 포함되어 있을 수도 있으니 본편을 안 읽으신 분은 유의해주시길!

이번 권은 카지노 편이었습니다! 현질로 강해져 어머니를 넘어서려 하는 위대한 용사(ㅠㅜ) 마사토는 그 자금을 모으기 위해 카지노에서 대박을 터트리려고 합니다.

그리고 어머니의 시선을 다른 곳으로 돌린다고 하는 막중한 책임을 맡게 된 마사토는 믿음직한 동료인 와이즈와 메디, 포타에게 뒷일을 맡기죠.

하지만 그녀들은 대박을 터트리는 건 고사하고 빚을 져서 바니걸이 되어버리고, 마사토와 마마코는 그녀들을 구하기 위해 도박을 하게 됩니다.

이 모든 일을 꾸민 것은 리벨레 사천왕 중 한 명인 소레라! 그녀와 마마코(+마사토)의 카지노 진검승부가 펼쳐집니다!

……이번 권의 카지노 묘사는 여러모로 재미있었습니다. 저도 미니게임으로 카지노가 있는 게임을 하게 되면, 본편 진행은 전혀 안 하며 카지노에서 열심히 놀기만 했습니다. 용과 ○이, D○A, 드퀘…… 당시의 기억이 떠오르더군요.^^ 온라인 포커 같은 것도 해본 적이 있습니다만, 이겨본 적이 거의 없으니 이미 기억에서 지워졌습니다.(어이)

그리고 이어지는 마마코 무쌍……. 진짜 소레라가 불쌍하다는 생각마저 들더군요. 그리고 최고 굴욕 장면이 일러스트

로……. 진짜 애도를 표하고 싶을 정도였습니다.^^

독자 여러분도 카지노의 추억(-_-)을 떠올리며 이번 권을 즐겨주셨으면 합니다!

그럼 이만 줄이겠습니다.

언제나 재미있는 작품을 맡겨주시는 L노벨 편집부 여러분에게 진심으로 감사드립니다. 새해에도 부탁드립니다.

마감 지옥에 빠져 있는 역자를 무한리필 보쌈으로 유혹하는 악우여. ……음, 먹으면서 번역해주마!

천하제일의 엄마를 결정하는 토너먼트에서 초사이…… 아니, 초 마마코(^^)의 활약이 기대되는 5권 역자 후기 코너에서 다시 뵙겠습니다!

2018년 8월 초

역자 이승원 올림

일반공격이 전체공격에 2회 공격인 엄마는 좋아하세요? 4

초판 1쇄 발행 2019년 2월 10일

지은이_ Dachima Inaka
일러스트_ Iida Pochi.
옮긴이_ 이승원

발행인_ 신현호
편집국장_ 김은주
편집진행_ 최은진 · 김기준 · 김승신 · 원현선 · 권세라
편집디자인_ 양우연
국제업무_ 정아라
관리 · 영업_ 김민원 · 조인희

펴낸곳_ (주)디앤씨미디어
등록_ 2002년 4월 25일 제20-260호
주소_ 서울시 구로구 디지털로 26길 111 JnK디지털타워 503호
전화_ 02-333-2513(대표)
팩시밀리_ 02-333-2514
이메일_ lnovelpiya@naver.com
L노벨 공식 카페_ http://cafe.naver.com/lnovel11

ISBN 979-11-278-4873-6 04830
ISBN 979-11-278-4403-5 (세트)

값 7,000원